U0036672

攀龍不如當高枝 3

風文創 1278

小粽 著

目錄

第五十一章

清懿封好琉璃碗，仔細地收在一方木盒裡。她穿過遊廊，想往屋裡走，路過拐角，卻差點與迎面走來的人撞上，好在一隻有力的手將她扶住。

「盒子裡是什麼東西？這樣寶貝，寧可摔了自己也不願摔它。」

熟悉的聲音、熟悉的月白色長袍，清懿不必抬頭便知來者何人。

恰在此時，另一頭傳來嘈雜的聲響，其中夾雜著女子的說話聲。

「……妳們可有瞧見袁郎在何處？」

「項姑娘，我方才還見到袁公子了，哦，在那兒。」有人指向這一頭。

身後的目光如有實質，凝結在周身。

清懿垂眸頓了片刻，眨眼間，換作一副驚訝的神情緩緩抬頭，眉宇間難得帶笑。「袁公子，是你啊？」

項連伊只站定片刻，便轉身離去。

清懿側過身，餘光輕掃，直到看見那鵝黃色衣袂消失在轉角，她眸光中的笑意才漸漸消散。她略微福身，行了一禮。「煩請袁公子讓一讓，我要進去了。」

袁兆目睹她從頭至尾的變化，心裡明白這姑娘在拿他當槍使，要用的時候就笑臉相迎，不用便棄之如敝屣。他不惱，卻也不挪動身子讓路，只是微挑眉頭，好整以暇地道：「姑娘今日唱的哪一齣？」

清懿定定地看著他，瞧他一副不聽到答案不讓路的架勢，她索性直接道：「我疑心上回的事是項連伊所為，這次要借你作筏子，探她的虛實，事先不能和你打招呼，也是怕你不願意。」

袁兆差點笑出聲，他又問道：「怕我不願意，所以不告訴我？姑娘的用人之道果真是劍走偏鋒。」

清懿不以為意，她自認為已盡了告知義務，便要告辭。這人卻還堵在前頭，像座山似的。她只好補充道：「好吧，待會兒我興許還要請你幫忙，我這也算提前告知了，還請小侯爺看在患難情誼的分上，多少配合配合我。」

料峭冷風吹起遊廊上的燈籠墜子，發出簌簌聲響。

袁兆負手而立，銀狐披風搭在肩上，帶子鬆散地繫著，瞧上去不像能禦寒，卻恰到好處地替清懿擋過這一陣刺骨的冷風。也許是在外頭站了太久，清懿鼻尖微紅，隱在衣袖裡的手也有些僵硬。

袁兆突然從懷裡拎出一樣與身分不符的小東西，順手拋給清懿。「接著。」

清懿下意識接住，入手只覺暖洋洋的，定睛一瞧才發現是一只用銀鼠皮套子包裹住的小手爐，還熱呼呼的。她狐疑抬頭，眼神表達出的意思很直接——別告訴我你一個大男人會用這麼精緻的小手爐，還是熏過香的。

袁兆並不想回答，送了東西便讓開身，示意她可以走了。

清懿摩挲著手爐，垂眸道：「多謝。」

袁兆頓了頓，在她擦肩而過的瞬間，才狀似不經意地道：「項家女不光有明面上的東西，我尚未查探清楚，妳自己要當心。」

清懿眸光微動，頷首道：「嗯，知道了。」

廳內，眾人宴畢，又張羅起畫畫來。

清懿踏進門時，裡頭氣氛正火熱，正中間擺放著橫跨半個廳堂的黃梨木桌，一應紙筆、顏料俱全，桌邊已經坐了一圈人正在作畫。

已經完工的幾幅畫作擺放在上首空桌旁——那是袁兆的位置，想必是等他來評選。方才項連伊出門尋他，估計也是這個緣故。

清懿不想驚動旁人，繞開中央的人群，徑直走回位置。

「曲姑娘。」有人突然喚道。

清懿聞聲回頭，只見叫住自己的是一個神情傲慢的紅衣女子。「聽聞曲姑娘上回在悅庭柳舍交出了白卷，時隔這麼久，想必姑娘應當有進益才是，不如趁此良機，展露一手，也好讓大家品評。」

清懿尚未答話，耿三郎就匆匆阻攔道：「曲姑娘在外頭凍了許久，手都僵了，好歹讓她緩一緩，咱們畫咱們的，不必帶她了。」

有人解圍，可紅衣女子不依不饒，嗤笑一聲道：「既然手僵了，捂熱再來就好。本就是盡其所長的雅集，我這也是想幫曲姑娘更快融入。」

耿三郎一時無言，尚未找到託詞。眾人斂聲屏氣，暗暗關注著這頭的情形。

就在這針落可聞的當口，清懿輕笑一聲，從容地起身道：「好啊，不知姑娘要我畫什麼？」

紅衣女子沒料到她這樣坦蕩，愣了一下。人群中，項連伊幾不可察地皺了皺眉，眼底閃過狐疑的光。

只是短暫的停滯，紅衣女子反應過來，立刻笑道：「今兒是盛府賞梅宴，合該以梅為題。不過呢……」

她頓了頓，眼底流露得意之色。「已經有不少人畫了各色梅花，都是不可多得的珍品。要是讓妳一個初學者和項姑娘她們畫同一樣東西，對妳來說未免太不公平，所以，妳隨便選個什麼畫吧。」

話裡話外，輕賤之意昭然若揭。

「李姑娘，妳年紀輕輕，說話莫要太刻薄。」耿三郎氣憤，又轉過頭對清懿低聲道：「她話說得難聽，卻也不是沒道理。項姑娘的寒梅傲雪圖，那可是袁郎君認證過的上等佳作。妳不答應還好，既答應了要畫，就選個旁的玩意兒描一描，莫要畫梅，不然真是……」

後半句他沒說，清懿也猜得到，他擔心她自取其辱。

清懿心領他的好意。「多謝公子提點。」

耿三郎以為她認同自己的想法，卻見曲清懿直接繞過他，往廳堂中央走去。

項連伊坐在上首右側，是離袁兆那張空桌最近的位置。她定定地看著迎面走來的女子，神情晦暗不明，整個人卻緊繃了起來，好像進入了防備的狀態。

清懿卻沒有在她面前停留，逕自拿起擺放在最上面的那幅畫——梅骨錚錚，花朵嬌豔，連星星點點的落雪都鋪墊其中，上書「寒梅傲雪圖」，尾部署名「項連伊」。

清懿眼底眸光微動，盯著這幅畫不知在想什麼，良久，她轉頭望向項連伊，笑道：「形神兼備，這是項姊姊的成名作？」

項連伊目光沈沈，停頓了好久才勾起唇角道：「是，妹妹有何指教？」

與她緊繃的神情不同，清懿姿態從容，將畫放了回去，淡淡道：「指教談不上，按畫齡，我還得叫妳一聲前輩，只是見姊姊的梅花畫得這樣傳神，所以也想斗膽畫一畫梅花。」

此話一出，四座皆驚。

耿三郎瞪大雙眼。「曲姑娘！」

紅衣女子先他一步開口，得意道：「耿三郎可不要再說是欺負新人了，我們話已經說在前頭，奈何人家不下這個臺階。來人，給曲姑娘上紙筆。」

下人忙去張羅，就在這個當口，晏徽揚和盛瑾二人正好回到院子裡，瞧見這一幕。

「可要幫幫她？我瞧著妳和她有幾分交情。」晏徽揚低聲道。

盛瑾輕笑一聲。「不必了，以她的本事，自有應付的法子。你說呢，袁郎？」

她反問身後的人，袁兆最後進來，他也不往前走，只順勢倚靠在門邊，隔著人群看向中央的姑娘，唇邊勾起一抹笑。「嗯，她一向機靈。」

這時，下人已經將紙筆顏料墨水等用具一應備好，原本還在黃梨花木桌前作畫的人紛紛停筆，全都翹首企足等著清懿。

「曲姑娘，這是灑金宣紙，這是各色顏料，這是硯臺與不同粗細的狼毫筆。」侍僮將東西一樣一樣地擺放在她眼前，剛要抬手研墨，卻被清懿阻止。

「換個人幫我研墨吧。」清懿淡淡道：「我的畫法與旁人不同，不需要筆，只需要墨，還得研墨的人配合我。」

「呿，故弄玄虛。」紅衣女子低聲嗤笑。

旁人雖沒有如她那樣明顯地嘲諷出聲，可抱有同樣想法的不在少數。不用筆要如何畫？莫不是要另闢蹊徑，故作高深，好讓自己輸得體面一些？這也忒落下乘，還不如坦蕩認輸，臉上也好看。

耿三郎不管這麼多，上前道：「我替妳研墨。」

誰料清懿卻搖了搖頭。「耿公子的好意我心領了，只是這次想煩勞一下旁人。」她的視線越過人群，投向不遠處，眾人順著她的目光看去，頓時有些不可思議。她總不會是想讓大名鼎鼎的袁兆給她研墨吧?!

果然，下一刻，清懿緩緩道：「不知袁郎君能否屈尊為我研墨呢？」

眾人目瞪口呆，在沒人注意的地方，項連伊的眼睛一眨不眨地盯著袁兆，不放過他臉上任何變幻的神情，隱在袖子裡的手指深深地陷進掌心。

所以她沒有錯過袁兆眼底一閃而過的意外之色，還有唇邊極淺的笑意。在無數雙眼睛的注視下，他只停頓了片刻，然後漫不經心地道：「好啊。」

他單手解開披風，隨意扔給一旁的侍僮，望向清懿的眼神裡帶著幾分揶揄。「給妳研墨不叫屈尊，這叫榮幸之至。」

輕飄飄的話落地，連晏徽揚都十分驚訝，忍不住偷偷問盛瑾。「他們之前發生了什麼我不知道的事嗎？」

盛瑾從牙齒縫裡吐出幾個字。「殿下問得好，我也正想問呢。」

不管旁人多麼驚訝，袁兆已經索利地接過墨條，開始研墨。

清懿鋪開好幾張宣紙，將它們疊放，估算著厚度足夠，才將先前的琉璃碗拿了出來，當作鎮紙。

袁兆瞧見她一番動作，心下已有七、八分了然，笑道：「潑墨畫梅？」

清懿微微挑眉。「你知道？」

「嗯。」袁兆像個合格的書僮，一面研墨，一面往硯臺裡加水，還很周到地問：「濃度是不是要低一些？妳看這樣可還行？」

清懿瞥了一眼，並不打算客套。「多加點水，量太少了。」

潑墨講究隨意而為，不用工筆勾勒，全靠畫者即興的靈氣與對整體架構的掌控力。

在周圍人眼裡，只見清懿接過裝墨水的碗，隨意一潑，雪白的宣紙上染渲了一團墨跡，辨不出形狀，更遑論美感。然後，她頭也不回，將碗往後一遞，袁兆默契接過，繼續將剩下的墨水倒進去。

緊接著，清懿一把掀起紙張，讓墨水緩緩流淌。她小幅度地調整方向，墨水彷彿有靈性一般在雪白的紙上流動，形成一條條紋路。有懂行的仔細一瞧，發覺這已然形成了梅樹軀幹和枝椏。

「東北角，再潑一塊。」清懿雙手拿著紙張，騰不出手，只能使喚旁人。

袁兆搖勻了墨汁，按照她的話在東北角潑了一塊。清懿順勢將宣紙倒轉，一樹橫生的梅枝躍然紙上。

她又將手一伸，袁兆立刻將只剩少量墨水的碗遞給她。

清懿以碗沿為筆，順著主要枝幹的紋路細細潤色，墨水順著碗沿淺淺沒入紙張。梅樹的枝幹主次分明，濃淡相宜，方才野蠻生長的線條好像被一雙靈巧的手修整為一體。

畫梅須畫骨。梅的枝條，就是一幅畫作的骨相。至此，她信手潑墨而作的梅花圖，骨相已成，端看那遒勁生動的線條，便已然不是凡品。

懂行的人收起了輕視之心，更加好奇她不用筆要怎麼畫接下來的花朵。

只見清懿揭開充當鎮紙的琉璃碗蓋，裡面正是先前用玉磨碾出的花汁。

淡紅的色澤映著透明的琉璃，清新淡雅之感撲面而來。

不過，還是有人看出不妥。耿三郎擔憂道：「梅花花汁雖渾然天成，到底不好上色，真落在紙上，不夠紅豔啊。」

先前看不上清懿的老友，此刻也換了副面孔，頗為憂心。「骨相已經上佳，若是敗在著色，那未免太可惜。」

其他人事不關己地想看笑話的有之，恨不得清懿畫砸了的也有之。

唯有袁兆不動如山，眼底沈靜如寒潭。

清懿微勾唇角，淡淡道：「這東西你沒有，我得向姑娘們借。」「還需要什麼？」

說著，她抬頭望向周圍的姑娘們。「敢問各位姊姊、妹妹們，身上可帶了胭脂？」

姑娘們一愣，旋即反應過來，有人剛想拿出來，卻被紅衣女子狠狠一瞪，眼神的意思很明顯，誰敢幫清懿，就是與她們作對。再回頭看項連伊，只見她面上雖沒有情緒，可那沈凝的目光，分明也是無聲的威脅。

於是，全場一片寂靜，無人敢應答。

就在這個關頭，一個小姑娘飛奔進院子，費勁地扒拉開人群，高舉著一個小盒子，大聲道：「姊姊，我有！」

清懿循聲望去，眼神驀然柔和。那個跑得臉頰紅撲撲，氣喘吁吁的小姑娘可不就是清殊？她後面跟著面帶笑容的碧兒——這是主僕二人商量好的，為了避免刻意設計的痕跡，潑墨畫梅時，最好有人肯出借胭脂；如果實在沒有，就由清殊做這個雪中送炭之人。

隔著層層人群，清懿抬頭望向項連伊，明明她的目光平靜而鎮定，卻好像比極致的嘲諷還要厲害——妳嚴防死守又如何，都在我的意料之中。

第五十二章

胭脂沾水化開，濃烈的紅色與琉璃碗中的淡紅花汁融合，纖細潔白的手指蘸取一點紅，塗抹在蒼勁延展的枝頭上，妝點女子面容的胭脂落在白紙上，成為了妝點枝椏的色彩。

淺淺的薄紅是花瓣，更深點綴著的紅是花蕊，隨著手指所到之處，深深淺淺的顏色鋪展開來。霎時間，枝頭開滿紅梅。眾人凝神細看時，鼻尖還能聞到梅花的清香，混合著上等徽墨沈澱的濃郁味道，恍如置身梅園。

直到畫作結束，眾人的目光仍然彙聚在花朵上，不願挪開。

這不是一幅多麼精巧細緻的畫，卻勝在渾然天成，匠心獨運，其中蘊含的靈氣，像是掩蓋不住光芒的寶藏。

塗抹完最後一朵梅花，清懿接過袁兆遞來的手帕，將手指擦拭乾淨以後，才第一次拿起狼毫筆，在空白處題了詩：雪虐風饕愈凜然，花中氣節最高堅。過時自合飄零去，恥向東君更乞憐。

落在紙上的字跡飄逸而靈秀，她寫的不是閨閣女子常用的簪花小楷，是極有風骨的一手行書。一撇一捺，暗合梅花的傲然。

「小女不才，獻醜了。」清懿嘴上自謙，神情卻雲淡風輕，將筆隨手一擱，福了福身便退出了人群，頗有幾分事了拂衣去的姿態。

那幅畫仍放在桌上，沒有人開口品評，因為答案太過明顯。被點為上佳之作的「寒梅傲雪圖」，也許在之前無有敵手，可在這幅畫作的襯托下，那堪稱精湛的一筆一畫，與渾然天成的靈氣相比，究竟是落了下乘。

沒有人開口評定輸贏，連紅衣女子都沈默了，目光閃爍地看向項連伊。

不知是誰乾咳了一聲，打破沈寂，閒扯了一個話題開始聊，企圖把這一頁翻過去。周圍漸漸恢復最開始的喧鬧，只是有一點不同，不少人不著痕跡地接觸清懿，又或者是聚在一起，探問曲家女的來歷。

清懿沒有留下來應酬的意思，她計劃中最重要的一環已經完成，剩下的端看對方如何出招。

向盛瑾告辭後，清懿特意走到袁兆身邊，遞上一個禮盒。「多謝袁公子相助，一點薄禮，不成敬意。」

袁兆不置可否，隨口問道：「裡面是何物？」

「潯陽當地的特色糕餅，今早做的，還新鮮。」

袁兆一挑眉，頗有些好笑。「莫非妳出門前就算好了？」

清懿不動聲色地瞥了一眼項連伊，對方觸及她的視線，立刻背過身去。

「是。」她道：「不僅是今日，接下來的數日，我都會去找你。」

袁兆拆盒子的手一頓，緩緩抬頭，那眼神的意思好像是想說什麼，但顧忌到人多口雜，到底沒有說。

清懿並不是說著玩玩，她確實打算多找袁兆幾次，並且要大張旗鼓。聽了這個計劃，第一個不同意的居然是曲雁華。

「不行。」

流風院裡，曲雁華將茶盞重重一擱。「妳要是這麼做，可知妳的名聲會怎樣？高門娶婦最是講究，以妳的姿容和才情，有我籌謀，想攀哪個高枝不成？近處尚有承襄伯爵府就對妳有意，再過些時日，還怕沒有更好的人家來找？」

翠煙和碧兒雖也不贊同，卻沒直接說出口，只是沈默不語。

清懿的決策難得遭到眾人反對。

距離盛府雅集才過去一天一夜，曲家才女的美名已不脛而走，不少人家開始四處打聽消息，一時間，清懿成了京城裡炙手可熱的貴女。可隨之而來的卻是一個讓她十分頭疼的問題——婚姻嫁娶。

以清懿的年紀，雖然還沒有到著急成婚的時候，但能預料的是，接下來的數年，說親的人會踏破曲家的門檻。這倒不是她的殊榮，而是每一個適齡貴女的必經之路。為了早早杜絕這種困擾，清懿索性想給自己安上一個不大好的名聲，從源頭解決問題。

「這個主意雖然算是臨時起意，細想卻覺得再合適不過，我既要借著袁兆激怒項連伊，正好也拿他當擋箭牌，躲一躲姻緣。現在商道才剛起步，織錦堂尚未步入正軌，一切都要我費心。」清懿撐著腦袋，按了按眉心，疲憊道：「坦白講，我有很長一段時間都不會成婚，無心也無力；即便日後有成婚的打算，也不會嫁入高門。姑母細想，如我們這般帶著手裡的東西嫁過去，究竟是強強聯合，還是羊入虎口呢？難保不會給旁人做嫁衣。」

曲雁華定定地看著她，問道：「難道妳打算一輩子不嫁人？」

清懿揉了揉太陽穴。「我說了，日後也許會有成婚的打算，但那也是之後的事。」

曲雁華搖頭，像是看穿了她，篤定道：「不必搪塞我，我看得出來，妳想一輩子不嫁人。」

清懿索性放下手，閉了閉眼道：「是又如何？」

「不如何，我只是提醒妳，離經叛道要有個限度。妳可以不成婚，妳也可以不管曲府，但是潯陽阮家會被妳的名聲帶累，妳的親妹妹日後想要成婚也會被婆家挑揀，吃妳這個姊姊種下的虧。」曲雁華直接道：「我說這話沒有任何教訓妳的意思，我雖是妳姑母，如今也是妳下屬，犯不著擺架子開罪妳。所以妳好生想想，如果京裡傳出妳單戀袁兆不得，終生不嫁的謠言，日後是個什麼情形？無論咱們生意做得多大，檯面上的東西終究要隨大流，否則就是將自己置於眾矢之的。」

一提到帶累妹妹，清懿有些遲疑了。

只是沒等她改變念頭，熟悉的清亮嗓音從不遠處傳來。「姊姊不必猶豫，姑母的話既在理，卻也不在理。第一，外祖父母年紀大，又遠在潯陽，咱們阮家在當地也算豪強，即便姊姊不嫁人，傳出一些風言風語，誰敢亂嚼舌根？即便有那多嘴多舌的，捂著耳朵不聽就是，難道還能讓我們阮家抬不起頭？

「第二，姊姊的名聲影響妹妹的婚嫁，到底是說不通的。假使妹妹以後的夫君因為姊姊不嫁人，就覺得丟他家的臉，不願意娶妹妹，那這樣的人也算不得什麼好的，不要也罷。我瞧著，有這麼一道考驗反倒是試金石，免去拿眼睛識人呢。」清殊說著便挨在姊姊身邊坐下，抬頭看著她道：「所以，姊姊只管按照自己的心意做事。」

清懿摸了摸妹妹的頭，低聲嗔道：「小小年紀，嘴倒伶俐。」

曲雁華動了動嘴唇，卻也沒再多言，只換了話頭道：「罷了，妳自己決定。倘或拿定主意去找袁兆，也遞個信給我，日後有人找上門說親，我好回絕。」

說罷，她茶沒喝完便起身走了。

敬亭玉露的香味撲鼻，清懿撇了撇茶沫，輕呷一口，茶香在口腔裡蔓延。

「碧兒，打發人去侯府送信，我要見袁兆。」

碧兒猶豫片刻，還是領命去了。

頭天送的信，次日才收到回覆。是袁兆的侍從柳風遞的口信。

「問姑娘安。奉我主子的命令，接姑娘去城外的農莊，主子在那兒等姑娘呢。」

清懿有些納罕。「他為何去了城外？」

柳風躊躇片刻才道：「姑娘行事太不避人耳目了，主子知道您另有目的，他說讓您放心，包管項府能收到消息。只是，單她一家收到消息便好，莫要鬧得滿城風雨，對姑娘您的名聲不好。」

清懿一愣，心裡已然明白了大半。

袁兆知道她第一層目的，卻不知道她第二層目的，還想著避人耳目，保全她的名聲；殊不知……她並不稀罕這個玩意兒，甚至想反著來。

思及此，清懿嘆了口氣道：「曉得了，我會去的。」

按照柳風給的地址，清懿的馬車停靠在一處極偏僻的農莊外。目之所及，一派蕭條。地裡的莊稼並不茂盛，低矮的一排房舍十分簡陋，是個勉強住人的樣子。

「姑娘，咱們會不會是走錯了路？」翠煙打量四周，狐疑道：「這哪裡像高門的別莊啊。」

清懿今日穿著一件家常的月牙白對襟長裙，腳上那雙繡著百合花的鞋觸到地面的泥土時，顯得極不相襯，像一朵清麗的蘭花置身淤泥裡。

「柳風做事妥帖，報的地址一定不會錯。咱們也不是那等粗心的人，且進去吧。」

雪化後的地面泥濘不堪，馬車難以前行，清懿讓駕車的僕從留在原地，只帶了翠煙往莊子走。

只是她低估了這地面的難走程度，二人扶持著前行，深一腳、淺一腳，好不容易才穩住不滑倒。繡鞋踩進泥裡，不一會兒就失去了原本的顏色，連裙襬都沾上了不少泥。

「妳一個聰明人，今兒是怎麼了？布了那麼明顯的一條道不走，偏要踩到泥裡。」遠遠的，只見袁兆拎著一根長棍走來，他順手指了指一旁已經用乾枯樹葉鋪好的一條路，看大小正好能容一個人走過，想來是知道她來，特意為她鋪的。

清懿難得愕然，吶吶不知該說什麼，她確實一向耳聰目明，也不知今日怎麼就沒注意到那條再明顯不過的小路，一時間，她踩在泥裡有些不知所措。

許是難得見到清懿這副模樣，袁兆幾不可聞地笑了一聲。「過來吧。」

他伸出一條胳膊，示意她搭上，又將那根去掉了木刺、打磨光滑的棍子遞給她當作扶手。跟在身後的柳風也機靈地上前，如法炮製，帶領翠煙行走。

翠煙起初有些不好意思，見清懿坦蕩地搭了手，她才敢動。

「你為何在這樣偏僻的農莊裡？」清懿搭在他胳膊上的手，觸碰到冰涼的護腕時，手指忍不住蜷縮。

袁兆沒有回頭看她，好像只是順手將護腕摘掉，往懷裡一收。「我收留了一幫流民，暫時安置在這裡。」

「流民？」因為沒有了護腕的遮擋，隔著玄色雲緞布料，清懿的掌心能感受到他的體溫。「水患不是已經處理好了嗎？流民都已被收容，還有不曾放回原籍的？」

袁兆沈默了一會兒，並沒有答話。

這時已經能看到莊裡的農田，有莊稼人挑著擔子從田壟上走過，看見袁兆一行人，他們也不怕，咧嘴笑著打招呼。「主人家，回來了？那是你媳婦嗎？」

他身邊提著籃子的農婦狠擰了他一把，又瞪了他一眼，轉頭帶著歉意笑道：「他嘴上沒個把門的，唐突主人家和這位姑娘了。都這個時辰了，你們用了飯嗎？我這兒正好有新鮮的土雞蛋，拿一籃去嚐嚐鮮。」

說罷她不由分說地將籃子往袁兆懷裡塞，還沒來得及拒絕，一旁又有農婦遞來一布袋的果蔬。「主人家，這是第一批嫩白菜，還有幾顆甜梨子，姑娘家愛吃甜，你給她吃。」

農婦們動作索利，送完東西就走，囫圇話都沒說完的工夫，袁兆懷裡就多了一籃雞蛋和一袋菜。

「柳風，」袁兆示意他將東西收好，又道：「我不是讓你告訴他們，以後不必給我送吃食嗎？」

柳風嘿嘿一笑，摸著腦袋道：「主子，我說了啊，可他們不聽，我也沒法子。只要您一來，咱們小木屋裡的菜就堆得吃不完。」

袁兆還想說什麼，餘光瞥見清懿好奇的神色，到底吞了回去。

清懿眨眨眼，思索片刻道：「高鼻深目，他們不是中原人吧？」

袁兆目光一凝，頓了頓才道：「知道得太多，對妳沒有好處。」

清懿挑了挑眉，心中疑惑更甚，只是以她現在的身分，並不好打破砂鍋問到底，只能暗自在心裡揣測。方才路過的農婦與莊稼漢雖是尋常人打扮，可是說話的口音與外貌，都與土生土長的中原人不同，袁兆為何在偏僻的農莊裡收留一群異族人？

早在高門布施，長公主外出祈福，袁兆藉機掩人耳目出走那一次，清懿便覺出異樣。那時只是聽清殊提過一嘴，即便覺得異樣，也沒有其他線索串聯，於是便不了了之。

說來，有一樁事，懸在清懿心頭許久。仔細算算，正是這一年，袁兆不知是因為何事，被放逐出京，數年才歸。一瞬間，清懿敏銳地察覺到，放逐的緣由也許和袁兆目前在做的事情有關。

因為清懿與袁兆的頻頻接觸，另一邊的項連伊終於按捺不住，開始動作。

半月後，一個大霧天，織錦堂周邊朦朧一片。馬車停靠在院門外，翠煙和綠嬈先下車，然後轉身攙扶清懿。

碧兒早已等候多時，見人來了，連忙上前迎接。

「姑娘，人已經安置在內院，除了我和鴛姊，沒有人瞧見過。」

清懿擺了擺手。「嗯，不必驚動旁人，妳且帶我去。」

「是。」緊要關頭，碧兒一路疾行，順帶將事情經過簡略敘述一番。「自那日接到姑娘的信，我便著手佈置下去。鴛姊臉生，又有易容的本事，她佯裝成外地來的人牙子，搭上了項家外院的一個嬤嬤，一來二去，送了幾個剛留頭的孩子進去當掃灑丫鬟。按照姑娘的吩咐，我讓她們事無鉅細都要留意著，好不容易才等來這點動靜。」

正說著，一行人到了內院門外，朱紅木門恰好從裡面打開，一個約莫三十來歲，身材瘦削的女子走上前，規矩行了一禮。「民婦趙鴛，見過曲姑娘。」

「不必多禮，早便聽聞妳的名姓，今日得見，果真是機敏。」清懿略抬她的胳膊，微笑道。

趙鴛一身粗布麻衣，頭髮用布巾子綁著，通身灰撲撲，像是田間地頭最平常不過的農婦，任誰也看不出她原本是景州城有名的花魁娘子。

「姑娘謬讚了，不過是原先學著玩的喬裝技藝，能幫上姑娘的忙，是我的造化。」

幾人一同進屋，不遠處的床榻上，躺著一個十一、二歲的小姑娘，露在錦被外的一小截手腕上隱約能見到觸目驚心的傷疤。

「是在何處找到這個孩子的？」清懿的視線凝在她的傷疤處，目光暗沈。

趙鴛嘆了一口氣，眼神帶著憐憫。「亂葬崗。」

起初，小丫頭們接觸不到項府內院，只能在周邊盯著。項連伊不是蠢人，行事極為謹慎隱蔽，不輕易啟用生人，趙鴛帶著人一連盯梢十數天都沒有動靜。直到前日凌晨，項府採買蔬果的婆子早起了半個時辰，趙鴛隱約察覺不對勁，一路尾隨，只見那婆子將一捆草蓆扔到路邊。隨後，有個拾荒的老乞丐狀似不經意地撿起草蓆，走了半里路，拋到亂葬崗。

趙鴛等他走遠了才上前察看，一掀開草蓆，赫然是個氣息奄奄的小姑娘。

清懿眉心一擰，沈默片刻才問道：「可知她的名姓？家中有親人嗎？」

碧兒接話道：「這孩子自從被救回來就沒醒過，只聽見昨兒夜裡說了一嘴胡話……隱約聽見名字是喚青蘿二字，倒不知是哪個青、哪個羅。至於她家裡有幾個人，那就更不知道了。」

眾人都有些不忍心細看小姑娘的傷勢，那一道道鞭痕，落在這孩子身上，都是奔著奪命去的，可見下手之人的心狠。

趙鴛躊躇片刻才道：「我瞧著這孩子一時半刻不會好，不如就讓我照顧她，等她好了再問話。照著現下的情形，這事雖蹊蹺，卻不知是不是項家那位下的手。倘或不是，那便罷了，只當救了一條性命；倘或是，那麼這孩子到底知道了什麼，才讓她謹慎到殺人滅口？」

清懿沈吟一會兒，方才開口道：「嗯，妳說得有理。不過，織錦堂來往的人頗多，難免走漏消息，不如將她挪到流風院，我親自看顧；至於項家那邊，還得煩勞趙姊姊繼續盯著。」

趙鴛福身道：「自當盡心竭力，不負姑娘所託。」

第五十三章

同一時刻，項府。

「處理乾淨了？可有人瞧見？」隔著一道紗簾，裡頭的女子輕飄飄地問道。

婆子搓了搓手，滿臉堆笑道：「都妥當了，像這樣不懂事的丫鬟，老婆子我處理了不少。我是辦事老道的人，平日最愛為主人家分憂，姑娘只管把心放回肚子裡。」

簾後的女子發出一聲譏諷的笑，然後不耐煩道：「罷了，妳自去領賞。」

「多謝姑娘，多謝姑娘。」婆子千恩萬謝，連連作揖。

直到婆子離開，室內寂靜一片。隔著紗簾，項連伊的臉色漸漸陰沈，眼底醞釀著風雨，「砰」的一聲，紫檀木多寶槅被推翻，一整排貴重瓷器摔得粉碎。

可是即便這樣，也無法讓她內心的怒火消滅半分。

「系統，你出來！」項連伊銀牙暗咬，恨恨道：「為什麼不能透支積分？只需要再給我一次機會，我就能徹底將她殺了！」

冷漠的機械音停滯了許久才出現在她腦海裡，絲毫不顧慮這人歇斯底里的情緒。

「宿主，第三次提醒，扭轉乾坤還在冷卻中，妳的積分為零。目前唯一可行辦法，不干涉劇情走向，積攢積分，五年後即可再次啟動技能。」

「五年後?!」項連伊冷笑一聲。「五年後就是前世的袁兆和曲清懿御宴初見的日子，一切又會回到原點，那我重來這一次有什麼意義？」

冷漠的機械音再次響起。「宿主，妳的角色原本是救國救民的一代賢后，妳已經偏離主線太遠，這是妳第二次機會，莫要一錯再錯。」

項連伊漸漸恢復了冷靜，她推開窗，吹了一會兒清晨的涼風。「呵，救國救民……誰問過我，想不想、要不要、願不願，做那個狗屁的一代賢后？你們把我拖進無盡的遊戲裡，我已經當了九百九十九次賢后，現在，我只想做一個自私自利的反派女人。」

系統沈默很久。「……好吧，宿主可以自行改變劇情，只是請允許我友情提示，劇情有不可控的力量，原本妳完成最後一次任務就可以脫離這個世界，現在一切都會成為未知。」

項連伊「砰」的一聲關閉窗戶，唇角抿得死緊。

「五年。」她目光灼灼，盯著牆上那幅寒梅傲雪圖。「罷了，我等五年。」

青蘿是在十來天後才清醒，小姑娘嚇破了膽，自睜眼那一刻起就開始哭，哭狠了就發癔病，嘴裡含糊不清地呢喃，逢人便喊娘親，認不得人。

「請了大夫來瞧，說是迷了心竅，需要調養一段時日。照這個光景，咱們也問不出名堂，不知姑娘心裡是什麼章程？」翠煙稟報道。

清懿思索片刻才道：「留在府裡養著吧，略好些便送去織錦堂，著人教她一門手藝，今後也有傍身的根本。」

翠煙有些遲疑。「可是……她保不齊是知道項家底細的，咱們不問了嗎？」

「不問了。」清懿坦蕩道：「她不說，也許是真的想不起緣由，又或者連她自己也不知道是何緣故招來殺身之禍。退一萬步講，倘或她是裝瘋賣傻不肯說，也不打緊。至少咱們知道項連伊暫時使不出陰招了，否則早就來對付我，哪裡會拿一個小丫頭撒氣？

「她即便有利刃在手，只要刀無法出鞘，我也不必花心思提防她。」清懿道：「如今年節將至，咱們忙活了這麼久，合該好生過個年才是正經。」

大年二十九，曲府眾人難得齊聚一堂。平日裡，一家人四分五裂，這天總算能湊個團圓模樣。

豐盛的宴席擺滿整張大圓桌，曲元德照例坐上首，他的左手邊依次坐著曲思行、曲思珩和曲思閫，右側坐著陳氏、清懿、清殊、清芷、清蘭，象徵性地說了幾句祝詞後，曲元德便揮了揮手，示意大家動筷子，端的是一副懶得敷衍的模樣。

作為主母，陳氏本該說兩句話，只是她如今空有名頭、沒有實權，心中怨憤，也不想開口，於是偌大的餐桌上只聽到碗筷碰撞聲。

「上回吃清蒸白魚還是去歲九月初在外祖家。」曲思行給清懿、清殊一人挾了一筷子魚肉。「快嚐嚐，這個會做潯陽菜的廚子還是我借來的，明兒得還回去。」

一桌人裡，也就曲思行泰然自若，有個笑模樣，他又給其餘弟妹一一挾了菜。曲思珩和曲思閬沒什麼異樣，唯有兩個妹妹神情落寞。

如今的曲清芷沈穩了不少，也許是知道自己的靠山倒了，再飛揚跋扈也沒人護著，她反倒明白了很多從前不明白的道理。譬如，雖然爹娘在上首，其實家中是大姊姊作主，一應大小事都得她點頭才行，她說大年二十九吃團圓飯，那就得二十九吃，沒人敢問三十要做啥。

曲思行給她挾菜，她就老老實實地接過道謝；清懿給她發壓歲錢，她也不再挑挑揀揀。

快散席的時候，瞥見小姑娘懨懨的樣子，清殊突然道：「哎，我那珠串妳還要不要？」

聞言，曲清芷一愣，想了好久才反應過來。「啊？妳的碧璽珠串嗎？」

一提這個珠串，前事種種又浮現在眼前，曲清芷想起她被清殊戲耍的經過，差點繃不住老實的假面，硬邦邦道：「誰、誰稀罕妳的珠串！」

清殊捂著嘴笑，眨巴眼睛道：「真不要啊？」

「妳、妳真給啊？」矜持了一會兒，曲清芷還是沒忍住誘惑，扭扭捏捏地問。

清殊褪下碧璽珠串在她眼前晃了晃，直晃得她視線跟著轉，然後猛地一收，俐落道：「騙妳的，不給。」

「曲清殊！」曲清芷七竅生煙，怒喝一聲，背過身去不肯再理人。

清殊哈哈大笑，趕忙拉住她，連聲哄道：「好了好了，逗妳玩的，妳的禮物在這兒呢，快打開瞧瞧。」

玉白色錦盒遞到眼前，只見裡面躺著一條色澤明豔清亮的紅珊瑚手串，中間點綴細碎的瑩潤花瓣玉石，款式十分新穎別致，叫人挪不開眼。

曲清芷心裡動搖大半，卻拉不下臉面，因此倔強著不肯轉過身。

清殊從容地繞到她身前，笑容可掬，討好道：「不氣了，不氣了，這是貨真價實的上品珊瑚，我親手設計的哦。」

清殊一旦要哄人，那真是扭股兒糖似的黏人，再沒有人能抵抗的。三言兩語外加糖衣炮彈，就讓曲清芷本就不大堅硬的心防倒塌。

「行吧，我……我勉強收下了。」曲清芷不大自在，小聲咕噥。「那個……多謝了。」

沒等清殊聽清她說了什麼，這丫頭就匆匆地跑了，依稀可見臉紅得滴血。

曲清芷收到流風院年禮的消息不脛而走，那些個油滑的管事婆子最會審時度勢，立刻便琢磨出了主子的意思——四姑娘送出的東西，一定是經過大姑娘授意的。顯而易見是抬舉人的打算，婆子們暗暗留心，不敢再捧高踩低，為難不得勢的主子。

與曲清芷境遇相反的是蘅香院。

院牆外，收到流風院送來的年禮，丫鬟、婆子們高興成一團，嘰嘰喳喳地說個不停，好生熱鬧。一牆之隔的院內，曲清蘭孤零零地坐在一棵枯木底下，冷風呼呼地灌進衣領，她凍得臉色青白，卻也不肯挪動半步，執著地站在原地聽外頭傳來的笑聲。

梨香將這一幕看在眼底，心裡不忍，上前道：「姑娘何苦如此，大過年的凍壞了身子又有誰心疼？」

清蘭恍若未聞，垂著眸沈默許久，才輕聲道：「何須旁人心疼，我凍死了倒乾淨。」

「呸呸呸，姑娘快呸三聲，莫要說這種晦氣話。您年紀輕輕，花朵似的年紀，什麼死啊活的，也不怕犯忌諱。」

清蘭微微一笑，冰涼麻木的眼神溫暖了片刻，卻又想到什麼，再次失去了光亮。「梨香，以後找個好主子吧，我知道，妳跟著我遭受了不少冷眼，受盡了委屈，是我立不起來，連累了妳。」

梨香鼻頭一酸，紅了眼眶。「姑娘，您說什麼傻話？倘若不是您提我做貼身丫鬟，哪有我今天活著吃口飽飯的日子。」

清蘭蒼白的臉頰上浮現一抹笑，那笑意卻沒有到達眼底。「我自己尚如浮萍無所依靠，妳卻將我視作救命稻草，妳高看我了。在那些貴人心裡，我不過螻蟻，又有誰會關照一隻螻蟻的命運？」

梨香聽不懂文謅謅的話，卻聽出她有自輕自賤的意思。只是她一介丫鬟，實在無法體會小姐的傷心難過。在她看來，有飯吃、有衣穿、有書讀，有享受不盡的榮華富貴，已經是神仙似的日子，除此之外，還要渴求什麼呢？

清蘭並不指望她感同身受，心裡越發悲傷難抑。

就在這當口，有一道輕緩的女聲傳來。

「螻蟻尚有偷生的本能，妳的命就比螻蟻還輕賤嗎？」

清蘭猛然抬頭，待看到來人時，她臉色煞白，轉而又羞愧地低下頭，強忍著眼淚。

「姊姊……」

清懿並未理會，徑直往她屋內走去。一進去，她便找了個暖爐添上銀骨炭，自顧自地坐下。

清蘭猶豫一會兒，還是跟在後面進去。沈默間，誰也沒有開口，只餘炭火嗶剝聲。

「姊姊為何會來？」清蘭聲音細如蚊蚋。

在這樣的沈默中，她的神情從小心翼翼，忐忑不安，逐漸變成了認命般的麻木。「倘或是來興師問罪的，便不勞姊姊動手。實則姊姊若不來，再過片刻，我就會自我了結，不必妳費心了。」

話音剛落，一把火鉗子突然掉落在地，發出乒乓的響聲，空氣裡瀰漫著的壓抑氛圍瞬間消散。清懿拍了拍手，神色自若。「啊，沒拿穩，掉了。妳剛說什麼？」

清蘭一怔，動了動嘴唇，本想複述一次，卻好像喪失了底氣。

清懿撩起眼皮看了她一眼。「想死很容易，不必出遠門，只要離開正陽街，到城門下面瞧一瞧，病死的，餓死的，被人打死的，自縊上吊死的……想要哪種就挑哪種。妳自詡螻蟻，便選個螻蟻的死法，如何？」

清蘭越聽臉色越發白，嘴唇抑制不住顫抖，眼淚大顆大顆地往下掉，她難以置信地搖搖頭，哽咽道：「姊姊……妳再恨我也不必羞辱我，妳要我死，我自然不敢不從，妳現下是連體面的死法都不想給我嗎？」

清懿發出短促的輕笑，淡淡道：「原來螻蟻也需要體面？」

「妳！」清蘭面色脹紅，她一而再、再而三地被自己說的話堵住，心底壓抑的弦終於繃不住。「螻蟻、螻蟻，對，我是螻蟻，可我也是大武朝正經的官家小姐，和妳流著一樣的血脈。」

清懿眉頭微挑，緩緩道：「奇了，妳竟知道自己是官家小姐。一個官家小姐口口聲聲說自己命賤，為了改命不惜昧著良心害那個和自己同樣血脈的姊姊。我倒想問問，妳給項連伊傳消息的時候，想沒想過我是妳姊姊？」

明明是平靜尋常的語氣，落在清蘭耳朵裡，就像是無數利刃扎進心臟，刺得她生疼。

「我……」清蘭啞著嗓子，方才的氣勢瞬間消失。「是我對不起妳，是我鬼迷心竅，是我不願認命，肖想不屬於自己的東西……我正是因為知道錯了，所以想以死謝罪。我不求妳原諒，只盼望能讓我死得乾淨。」

這番淒婉的剖白，讓一旁的梨香眼眶通紅，抽泣不止。她偷偷看了一眼那位主子，卻見她神色如常，沒有半分心軟，甚至唇角微勾，露出個笑模樣。

「妳啊，口口聲聲都是死字。」清懿搖搖頭，嘆了一口氣，有些意興闌珊。「曲清蘭，妳可知在這個世道，人命多矜貴？

「妳自小長在富貴人家，即便吃穿比不上三姐兒，也算得上錦衣玉食，不曾受到苛待。妳再去問問旁人，只問問外院掃灑丫鬟，但凡能好生活命，她家人何苦將她發賣？上回水患，城郊遍地是流民，逃難路上易子而食的人倫慘案多不勝數，妳去問問他們，都到了這步田地為何還活著？」清懿語氣平淡，說出的每一個字都似有千鈞之重。「妳沒有見過真正的螻蟻，便不要以螻蟻自居。」

清蘭愣在原地，梨香的眼底卻流露一抹沈思。

「可是、可是只因我出身官家，境遇比他們好上半截，那麼我的苦難便不能算是苦難嗎？」清蘭眼角有淚滑過，她心裡有無數委屈堆積，都在這一刻傾洩而出。「我的母親不得父親喜愛，連名姓都被瞞得死死的，如果不是太太發瘋咒罵，我甚至不知道她叫岳菀。我的父親從不曾對我有絲毫憐憫，所有兒女裡我就是最不起眼的那一個，我沒有親兄弟、親姊妹，沒有人真心實意疼愛我；好不容易有一個中意的人，卻出身高不可攀的門第，我用盡所有手段和心思都觸碰不到他。我的出生就是錯誤，以至於後來走的每一步路，都是一錯再錯，直至如今，無法回頭。

「姊姊，」說到最後，她已然淚流滿面。「妳回京的那一天，正是我生辰。妳送我的那塊羊脂玉，我很歡喜。我被項連青刁難，四妹妹替我出頭，我很感恩。也是那日，妳看穿了我的心思卻沒有說破，我便知道，妳不會幫我。此後種種，皆因我心中不甘。姊姊，我好羨慕妳，也好想成為妳啊……」

「羨慕我……」清懿神色複雜，她忽然想起自己遙遠的前生，坎坷而艱辛。

為保留她做主子的顏面，清懿擺了擺手，示意梨香退下。屋內只餘她二人，一坐一站，彼此對視。

良久，清懿用十分平淡的口吻道：「妳並非羨慕我，妳只是羨慕金玉其外的光鮮，羨慕如意郎君的誠心相待，羨慕妳所想像出來的我。妳不曾見識過天地廣闊，便以為內宅彈丸之地就是妳未來的全部；妳沒有體會過旁人的苦難，便覺得自己所受的委屈最了不得；妳未曾讀萬卷書，便將金銀珠寶和如意郎君視為最渴望的訴求。可是清蘭，人生何其漫長，妳才多大，就敢妄斷人生？」

清蘭淚水凝聚在眼眶，她怔怔如癡，呆立在原地，像是慢慢消化這番話。

清懿並沒有興趣做一個說教者，凡事點到為止，再多的道理，須得親身經歷方能體會一二。她今日到訪的目的，也不是偶發善心，如果非要細究，這更像是一份年禮。

此前，其他院子裡的兄弟姊妹都收到了年禮，古玩玉器、字畫首飾等等，不一而足。最後送到蘅香院的這一份，是一條回頭路。

「開春後，我要開一個幼兒學園，正缺一個教習娘子，倘若妳想去瞧一瞧外面的世界，去見識別人的生活，妳可以來找我。」

清蘭猛地抬頭，難以置信道：「姊姊，妳還願意信我？」

「信不信的，都是自己掙來的。」清懿緩緩抬頭。「不過，我醜話說在前頭。原先妳那些動作我一概不計較，左右是我自己的事，只當妳犯蠢；可幼兒學園事關重大，往後妳再敢吃裡扒外，後果不必我囉嗦。」

清蘭眼皮顫了顫，哭腫的雙目裡盈著大喜大悲後茫然無措的神情。

「姊姊，我真的可以勝任嗎？」她像一隻怯怯的小動物，遭受了無數冷眼，以至於對從天而降的善意手足無措，甚至越發怯懦不自信。「我只在家跟著夫子唸過幾本書，並不曾正經上過女學，怎麼能當幼童們的教習娘子呢？」

第五十四章

清懿這會兒才露出一絲真心實意的笑。「我並不能斷定妳能勝任，不過，試一試又有何妨？人活一世，誰能預先知道前路？走錯了便換一條道，撞了南牆便索利點回頭就是。」

聽了這話，清蘭面露思索，她眼底滿溢著複雜的情緒，是喜悅，是羞愧，是難以言喻的悔意。良久，她緩緩抬頭，一向不敢正眼看人的姑娘，此刻的眼神卻沒有閃躲，反而一派堅定。她的聲音還發著抖，帶著些許哭腔。「姊姊，我願意試試。」

年二十九的月亮似羞怯美人，在烏雲蓋子底下掀起一絲縫，灑下淡淡微光。

院牆外的丫鬟們在爭搶著小玩意兒，不時傳來陣陣笑聲。

可在此刻聽來，卻並不如剛剛那般反襯出她院內的寂寥。

要出門時，清懿卻被叫住。

「姊姊，留步！」清蘭三步併作兩步，急忙追上前來，還來不及喘勻氣，就從懷裡掏出兩個小荷包遞給清懿。

借著月光，清懿低頭細看，發現上面分別繡著一隻小兔子、一隻小豬，模樣圓滾滾的，針腳細密，煞是可愛。

「姊姊，這是妳們回京那日，四妹妹說要的荷包，一個小兔子和一個小豬。我早就做好了，只是一直沒臉送過去。」清蘭聲音極小，是一貫的膽怯模樣。「起初是想著，也許四妹妹只是為我解圍，隨口一說，我卻巴巴記著，不免難看。後來……是我做錯了事，不敢再去。」

她深吸一口氣，眼眶有些紅，卻極力忍住，反而揚起一個笑。「耽擱這許久，還望大姊姊和四妹妹莫要介意。若是不喜歡，我再繡其他花樣。」

「不必繡旁的，她會喜歡的。」月光下，清懿神色溫和。「天冷了，早些回去，爐子也點上，不必儉省銀骨炭。」

清蘭使勁點頭。「嗯。」

清懿提點了幾句旁的，臨走前又看了她一眼，放緩語氣道：「不必自苦。」

這回，清蘭死死忍住的淚還是奪眶而出，她嘴唇咬得更緊，再次點頭。「嗯！」

冬日的月亮算不上圓，人間的團圓夜，卻稱得上團圓。

大年三十這天，流風院上下早早就忙活起來，連清姝都沒有賴床，在廚下幫倒忙。

「哎呀，我的好姑娘，您上外頭和玫玫玩去，別來我這兒添亂了！」在綠嬈第十八次把清姝往外趕的時候，又一波客人到了。

「誰來了、誰來了？是不是碧兒姊姊到了？」清姝的注意力立刻轉移，蹦蹦跳跳地往院子裡去。

「問姑娘安。不只是我，您瞧瞧，還有誰來了？」院門一開，只見領頭的是披著銀鼠毛斗篷的碧兒，她身後還跟著兩名女子，一個是趙鴛，而另一個看著有些眼熟，她五官清秀，膚色微黑，一雙眼睛尤其明亮，是一副很有精氣神的模樣。

清姝一時愣住，扒著門框想了好一會兒，方才猶豫道：「這是……紅菱？」

女子噗哧一笑。「難為姑娘還認得出我，大半年不見，前兒送來的穗花牡荊種子可長成了？」

清姝哈哈大笑。「養活了半數，剩下的因遇水災，都淹沒了。我正想央碧兒姊姊再向妳討一點來，可巧妳就回來了。這會兒回來正好，除夕就是要熱鬧一番！走，我帶妳見我姊姊去。」

一行人說笑著進屋，見到清懿，紅菱突然正正經經地一撩裙襬，跪地磕了一個響頭。眾人忙攙扶，紅菱卻推開大家，直視著清懿道：「姑娘昔日恩情，紅菱沒齒難忘。我這一禮，姑娘受得。」

見到紅菱，清懿先是一喜，見她舉止，又是訝異，聽見她的話，又漸漸轉為複雜的嘆息。「起來吧。」

清懿托著紅菱的胳膊，帶著她起身，而後緩緩道：「我看到了帳簿，也知道妳在北地做得很好，想必這一路妳吃了不少苦頭。妳這一禮，合該謝妳自己才是。我只不過給了妳選擇的機會，是妳選了這條路，還做得很好，所以如今北地鹽道願意尊妳為大管事，都是妳應得的，不必謝我。」

才過大半年，紅菱卻活脫脫變了一個人似的。原先她雖是丫鬟，因吃穿用度都與尋常人家的小姐差不多，故而養得一副精細皮肉。如今她膚色黝黑，臉頰紅潤，頗有幾分颯爽之氣，儼然是個飽經風霜的邊疆女子。

眾人圍著紅菱問東問西，她挑揀了幾件新奇有趣的說上一說，沒出過遠門的姑娘們都聽入了迷。

清懿在上首，清殊依偎在姊姊身邊的矮榻子上，翠煙和彩袖端來吃的喝的，順勢坐下。綠嬈、茉白和碧兒、紅菱等也團團圍坐在暖爐旁。

「今兒是除夕，不分主僕，妳們只管好生歇一歇，行酒令還是占花名，又或是打馬吊，愛玩哪個便玩哪個，不許拘禮。」清殊笑呵呵道：「辰時起，廚下就溫著高湯，各色食材齊備，酒肉果蔬管夠，咱們的年夜飯也不必有旁的，只吃火鍋自助餐就好，妳們餓了只管自行取用。總之今晚的守歲夜，誰也不許睡，都給我精神的。」

翠煙、彩袖這幾個見慣了的倒沒什麼異樣，自進了流風院這道門，從前根深蒂固的主僕關係就悄悄發生變化。

比起主僕，她們之間的關係或許更像是家人。碧兒因這些時日的相處，也習慣了曲家姊妹的隨和，唯有紅菱和趙鴛，頗有些不知所措。只是這點拘謹，在清姝嚷嚷著「四缺二，來湊個角」，強行被拉去打馬吊後，也不復存在了。

眾人一直鬧到半夜，燭火續了三根，茶水、瓜子上了又上，直到聽見外頭鞭炮齊響，又有隔壁街巷傳來的祭祀之音，便知是除夕已過，新的一年到來了。

清姝玩得昏頭轉向，一聽見動靜，忙跑到院子裡觀望，只見不知是哪家高門正在放煙花，絢爛的煙火綻放在夜空，各處一派喧鬧。姑娘們都跟了出來，一齊抬頭看煙花。

清姝突然雙手合十，閉眼道：「辭舊迎新，我要許個願！」

清懿幫她理了理歪掉的毛領，笑道：「我們四姑娘許了什麼願？」

清姝回頭看姊姊，眼睛笑彎成一道月牙，她也不賣關子，清脆道：「我許願，年年有今日，歲歲有今朝。每一個新年，大家都要一起過！」

清懿的目光驀然柔和。「好，那我也和妳一起許。祝我們這裡的所有人，年年有今日，歲歲有今朝。」

到了後半夜才歇下，可是大年初一卻馬虎不得，再睏也得早起。推開院門，曲府仍是那個曲府，主僕依然要做主僕，正月初一該行的禮節一樣也不能落下。

給外院眾僕從發了一笸子錢後，姊妹倆收拾整齊出門拜年。

清殊睏得不成樣子，瞇著眼跟著姊姊，就這麼依次給曲元德、陳氏等長輩一一拜年領紅封，她甚至都沒精神看裡頭裝了多少錢。等到真正清醒過來，清殊才發現自己在一輛馬車上。

「可算醒了，便是瞌睡蟲成精也沒得四姐兒您這般能睡的。」彩袖半嗔半怒，一面拿了溫熱的帕子替她輕輕擦拭臉頰。「熬大夜，臉都腫了，敷上一時半刻就好，免得待會兒見人不好看。」

清殊聲音悶悶的，呆問道：「見誰呢，這是走哪兒？」

清懿輕輕彈了一下她的額頭，笑道：「去國公府拜年。」

因國公府有位高壽的老祖宗，平日不往來還好，逢年過節再不去就有些不好看，所以這回是曲元德領著一大家子過來。

國公府女眷有誥命在身，按照禮制，天還沒亮就得入宮覲見。曲府眾人到時，曲雁華仍穿著盛裝，未換常服。

曲元德和曲思行等人去了外院男客處，留下一眾女眷。

陳氏強打著精神說了幾句客套話，她自從歇了攀附高門的心思，便不再討好一眾貴婦。曲雁華也不在意，略應付幾句，就找個由頭單獨將清懿二人帶出來。

「妳那個丫鬟，可是妳放在北地的？」房門一闔，曲雁華便開門見山。

今天是彩袖和紅菱跟著出門，清懿略一思索便知她是猜出來的。「姑母好眼力。」

曲雁華輕哼一聲。「她渾身氣度與眾人不同，從前又不曾見過，只能是妳的暗棋。」她頓了頓，又道：「我原不想大年初一就操心這些，只是我近日發覺程善均那頭的生意頗有些古怪，少不得要說與妳知道。」

清懿眉頭微蹙。「怎麼古怪？」

曲雁華撩開眼皮，凝重道：「程善均在和北燕人做生意。」

清懿眸光一凝，忽然想到袁兆農莊裡那幾個異族人，這其中可有關聯？

「我知道了，還請姑母再多留心。」清懿垂眸道：「程善均敢和燕人打交道，後面一定有人給他撐腰，只是我暫時想不大明白，項丞相、抑或是晏徽霖，是如何與燕人搭上關係的。」

「這也正是我想不透的。」曲雁華道：「我朝尚且陳兵十萬在北地邊境，他此舉與通敵有什麼分別？」

二人一時無言，沈默思考片刻，都沒有思路。

離開時，曲雁華親自送清懿上馬車，她眼波一轉，忽然想到什麼。「倘或妳真想知道旁的，靠我大抵不中用，不如去寧遠侯府打探一二。那位郎君一向機敏，妳又和他走得近，豈不方便？」

她這話不是憑空捏造，因為話裡的那位郎君，此時正站在不遠處的廊下。

他或許是剛從宮裡出來，穿著與往日不同，一向閒雲野鶴似的公子，今日一身雀金色繡暗紋華服，玉帶束窄腰，端的俊美異常。他不經意抬頭，正好瞧見馬車前一閃而過的身影，目光頓了頓。

曲雁華雖這麼提了一嘴，清懿卻不至於真就巴巴地追著袁兆問。

隔著人群，二人遙遙對視一眼。清懿微微頷首，略行一禮，算是新春問好。

袁兆抬了抬下巴，示意柳風上前來，湊近囑咐了兩句，旋即轉身上車。

清懿拉下轎簾也準備走，車壁卻被人敲響。「叨擾了，恭祝姑娘正朔納福，上回見姑娘愛吃覆盆子，莊裡的婦人又送了些來。如今冬日天寒，便是京裡也難有可口的果子，姑娘拿著嚐嚐鮮。」

緊接著，一個八角點金漆的精緻盒子被遞了進來。東西一送到，柳風便走了，沒叫周圍人發覺這邊的動靜。清懿揭開蓋子，裡頭的覆盆子又紅又新鮮，顯然是精心備好，並非是如他說的那般順手送人的東西。

清殊眼珠子滴溜溜地轉，順手拋了一顆果子進嘴裡，饒有興趣地戳了戳姊姊的胳膊，小聲道：「哎，他說上回，姊姊背著我與他還有個『上回』？」

「吃還堵不住妳的嘴嗎？」清懿瞋她一眼，給她塞了一顆果子，才淡淡道：「不過是有上回，沒下回的事。」

試探項連伊告一段落，清懿的確沒有再找他的必要。只是她沒想到，這的確是袁兆最後一次以清貴的姿態出現在眾人眼前。

正月十五，上元佳節，滿京城燈火通明，熱鬧非凡。值此歡慶時節，宮中突然傳來消息，聖人御宴震怒，連夜下旨，將端陽長公主與寧遠侯獨子袁兆貶謫出京，無詔不許歸，全宮上下無不震驚。

袁兆何許人也，七歲時便憑著一手驚豔的畫技為朝爭光，文采、武功無一不精，又生得一副神仙似的好相貌，即便皇帝子孫如雲，這個親外孫也一直是他最疼愛的小輩。從小到大，別說是動怒，就是一句呵斥，也是沒有過的。就是這樣一個極受寵愛的郎君，一夜之間竟被貶謫出京，與庶人無異，怎不令人吃驚？

第二天，這個消息傳遍了京城，眾人都忙著運用人脈打聽其中緣由。尤其是政治神經極其敏銳的高門，天未亮便四處奔走，想知道袁兆是做了什麼才讓聖人發這樣大的火。

平日裡，買通幾個宮人傳遞無關痛癢的消息也是有的，可這一回，整個皇宮如鐵桶一般嚴實，任憑高門多有本事，仍是一句風聲也沒有探聽到。眾人又把希望放在當晚赴宴的官員身上，只是這群官場老油條要麼是位高權重，由不得人擺布，要麼就是滑不嘰溜的人精，大正月就閉門謝客，也不知是有誰的授意，一個字都不肯多說。

清懿是次日早晨才聽聞此事，彼時她正在用早膳，只聽見彩袖在外頭嚷嚷。「了不得，了不得。」

待她急白了臉地說出這樁新聞，眾人俱是一驚。

清殊頂著雞窩頭，急得從床上蹦下來。「當真?!可聽岔了不曾？」

彩袖一拍大腿。「哪裡的話，我便是只長一隻耳朵也不能聽岔這等大事！菜市口都貼出告示了，街頭巷尾早傳遍，連隔壁七十歲的老嬤嬤都曉得了，傳得有鼻子有眼，真真的，說是聖人的親外孫，那位鍾靈毓秀的郎君，除了袁公子還能有誰？」

清殊越發急了，追問道：「真是親外孫，不是親孫子？姓袁還是姓晏啊？姓晏的那個脾氣火爆，哪天嘴上沒個把門的惹惱了他爺爺也未可知啊？」

彩袖無奈。「祖宗，姓袁，不姓晏。」

清殊聽罷還是不能安心，下意識地轉頭看向裡屋。清懿背對著這邊，叫人看不清臉上的神情。

翠煙極有眼力地招呼眾人一齊退了下去，只餘她姊妹二人。

「姊姊，妳早就知道這個結果是嗎？那妳……」她小心翼翼，語氣有些遲疑。

清殊坐到姊姊的對面，眼看著她眸光微凝，轉而又平靜下去，緩緩道：「妳放心，我沒有怎麼樣。這原就是要發生的事情，在我意料之中，只是乍一聽聞，難免有些吃驚。」

畢竟，聽別人口述時過境遷的往事，和親眼見證高樓坍塌的過程，是不一樣的。

「更何況，我與他本沒甚相干，前塵舊事，如今想來倒像是看一齣戲，虛妄得很。」清懿微微皺眉，像是有幾分苦惱。「真要說疑慮，我倒更想知道這樁事的始末。」

能參加上元御宴的官員大多是皇帝寵臣，數量少而精，曲元德以四品官的身分忝居其中，頗為不起眼。清懿到訪時，曲元德彷彿早就猜到她的來意，桌上擺著兩套茶具，招手示意她坐下。

「妳要問我的事，我知道。只是奉勸妳，莫要插手，免得引火焚身。」他淡淡道。

清懿順勢坐下，為自己斟了一杯茶。「所以，當晚發生了什麼？」

曲元德垂著眸，沈默片刻，方才緩緩道：「袁兆當庭狀告北地守備官長孫遷勾結北燕，假傳捷報。說此人通敵賣國，害得邊關三城十萬守備軍皆殞命。」

如平地一聲雷炸響在耳畔，清懿心臟猛地一跳，短短一瞬間，她的呼吸都頓住了。

「什麼？」

一向喜怒不形於色的曲家父女，難得在同一件事上感到震驚。

曲元德看了她一眼，沈聲道：「如果不是親耳聽見，我同樣覺得匪夷所思。當夜，那位袁家郎君好像早有準備，並非臨時起意，誰也不知他暗中籌謀多久，連物證、人證都拿了出來，只為在上元御宴一舉發難。」

曲元德眼底神色複雜而悠遠，碧色的敬亭玉露映襯著眸光，在裊裊茶煙中，他平鋪直敘著當晚的經過。

第五十五章

皇家御宴，如往常一般的歌舞昇平裡，那位穿著素白衣裳的郎君越眾而出，借著給聖人敬酒祈祝的時機，突然以平淡的口吻說出石破天驚的話。

高臺之上，宸旒遮住垂垂老矣的聖人眼睛。右側首席，權傾朝野的項丞相端坐如鐘，慈祥的假面底下藏著深不見底的幽暗，自他往下，各部高官如出一轍地沈默。冥冥中，好像有一堵高牆遮天蔽日，將整座大殿籠罩在內，連同最頂端的龍椅。

而那位白衣郎君，似一柄極為鋒利的劍刃，將這座高牆劈開一絲裂縫。

他的聲音清朗而平靜，卻帶著削金斷玉的鋒芒。「臣袁兆，狀告北地守備官長孫遷，勾結北燕，瞞報軍情，犯通敵賣國之罪。他以與北燕通商，進獻物資為籌碼，換得敵軍佯裝兵敗，假傳捷報入京獲取封賞，而實際上，邊關十萬守備軍早已全軍覆沒。

「白骨如山，累累血債，以上樁樁件件皆有物證、人證。」

此後，通敵的書信、長孫遷身邊的幕僚口供……等等證據一一被擺到明面上，叫人無法辯駁。

袁兆這一齣當眾檢舉，實在是索利又突然，眾人還未反應過來，長孫遷的罪名已經死死被扣在頭頂。終於，有人回神，語意不明地道：「小侯爺與長孫遷無冤無仇，不知是從何處掌握這些證據，竟要在上元節當日檢舉他？再者，他人尚且在北地，您即便罪證確鑿，也不能不聽他辯駁一句，就給人定罪吧？小侯爺不妨直言，是何人在挑唆您，免得被人當槍使。」

這人是項丞相黨羽，向來暗中扶持晏徽霖，話裡話外，意在暗指袁兆假借檢舉之名，行黨爭之事。他並非為了長孫遷出頭，而是意在保全長孫遷身後的項丞相一黨。

長孫遷小小一個守備官，哪裡來的膽子犯這種滔天大罪？不過是一隻替罪羔羊。

自然，袁兆選在今天發難，也絕不是為了一個長孫遷——他是要借著這個由頭，徹查項黨一派。轉瞬明白局勢的聰明人，已經很清楚這不再普通的御宴，此等關頭，為誰說話，就是站誰一黨。

大殿之上，看不見的硝煙瀰漫。在這樣的驚雷落下時，除了方才受人指使的出頭鳥，竟無人再出聲。眼前的沈默，如同扼住人脖頸的利爪，將所有聲音掐死在喉中。

一片沈寂裡，曲元德記得，那郎君從容不迫地一拂衣襬，朝著高臺之上未發一言的皇帝端端正正地行了一禮，而後淡淡道：「要給他定罪的並非是我，是邊關十萬孤魂，是被馬蹄肆虐的三城百姓，是勤政殿之上，列祖列宗留下的正大光明四字。」

這樣的話，聽在浸淫官場多年的老臣耳中，哪裡肯信呢。那一雙雙渾濁眼睛裡，俱是淡漠與算計。

終於，高臺上的聖人開口道：「既有人證和物證，便徹查此事。來人，傳朕旨意，擢令大理寺卿方通海為欽差大臣，前往北地查明此案，以安民心。」

方通海也在席中，尚未領旨，卻被一隻手按下。

「不必煩勞方大人跑一趟。」袁兆環顧一周，雲淡風輕道：「長孫遷已經到了京城。」

此話一出，原本不動如山的項黨一眾，心弦猛然繃緊。

「北地路遠，此事牽連甚廣，方大人若是去了，難免風波不斷，屆時還不知是什麼結果。一個不小心，人證死了，物證丟了，罪魁自裁了，豈不是又成無頭懸案？」袁兆一字一句地將眾人心裡的詭計踩中，他抬頭道：「這些年，無頭懸案還少嗎？」

心裡有鬼的人不敢直視他的目光，他的話再直接不過，這是要拔出蘿蔔帶出泥，非要挖乾淨不可。

先時出頭的督察院左副都御史烏紹，此番又做馬前卒，冷笑道：「小侯爺並不曾有官身，查案是大理寺的差事，您插手不合規矩吧？今日是上元御宴，此事再怎麼緊急，也該容後再議。

「殿下您這樣情急，究竟是為了您口中的凜然大義，還是想借此機會牽連他人呢？」烏紹一拱手道：「微臣不敢妄斷，還請陛下聖裁。」

問題又拋給了聖人。

大武朝的這位崇明帝積威深重，在位數十年裡勵精圖治，算得上一介明君。他一向乾綱獨斷，將帝王之術運用得爐火純青，只要是他說出來的話，沒有人敢反駁。

袁兆同樣看向崇明帝，等著他的回答。

高臺上，煌煌燈火照耀之下，他突然清晰地發現，昔日的英明雄主已經老了，他舊疾纏身，即便極力掩飾疲憊的神色，卻仍能看出虛弱的狀態。那身明黃龍袍套著一具老邁的身軀，在那堵高牆的襯托下，顯得如此無力。

崇明帝回望著他，眼中的情緒沈暗而複雜。良久，他緩緩道：「此案，應當交由大理寺……」

「陛下，」袁兆突然打斷道：「長孫遷盤踞北地多年，貪墨百萬雪花銀，幾乎可抵半個國庫。如若沒有人替他保駕護航，他哪裡來的膽子犯下此等大案？」

崇明帝皺眉道：「夠了，朕說過，交給大理寺。」

袁兆不理會，語氣平靜，字字句句卻如刀一般鋒利。「崇明二十五年，長孫遷娶項家旁支女，而後受人舉薦一躍升至戶部侍郎，受的是何人恩惠？崇明二十八年，長孫遷被派往北地任邊軍督察官，適逢主帥盛懷康奪回北地三城，之後卻遭遇敵軍埋伏，險些身死，其中是否有他人手筆？

「盛懷康已失一臂，不再擔任主帥。如今能讓北燕不敢來犯的將領，只剩以王爺之尊守在邊關的淮安王晏千峰。王爺不比寒門將軍，倘若真有萬一，幕後之人豈不引火焚身。於是此後數年，邊關才有短暫的祥和。」袁兆意有所指，唇邊掛著冷冽的笑。「只是，野狼的胃口一旦養大，又豈能忍耐太久。與真金白銀相比，通敵叛國的罪名又算什麼？更遑論百姓和兵士的死活，那只不過是奏報上需要加以潤色的數字罷了。」

他每多說一個字，項黨眾人的臉色就越沈一分。

「所以，在去歲九月，幕後之人就再次布局，佯裝北燕來襲，向朝廷討要錢糧；待錢糧到位，又外通敵軍，裡應外合，坑殺十萬守備軍；之後再與北燕通商，三座城池名存實亡，暗地裡早已拱手讓人。」袁兆眼底浮現一絲暗紅，語氣是從未有過的森寒。「當真是一條好計謀啊！吃了朝廷的錢糧，與北燕通商買賣鹽鐵，謊報軍情還能繼續吃死人的空餉。我倒想問問，偌大的三座城池，究竟要怎樣的殘酷手段，才能將消息瞞得滴水不漏？北地鹽湖裡的水都被血染紅了吧？」

此話一出，不由得讓人膽寒。

可是久經風雨的人都知道，真相只會比他說的更加駭人聽聞。

「袁兆！」崇明帝突然冷喝一聲，這是制止的意思。

袁兆不卑不亢，直視著高臺上的九五之尊，繼續道：「淮安王晏千峰，陛下的親兒子，自九月歸北地，已經失蹤數月有餘。野狼胃口已經大到啃食主人了，陛下讓我住嘴，我卻要問問您，還要閉著眼睛裝睡到什麼時候？」

「袁兆！不許無禮！」

「逆子，你是不是瘋了！」

霎時間，兩道熟悉的身影倏然起身。一個是代替病弱的太子坐在左側上首的皇太孫晏徽揚，一個是氣急敗壞的寧遠侯袁欽。

「讓他說。」

崇明帝強撐著身體，一步一步走下高臺。所過之處，匍匐一片。

袁兆沒有跪，他直挺挺地站在原地，像一塊寧碎而不屈的白玉。

「我七歲那年，您說『此子生有反骨，恃才傲物，當朝大儒裡無人能教導他』，因此替我請來了顏聖，顏泓禮。我跟著師父遊歷民間那些年，讀的是農耕四時經，誦的是為天地立心，生民立命。我自知不過一介凡夫俗子，做不到宏願之萬一，今日所言，只是為蒼生說句公道話罷了。」

崇明帝深深地看了他一眼，短短一瞬間，祖孫倆的視線交會，誰也看不懂其中一閃而過的情緒。

「朕讓你住口，你聽不明白嗎？」崇明帝怒道：「這樣駭人聽聞的血案，人證、物證甚至於罪魁都是你帶來的，朕說過要隔日再審，就是不偏信於你，焉知你不是參與黨爭，栽贓陷害他人？」

袁兆發出短促的輕笑。「我若黨爭，還有他們什麼事？」

「啪」的一聲，狠狠一道耳光搧在袁兆的臉上，崇明帝用了十分的力道，可見其盛怒。

「袁兆！這一巴掌，打的是你不尊君上。」

「陛下息怒！」眾人忙道。

「啪！」又是一巴掌。

「這一巴掌，打的是你不敬長輩！」

崇明帝猛地一擺手，揮退來攙扶的太監，指著袁兆的鼻子道：「你既知是凡夫俗子，今後便如你所願，奪去世子尊榮，逐出京城，做你的平頭百姓去！」

袁兆俐落一振衣袖。「謝陛下恩賞。」

「你！」崇明帝越發氣怒，脹紅了臉，抬腳就要踹，卻被後面的人拖住。

「陛下息怒，莫要氣壞了身子！」

「陛下息怒！」

眾人似真似假地勸道。

「陛下！兆哥兒情急之下言語無狀也是有的，乍一聽聞長孫遷所犯之事，誰都會怒氣攻心。陛下，請收回成命！」晏徽揚幾乎是飛撲到崇明帝腳下，急急央求。

「你不必替他求情！他出這個頭連同你一起得益，再求情，你也一起滾出京去！」

晏徽揚驚顧不遑，難以置信地抬頭。「陛下……」

崇明帝再沒有多看他一眼，擺駕回宮，著人草擬廢黜袁兆世子尊位的諭旨。

晏徽揚還想跟上去，卻有人突然起身攔住了他。

「太孫殿下莫要多言，袁小侯爺口口聲聲的幕後之人，實則就是暗指老臣我啊。」項天川突然從陰影裡走出來，笑道：「小侯爺為指使長孫遷攀咬我，急著當庭審理，不惜冒犯陛下。這樣狂妄而無禮，依照陛下的意思小小懲戒一番也無妨。

「自然，小侯爺因赤子之心，對老夫有所誤解，我也能體諒。」他一拱手，謙遜道：「陛下聖明，將此案交由大理寺開誠布公地審理，相信會還老臣一個公道。等一切水落石出，我會將這個消息親自告知小侯爺的。」

他看向袁兆，露出一個傲慢而諷刺的笑。

袁兆用舌頭頂了頂嘴內破開的傷口，笑中帶著戾氣。「是嗎？項大人當真是好心胸，只是作夢作得太美了。」

他突然扯過項天川的衣領，湊在對方耳邊低聲道：「你猜，我是如何知道這些內幕的？兔死狗烹，你也快了。」

項天川臉色幾不可見地變了一變，轉瞬又恢復如常，只見他頗有涵養地笑道：「小侯爺一衝動，走了一步錯棋，現在氣急敗壞說胡話了。」

「來人。」他朝外頭喚道：「如今袁小侯爺已經不是世子了，還不逐出宮去。」

臣子逐勛貴，這樣荒謬的事情，現場卻無人敢攔。

袁欽鐵青著臉，垂頭不說話。晏徽揚被崇明帝臨走前說的那番話打擊得失魂落魄，右側只剩下永平王這個凡事不摻和的閒散王爺，他打算開口替自家外甥說話，對面卻有一道囂張的聲音先他一步響起。

「我勸皇叔還是別摻和，接著喝茶吧！陛下從未動過這樣大的火氣，您再幫袁兆說話，豈不是引火焚身？」晏徽霖先前被那陣仗嚇到，不敢多話，夾著尾巴做人。這會兒見袁兆落難，心裡不知多痛快，趕忙插上一腳。「袁兆，別說我不給你體面，看在姑母的分上，我讓你自己走，否則讓侍衛們趕你，你臉上也難看。」

這話太氣人，永平王都聽不下去，正要站起身反駁，卻見一柄彎刀猛然砸向晏徽霖。

「啊！」眾人驚叫。

要不是身旁的侍衛一把將晏徽霖拉走，那刀就要劈砍在他身上。

「哪個不長眼的！」驚魂未定之際，晏徽霖怒火中燒，轉頭看向來人，那一瞬間，火氣頓時消失。

晏徽雲眉宇間戾氣橫生，扛著一柄長戟面無表情地踏進殿門。

「再囉嗦，我一刀砍了你。」他路過晏徽霖，將深入木桌三分的彎刀拔出，冷冷說道。

晏徽霖咬了咬牙關，生生忍住怒火，不敢吱聲。

因淮安王杳無音信，整個王府都沒有好生過年，連帶著這次御宴也沒有參加，還是中途有晏徽揚身邊的內侍跑出宮報信，晏徽雲才趕了過來。這一來，便瞧見向來高高在上的兄長被人圍攻的可憐樣子。

「堂堂寧遠侯世子，袁家小侯爺怎麼搞得這麼狼狽？」晏徽雲只囫圇知道大概，並不清楚詳情，因此還帶著幾分慣有的譏諷。

袁兆挑了挑眉，一擺衣袖，逕自往殿外走去。

「不是世子了。」他笑道：「是草民袁兆。」

曲元德說罷詳情，室內沈寂良久，只聽見外頭雪壓枝頭發出的簌簌輕響。

「父親對這件事怎麼看？」清懿垂著眸，問道。

曲元德撩起眼皮看她。「妳心裡有了猜測，何必問我？妳初來時就派手下的丫鬟和老李前往北地，占據了先機，而後又算計妳姑母，暗中吞併其商道。妳做得毫無痕跡，甚至連項黨都以為是天災人禍導致的經營不善，這才鋌而走險，設下此局。

「可妳不要當真以為他們是好糊弄的傻子。」他目光沈沈。「此番如果沒有這件大事發生，項黨第一個要查的就是我們。」

清懿微勾唇角，點頭道：「即便有大內保駕護航，可真要到事情敗露的那一天，我們就是被放棄的小卒。」

「妳知道就好。」曲元德斟了一杯茶，品了一口才道：「我不清楚袁兆此舉的動機，但是我們只需要知道，他替我們爭取了時間，至少目前在項黨看來，讓他們財路斷絕的始作俑者就是袁兆，我們尚有機會抽身而退。」

清懿的眸光微凝，有些出神。站在項黨一方看，袁兆就是扶持晏徽揚的太孫一黨，此前他們種種不順，也必然是袁兆布下的局，這才說得通他為何在御宴發難。

如今袁兆被貶謫，還惹得聖人疑心黨爭，也象徵著太孫黨輸了一局。之後無論長孫遷賣國案究竟是怎樣的處理法，項黨都不虧，此後有眼力的朝臣只會更加偏向扶持晏徽霖。

對方得意之際，正是最好的抽身之時。清懿無比明白明哲保身的道理，可是心中卻像有一塊大石頭壓著，叫人喘不上氣。

曲元德看出了端倪，沈聲道：「懿兒，莫要參與黨爭。晏徽揚雖有明君之相，卻沒有為君之命。他占了嫡長的名頭，卻沒有與之匹配的母家。項天川也絕不會扶持一個有帝王之才的儲君，他要的是可操縱的草包。所以，不到分出勝負的時候，我們不能露出半點蛛絲馬跡。」

「你錯了，無論龍椅上坐的是誰，我都不在乎。」清懿攏了攏白狐裘衣領，推開窗，望向白茫茫的雪地。「這條路，我會一直走下去，不論通往什麼樣的結局。」說罷，她起身離去，走向漫天紛飛的雪中。

與其他人不同，清懿清楚地知道，袁兆會在五年後回來。可究竟是怎樣的契機能夠讓他回來，這契機又能給自己帶來什麼，通通都是未知，她只能根據現有的線索一點點去猜測。

第五十六章

今年的冬天格外寒冷，元宵已過，仍然大雪紛飛。

外頭嚴寒逼人，又逢多事之秋，清殊被姊姊拘在房中不准外出，只能老老實實地守著暖爐烤火。她難得沒有多話，安安靜靜地低頭剝瓜子，攢了一小把，遞到清懿面前。「喏，姊姊吃一點，別想那些事了。」

清懿從恍惚中回神，接過瓜子仁，卻沒有吃。

「想是沒睡好，有些沒精神。」

清殊擔心地望著她，想了想，還是沒說話。姊姊哪裡是沒睡好，而是自從聽了那個消息，便心思不屬，心中反覆琢磨各種對策。

智者千慮，為了不有那一失，必定殫精竭慮。

清殊正想鬧一鬧姊姊，引開她的思緒，外頭卻有彩袖來報，說是一個臉生的婦人找上門，要見曲姑娘。問是行幾的姑娘，婦人卻說不知。

清懿道：「帶她進來。」

不多時，婦人被彩袖領著進了流風院，路過遊廊，遇到翠煙，那婦人一抬頭，正好和翠煙對視，二人俱是一愣。「哎，這不是袁公子農莊裡的那位……」

婦人一喜，連忙拉下擋風的布巾，露出高鼻深目的面孔。「姑娘，正是我。」

因前兒常去農莊，故而翠煙與這位農婦有過幾面之緣，還嚐過人家的瓜果，因此記得。

「死冷寒天的，嬸子趕這麼遠的路，可是有什麼要緊的事？」翠煙一開始也欣喜，可轉念一想，卻覺得不對勁。這婦人來歷不明，又是袁兆的人，萬一和那件大案有關，她求上門來，幫與不幫都不好回答。若是幫，有沒有用倒不說，有很大的可能連累自身都難保；若是不幫，袁小侯爺還救過姑娘性命，豈不有忘恩負義的嫌疑？再者，以後的事誰也說不準，要是他恢復了尊位，記恨今日的事可怎麼好？

左思右想，翠煙打定主意，朝彩袖使了個眼色，轉而笑道：「嬸子要是有要緊的事，不妨先和我說。妳來得不巧，我家姑娘這幾日不得閒，妳知道的，年節的應酬太多，總少不了東家、西家姑娘和奶奶的宴請。」

婦人面露猶豫，手中攥緊著包袱。「啊，既然如此，我還是改天再來吧，我的事必要親自見姑娘才好說的。」

翠煙眉頭微皺，心中更確定她是為袁兆的事情而來。「嬸子有話和我說也是一樣的，不是大事我便能作主，若是大事，我們姑娘一個閨閣女兒家，也幫不上忙，豈不白費妳的工夫？」

婦人一愣，彷彿明白了什麼。她動了動嘴唇，最終沒有說話，抱緊懷裡的包裹就要走。

「留步。」披著白狐裘的少女推開門，一步一步走上前。

翠煙和彩袖一怔，頷首低眉。「姑娘。」

清懿瞥了一眼垂著頭的翠煙，後者因為自作主張正在懊悔，不敢抬頭。

「我剛和翠煙說要赴一個宴，因此多試了幾套衣服，耽擱到現在還未出門。嬸子既要見我，便進來說吧。」

「啊，真是這樣……我還以為……」婦人臉頰浮現一抹紅。「我還以為是姑娘的推辭，不願見我。」

翠煙的頭垂得更低了。

清懿微笑著幫她引路。「哪裡的話，這邊請。」

「多謝。」婦人感激道：「說來，在這個風口浪尖即便姑娘不見我也是應當的，只是我受人之託，倘若不將東西帶到，難以安心。」

直到進了屋內，婦人才小心翼翼地將包袱拆開，只見裡面是一本厚厚的書冊，封面無字。

清懿一愣。「這是？」

婦人解釋道：「這個包袱是袁公子赴御宴前，託我帶給姑娘的。他說裡面的東西，姑娘今後能用上。我又不識字，並不知裡面記載了什麼，故而不敢假手於人，怕誤了事。」說著她又向翠煙鞠一躬，歉疚道：「見笑了，我先前並不是疑心姑娘的意思。」

這一禮，翠煙受得百感交集，只能頷首回一禮。

「袁公子已知會有今日的處境，他已囑咐我不可暴露蹤跡，不會帶累姑娘，您只管放心收下。日後要是有用得到我的地方，只管來老地方尋我。」婦人道。

清懿眼底眸光微動，伸手翻開書冊。

一頁一頁，乾淨的紙張上工整排列著筆鋒遒勁的字體，下筆之人好像帶著十足的耐心，細緻清晰地記錄了所有他想傳達的訊息。

心腹官吏、暗衛數量、聯絡方式……關於她的鹽鐵商道，其實他什麼都清楚。所以，他幾乎是把她能用到的所有資源都列在紙上。

清懿的手指下意識地攥緊，直到婦人的說話聲將她拉回神。「袁公子還說，姑娘不必有負擔，只當是暫時替他守一守家業，也就抵了當日的救命之恩。」

「守家業？」清懿輕嘆了一口氣，似是自言自語。「他原不必如此。」

恩情難還，更何況是袁兆的恩。在他落難之時，她無法雪中送炭，反而是這個人送來她正好需要的東西。

清懿自然不是個故作清高，扭扭捏捏的人。她合上書冊，平靜道：「我明白了，東西我會好生收著。日後莊子上的人有麻煩，也只管來找我，我一定盡力。」

婦人連連道謝，遲疑一會兒又道：「姑娘，我還有個不情之請，我曉得袁公子的事牽連甚廣，並不會為難姑娘應下做不到的事。可是，袁公子對我們有大恩德，但凡能回報萬一，我也就安心了。」

原來，這個婦人名叫塔吉古麗，自小長在邊關，祖上有異族血統，十八歲時嫁給守邊的兵士，而她的丈夫，正是陷入北燕埋伏的十萬守備軍中的一員。後來她的丈夫僥倖從戰場逃脫，卻被當時的守備官長孫遷判為逃兵，因此，只能帶著家人一路南逃，其中不知經歷多少凶險。直到上回水患，塔吉古麗一家混入流民群中，被袁兆所救，這才安頓在城郊隱蔽的農莊裡。

到了農莊後，塔吉古麗才發現，原來擁有同樣遭遇的不只他們一家。這裡還安頓了很多失去丈夫、父親的婦女和孩童。士兵鎮守邊關，從未想過用生命保護的王朝會背刺自己一刀。戰場上能逃出來的士兵少之又少，更沒有人想到，僅剩的小部分就藏在京城郊外，天子腳下。

「我雖沒有讀過書，卻也知道袁公子的大義。他孤身一人出京城，難保不會有危險。這是我丈夫的信物，他之前因為不信任旁人，所以從不曾拿出來。憑著這個信物，袁公子可以去我寫在紙上的地點，找到我丈夫的戰友。」塔吉古麗道：「這些戰士都是從戰場上逃出來的，之前因為官府發布的通緝令，所以東躲西藏不敢露面。他們身手極好，一定可以幫到袁公子，姑娘可否幫我把這兩樣東西帶給他？」

袁兆現下已經被羈押，擇日便要出京。聖人下旨，不許任何人見他，這其中的千難萬難，不是輕描淡寫能答應的。

翠煙欲言又止，看了清懿一眼，還是按下了。

清懿沒有猶豫多久，她自然地接過東西，點頭道：「好，我會想辦法見他一面。」

塔吉古麗眼角帶淚，連聲道謝，之後才告辭。

待人走後，翠煙垂著頭，低聲道：「姑娘，您責罰我吧。是我自作主張，以小人之心度君子之腹。只是……我私心裡還是不願姑娘沾染這件官司。」

清懿挑了挑眉，輕笑道：「我何故責罰妳？妳從始至終都在為我著想，只是……」她頓了頓，又道：「我不能只憑著私心做事。這一路山高水長，路途遙遙，我雖幫不了他，卻也能做些力所能及的事情。」

答應時簡單，真正做起來才曉得多艱難。清懿暗中探問了幾家高門，俱是一聽見袁兆的名字便避之不及，不肯再提。

這日，盛府的門前停了一輛馬車，門房小跑進屋通報。不多時，熟人鍾嬤嬤笑著迎上前，親領著人進門。

待到進入正房，只見盛瑾端坐在上首，是一副等待多時的姿態。

不等清懿開口，她便開門見山道：「自接了妳的帖子，我便知道妳的來意，人在裡面的園子，妳去和他說吧。」

清懿微怔，頓了好一會兒才問：「他在？」

「我是神仙變的也不能將他帶到這裡來。」盛瑾挑了挑眉，引著清懿來到園子裡，隨手一指。「喏，我只能請這一位來，倘若他都不能應承妳，就真沒法子了。」

清懿順著她指的方向望去，見到兩道熟悉的身影。挺拔如修竹的少年似有所覺，率先回頭，而後推了推旁邊的兄長。

晏徽揚看到清懿時，眼底有一閃而過的詫異，轉而又明白了什麼，看了看晏徽雲，又看了看盛瑾，搖搖頭道：「你們兩個一大早神神秘秘的，原來是在這裡等著我。」

晏徽雲不耐煩，冷著臉道：「行了，人都來了，你自己去也是去，帶上她又不妨礙。」

晏徽揚倏地彈了弟弟一個栗暴。「臭小子，沒大沒小。違抗旨意去送兆哥兒難道是值得張揚的事嗎？多帶一個人，你當是帶什麼物件，抓住了豈是鬧著玩的？」

晏徽雲偏了偏頭，沒躲過。聽了他的話，火氣更甚。「那你不必帶我，換她去，如何？」

晏徽揚眉頭一皺。「雲哥兒，這不是兒戲，莫要意氣用事。」

晏徽雲的臉色越發難看，他這些天堆積的怨憤已經快繃不住了。眼看兩兄弟要吵起來，盛瑾插嘴道：「說話就說話，都不許在我園子裡吵架。請曲姑娘來，也有我的份，殿下單怪雲哥兒做什麼？」

晏徽揚一聽見盛瑾說話，怒氣微收，聲音壓低了許多，語氣頗有些無奈。「妳也跟著他胡鬧。」

盛瑾理了理鬢邊的步搖，睨了他一眼。「你且聽聽人家的來意再下定論。」

在場都是聰明人，清懿聽得出來，晏徽揚教訓晏徽雲的字字句句，都是變相地說給自己聽，想要她知難而退。

「殿下，」清懿抬頭，目光平靜地看著他。「我知道有很多人明裡暗裡想要見袁公子，其中有不少是閨閣中的癡心貴女；但我不是，我要見袁兆，是受人之託，不為兒女私情。」

聽到這話，晏徽揚面色緩和了些許，頓了頓才道：「曲姑娘，此事牽連甚廣，妳若去了，日後被人抓住把柄，豈不是引火焚身？」

清懿猶豫片刻，掏出一個錦囊，直接道：「我有東西要交給袁公子，因它涉及旁人的秘辛，我不能交由殿下轉交。」裡面是塔吉古麗留下的信物與地址，這個理由也讓人無法回絕。

晏徽揚終於正視她，而清懿眼底卻一派平靜，這讓一向溫文爾雅的皇太孫殿下心中隱隱生出幾分暴躁，他環顧一圈，視線定在晏徽雲身上，指著他的鼻子沈聲喝道：「一個、兩個都不省心！早知今日，我就該把你們通通抓去關禁閉！瞪什麼瞪，再瞪一眼我讓你這一年進不了軍營半步信不信？」

「你再說一遍?!皇祖父一向信任你，袁兆出事的時候你幫他說過幾句話？」晏徽雲也是個一點就著的炮仗。

「臭小子！看來我真是縱得你們無法無天了！」晏徽揚倏然起身，順手抄起一個茶壺就要扔過去，他氣得雙眼泛紅。「一個袁兆，敢在金殿上出言不遜；一個你，我再不管，想必下一次就是送你出京！不如今天就替二叔修理你一頓，免得日後生閒氣！」

「殿下息怒！」盛瑾趕忙給鍾嬤嬤使眼色，一同上前拉著他。「好了好了，你們兄弟倆為了這事心裡都不痛快，別在氣頭上傷彼此的心了。」

晏徽揚掙開手，將茶壺砸了出去，發出「啪嚓」一聲響，指著晏徽雲的鼻子還要罵。盛瑾急了，怒喝道：「晏徽揚！」

她氣得胸口起伏，尾音還發著抖。晏徽揚快要爆出來的脾氣立時被一盆涼水澆滅。

他一抹臉，收起脾氣，恢復了溫文的模樣。「曲姑娘，見笑了。妳也瞧見了，我們自家還一團糟，實在不宜帶上妳。」

清懿尚未答話，晏徽雲便冷聲道：「別求他了，他要是不答應妳，妳就來找我。」

晏徽揚眉頭一皺，火氣又沖上腦門。「你敢！」

晏徽雲頭也不回地走了，隔得老遠吼道：「你看我敢不敢！」

人走出老遠，晏徽揚想砸也砸不到，只能在原地氣得腦袋嗡嗡作響。

旁觀這一齣似真似假的鬧劇，清懿自始至終都神色淡淡，她摩挲著袖中的暖爐，垂眸道：「演這一齣，是殿下信不過我。」

晏徽揚眸光微凝，倒茶的手頓了頓。

她唇角微勾，直視他道：「可我也信不過殿下。」

晏徽揚臉色徹底冷了下來，抬頭看向清懿。

盛瑾玲瓏心思，立刻揮退了下人，上前接過茶壺，替二人斟茶。

「正如世子所言，倘若殿下竭盡全力，當真救不下袁公子嗎？」清懿緩緩道：「長孫遷賣國案，牽連十萬大軍，數百萬白銀，殿下一點蛛絲馬跡都沒有查到過嗎？聖人雷霆一怒，單單只是為了治袁郎言行無狀之罪嗎？」

她拋出三個問題，一個比一個鋒利，幾乎挑開了真相的面紗。

晏徽揚定定看著她，良久才發出一聲短促的笑聲。「怪道家裡這幾個人都對妳青眼有加，果然是個聰慧至極的女子。」

「是，孤早就知道長孫遷的案子，只是……」晏徽揚扶著額頭閉上眼睛，停頓許久，嘆了一口氣才道：「生在帝王家，有太多身不由己。

「我也是讀聖賢書長大的，十萬大軍亦是我朝子民，我比誰都想把那通敵賣國的狗賊殺之而後快，再把他背後的腌臢通通清理乾淨，還天下清明。」他沈聲道：「可我不能這麼做。

「百足之蟲死而不僵，只要項天川黨羽還存在，像長孫遷這樣的傀儡會層出不窮。如果是在二十年前，像這樣的事情萬萬不可能發生在皇祖父的眼皮子底下。」晏徽揚嘆道：「可是，現如今皇祖父老了，他必須維護朝野的穩定，哪怕是表面的，即便證據確鑿，我們也不能動項天川。」

清懿淡淡道：「所以，聖人其實知道真相，只是他選擇了權衡利弊，放棄袁兆。」

晏徽揚沈默了許久，握著茶盞的手下意識攥緊，他的聲音有種壓抑著情緒的沙啞。「不是放棄，這是他自己的選擇。」

他望向不遠處的涼亭，屏風裡隔著一張矮几，上面擺著一盤未結束的棋局。

記憶好像被拉回了數日前，他與袁兆的一次對弈。彼時，他剛知曉事情的真相，幾經掙扎，終於還是選擇徐徐圖之，以後再將此事作為擊潰項黨的籌碼。

可未等他的勸告說出口，對方所執黑棋突然以同歸於盡的酷烈方式絞殺大龍，伴隨而來的是袁兆的輕笑。

「皇兄，恕難從命。」他不急不緩地收攏吃掉的死棋，端的是從容不迫。「皇祖父是九五之尊，他坐擁萬里江山，需要維持各方平衡，不能為區區平民犧牲帝王權術；皇兄是最受矚目的儲君，為謀將來，要韜光養晦，忍一時之不忿。這些我都明白。」

袁兆修長的手指隱約可見青色的血管，他觸碰到玉質的瑩白棋子時，竟分不清哪一樣更像無瑕美玉。

「你既明白，為何不從？」晏徽揚問。

第五十七章

袁兆輕笑，撚起最後一個棋子扔進罐子裡。「皇兄有皇兄的道，我有我的道。」

他沒有說透，晏徽揚卻了然。袁兆的道，從一開始就與他不同。

民為貴，社稷次之，君為輕。這是晏徽揚在入太學之初反覆誦讀的句子。起初，他以為自己可以永遠做一個磊落的人，可盤龍臥於污水，倘若他想徹底肅清朝堂，就必須放棄一些堅持的東西。

譬如，被邊關的蒼茫風沙掩埋的真相。

天地不仁，以萬物為芻狗。高坐廟堂的大人，以黎民為棋，誰會在意芻狗的生死？可就在看到袁兆寧為玉碎的棋局時，晏徽揚突然明白，富貴天家裡，生出了一個離經叛道的人物。

螻蟻的死亡，他會在意。

「少時一起在太學唸書，我們讀的是仁義禮，他讀的是農耕記。後來略大點，他跟著顏公遊歷四方，我們在習制衡之道。再回來我便覺出他變了許多，雖還是那副招蜂引蝶的骨肉皮囊，內裡卻是不同的；可究竟何處不同，我卻說不上來。」晏徽揚淡淡道：「直到現在，我才後知後覺，原來他的道，非在謀天下，而在活人命。」

清懿的目光順著他的視線看向棋盤，透過棋路，她似乎看到那人的身影。他總是這樣，臉上掛著漫不經心的笑，走的每一步棋，卻燃燒著最剛烈的傲骨。

「他這樣也很好。」清懿突然開口，聲音極輕，好像是不經意說出的話。明明有張睥睨人間的臉，卻生了一副慈悲心腸。

「是，他很好。這就是他替自己選的道，明知不可為而為之。他知道這麼做的後果，被驅逐出京，已經是皇祖父最周全的法子，談不上誰對誰錯。」晏徽揚閉著眼，低聲呢喃。「所以，我時常在想，或許兆哥兒不應在帝王家。」

晏徽揚的神思回歸眼底，最終凝聚成落寞的餘燼。寥寥寒風裡，他長嘆了一口氣。「罷了，妳和我去。」

清懿得到了答覆，只微微頷首，權當告辭。回去的路上，她有些走神，腦海中閃過許多熟悉的畫面。

清懿對待自己的情緒總是很坦誠，當她察覺出自己的異樣，就開始探本溯源。燈花燃盡一盞又一盞，直到夜深寒重，她輾轉翻了個身，忽然福至心靈。

白日裡，晏徽揚形容中的那個袁兆，和記憶裡最初的那個袁兆好像重疊了。

那時，她雖聽聞袁兆大名，卻並不屑於空有才情的花架子，即便人人追捧，她只覺乏味。直到後來的數次交集，她漸漸意識到，這個人和傳聞中的不太一樣。

原來他的愛好根本不是畫畫，而是扛著鋤頭種地。古人云，君子遠庖廚，他卻悠哉悠哉地砍瓜切菜，直言這君子不當也罷。人世間種種規矩，好像都束縛不了這道自由的風。

坦誠地說，在某一個時刻，清懿有點羨慕他。富貴身，慈悲心，光風霽月皮囊下，藏著不必為外人知的傲骨。那是一切情感的源頭，是少女動心的開端。

很久以前，也忘了是什麼時候，偶然翻到古人寫的詩，清懿鬼使神差地摘錄下來，等回過神才瞧見紙上整齊地列著一行字：已識乾坤大，猶憐草木青。

也不知怎的，她下意識要藏起來，卻正好被袁兆看見，兩個人你爭我奪，好不容易才岔開話題，這句詩也就拋到腦後。

時過境遷，不同時光裡的同一個夜晚，清懿想起了這樁舊事。

那時的她，少女情怯，無非是覺得這句詩，很適合他。

已識乾坤大，猶憐草木青。確實很適合他。

二月初二，天空放晴。

城內百姓們歡度吉日，城外的寒風吹過漫山遍野，寥寥數人組成的車隊留下蕭索的蹤跡，最終停在數里外的一處亭子邊。能來送別的人極少，除開侍衛、僕從，總共只有晏徽揚、晏徽雲和清懿三人。

臨行前，端陽長公主正在皇后宮裡哭鬧。公主其人，生得尊貴，活得糊塗，癡長到這個年紀，卻全然不能領會這一切事故背後的深意。

隔著厚重的車壁，清懿能聽見外頭的談話聲。他們兄弟幾人的話一向不多，更何況是這樣特殊的時刻，略囑咐了幾句要緊的，彼此都沒了言語。

三人之中，被送行的那個人雲淡風輕，言談間還帶著笑意，反倒是另外兩個沈著臉不痛快。

「罷了，我不想囉嗦，該說的我也說了，再見一個人，你便上路吧。」晏徽揚擺了擺手道。

袁兆挑眉。「何人？」

晏徽雲索利上前將晏徽揚拉走回避，一面道：「你見了就曉得。」

關子沒有賣太久，早在聽到晏徽揚說話時，清懿便戴好了紗帽，起身下車。

當那道姝麗的白色身影出現在眼前，袁兆幾不可察地愣了一瞬間，旋即很快掩飾住驚訝，輕笑道：「天寒地凍，妳何必來這裡吹風？」

他的語氣那麼隨意，如同尋常相見時的寒暄，好像下一刻就離京的人不是他。

清懿攏在袖中的手動了動，露出銅質小手爐的一角，垂眸道：「帶了這個。」

梅花點金漆，小巧而精緻。這是上回盛家賞梅宴，他送的那只手爐。

袁兆眸光微凝，沈默了一會兒，沒有說話。

「這是塔吉古麗讓我帶給你的東西，或許能幫到你。」清懿將錦囊遞給他，待他拆開察看後，又道：「還有，你給我的東西我已經收到了，多謝。」

袁兆收好東西，不置可否，他環顧一圈，往馬車旁一靠，順手揪起一根狗尾巴草開始編。他一身素白的粗布衣裳，端著一副遊手好閒的模樣，偏生靠臉穿出了世外仙人似的飄逸感。

仙人突然側過頭問：「這次怎麼不說如何報恩了？」

紗帽下，清懿眉頭輕挑，面不改色道：「客套話罷了，你還當真？原先說的也不一定兌現，誰欠誰的多還說不準呢。」

袁兆眸光微動，笑道：「我是不是上輩子欠了妳許多債沒還？」

清懿微怔，側眸瞥了他一眼。隔著白紗，她並不能清晰地瞧見他臉上的神情，因此分辨不出這是玩笑，還是試探。

習慣性思考了一會兒，清懿突然撩開白紗，直直望過去，問道：「你是說，你相信人有前世今生，因果輪回？」

少女的臉突兀地闖入視線，袁兆甚至沒來得及掩飾眼底一閃而過的愣怔。

「子不語怪力亂神，我不信人有來生，過好這輩子就夠了。」袁兆移開視線，刻意不去看她。也許是覺得這一瞬間的舉動太生硬，他又清了清嗓子，揶揄道：「既是前世欠的債，自然要前世的袁兆來還，和我又有什麼關係？」

清懿垂著頭，不知想到什麼，輕笑一聲，點頭道：「你說得對，他和你是不同的。」

直至今日，清懿才終於確信，袁兆沒有前世的記憶。這也就意味著，她不能把曾經的種種恩怨全算在不知情的他身上。

「妳那塊白玉，是什麼來歷？」袁兆突然問。

清懿挑眉。「怎麼想起問這個？」

袁兆沒有立刻回答，他懶散地靠著車壁，將隨意編成圓環的狗尾巴草遞給她。清懿猶豫一會兒，還是伸手接了。

就在雙手相觸的當口，他笑道：「喏，像不像那次，我撿到妳掉落的玉，歸還時無意中唐突了妳。就那一瞬間，我相信過前世今生。」

清懿的手停在半空，頓了一會兒，她才將草環接過，垂眸笑道：「也許有，但那不重要了。」

不遠處，晏徽揚揮手示意時候差不多了，該走了。

侍從牽來了馬車，搬下馬凳，正要扶清懿時，袁兆快一步伸出手。清懿側頭看他一眼，最終還是搭上了他的胳膊。

「山水有相逢，保重。」擦身而過時，袁兆淡淡道。說完，他俐落地轉身離去。料峭冷風裡，他的衣襬獵獵而舞，晨光為他染上一層微光。一人一馬，奔赴未知的萬水千山。

清懿掀開車簾，看著他漸行漸遠，輕聲道：「保重。」

寒風裹挾著她的聲音吹遠，他似有所感，懶洋洋地揮了揮手，像一個不問歸期的旅人。

回程路上，清懿兀自出神，她很少有這樣浪費光陰、放空思緒的時刻。

袁兆終究是走上了應走的人生軌跡，那重活一世的自己，究竟有沒有改變未來的能力，還是未知。再想深一些，她擁有的二次生命，是真實的活著，還是前生彌留的殘夢。

有時候想想，人生當真如大夢一場，眼前所見的一切未必是真，荒誕夢境未必是假。莊生曉夢迷蝴蝶，可誰也不知道，自己是莊周，還是夢蝶。

思及此，清懿閉上眼，強迫自己停止思考。如果放任思緒一直在這樣無窮盡的問題上延伸，那麼自己在這場人生中所創造的一切，好像也沒有了意義。

馬車停在府門外，她一路經過假山花圃、亭臺遊廊，耳邊傳來翠煙關切的問候，還有彩袖和茉白嘰嘰喳喳的吵嚷聲。轉角處，清殊蹦蹦跳跳地奔上前，睜大了眼睛說著什麼。

直到這一刻，清懿恍若靈魂歸位，安穩了下來，她笑道：「椒椒說什麼？我沒聽清，妳再說一遍。」

清殊笑彎了眼，聲音清脆。「我說，姊姊今兒怎麼呆呆的，像放大版的玫玫。」

眾人哄笑成一團，玫玫咬著鮮花餅不知所措，嘴巴微張。「嗯？」

清懿又好氣、又好笑，輕輕彈了一下妹妹的額頭。「皮猴，還鬧到我頭上了？這個月的例錢銀子沒有了。」

一聽這話，清殊立馬變臉，一路纏著姊姊撒嬌。「錯了，錯了，我再也不敢了。沒下次了我的好姊姊，沒有零花錢的妹妹是這個世界上最慘的妹妹！」

「呆姊姊沒有銀子。」清懿不為所動。

「好姊姊，妳是世上最聰明的姊姊！」

姊妹倆妳一言、我一語，吵吵鬧鬧了好一陣子。

清懿眼底帶笑，藏著不易察覺的溫柔。她看著妹妹古靈精怪的模樣，一時間又覺得這個世界無比真實美滿。

一花一世界，一葉一菩提。如果她只是虛妄世界裡渺小的存在，那麼這個存在，也會因為親身經歷的喜怒哀樂而變得生動有意義。

思考時，夕陽殘照，橙黃的暖光流淌在靜謐的書房，清懿纖細的身影彷彿與此間景致融為一體。翠煙搬來一整年的帳簿，足足有一個大檀木箱子。清懿就坐在窗前細細翻閱，不時執筆標注，每落一筆，她心中便覺得充實一分。

鹽鐵商道、北地商路、織錦堂、兒學院……

箱子裡的帳簿與書冊，是她播撒在各處的種子，送來的第一撥豐收，而這僅僅只是開始。

月上柳梢頭，清懿捶了捶痠疼的肩膀，卻並不覺得累。

歲月迢迢，人生漫漫。她想，如果生命一定要留下什麼痕跡才算完整，那麼不如跟隨本心，成為一個自己想要成為的人。

燭火燃盡良宵，見證著她每一個執筆疾書的瞬間。

日復一日，年復一年，嶄新的古銅色燭臺沾染了歲月的痕跡，陪她一起經歷春去秋來，花謝花開——直到裝帳簿的檀木箱子換成了檀木架子，直到架子換成整個庫房，直到少女出落成真正的美人。

鐘響三聲，伴隨著翠煙的驚呼，清懿又一次在書桌前醒來。

「我的好姑娘，您又熬了整晚？我親瞧見您上了榻才走的，您半夜偷爬起來看不成？帳冊又沒長腿，哪能自己跑了，非要熬大夜看，熬壞自己的身子，往後我回潯陽可沒臉見老太太！」翠煙難得生這麼大的氣。

清懿揉了揉突突直跳的太陽穴，笑容裡還帶著幾分疲憊。「且安心，沒有熬整晚。我睡到卯時轉醒，橫豎睡不著，就坐起來看看帳冊和奏報。如今年節才過，正是生意興隆的時候，忙些也是應當的。」

「您這話哄哄旁人也就罷了，我哪裡不曉得您是個勞碌人，一年三百六十日，鮮少有哪天歇的。」翠煙無奈搖搖頭。「照我說，姑娘多少也要放鬆放鬆。這五年裡，咱們處處經營得力，織錦堂有碧兒和趙鴛，北地商路有紅菱，學園有二姑娘；即便是占了大頭的鹽鐵商道也有姑太太幫襯，您只要掌握著大局，細枝末節交給旁人，這才能輕快得多。」

清懿聞言只是笑了笑，搖頭道：「還不是時候。」

「姑娘是神機妙算，我不懂您的籌謀，我只憂心一點，就是您的身子。」翠煙嘆了一口氣，強硬地收拾起桌上的帳冊文書。「上回那游醫可說了，切忌操勞過度，憂思太甚，否則損傷壽元。您自己不在意，四姑娘聽了可是哭了半宿。」

一提起妹妹，清懿無奈搖頭，笑道：「罷了，今日且偷一日閒，去學堂裡看看她。」

翠煙一樂。「這就對了！」

正在穿衣漱洗的當口，彩袖抱著一堆衣裳料子回院子。

「姑娘，潯陽又送來一批時新的料子，我瞧著正好拿來給四姑娘裁幾身新衣裳。年節裡好吃好喝的，她又長高了不少，去年的春裙怕是穿不下了，等到春日裡做怕是來不及，現下做正好，您說呢？」

「嗯，妳思量得很對。」清懿抬著手，任翠煙更衣，一面隔著屏風道：「不過那衣裳樣式妳還是給她過目了再做。這丫頭主意正，要不是她自己描的樣子，是斷不肯穿的。」

「再沒有比彩袖姊姊更周全的了。」門外突然傳來熟悉的聲音，循聲望去，只見碧兒笑意盈盈，拎著一個錦盒進屋。「喏，姑娘瞧瞧這是什麼？」

一打開，裡頭是四身窄袖對襟立領羅裙，分別有秋月白、緋霞紅、煙羅紫、蜜合色四樣，其用料看似華貴不可方物，實則是用最普通不過的蠶絲織就，這是潯陽阮家的秘技。織錦堂以此為基礎，又結合幾個繡娘的創意，最終產出風靡京城的蟬翼華裳。

衣如其名，薄如蟬翼，美如華妝。最重要的是，成本價低，就是平頭百姓咬咬牙也能買一件回家過年。此衣一出，京城街頭巷尾隨處可見蟬翼裙，織錦堂門檻都被踩破了幾次。

只是，碧兒盒子裡的這幾件，樣式卻新奇，不似尋常的成衣款式。

第五十八章

「窄袖立領，我瞧著不像中原樣式，倒像北燕胡服。」清懿打量片刻，問道：「這又是椒椒設計的？」

碧兒笑道：「姑娘慧眼，正是按照四姑娘的設計稿做出的頭一批裙子。彩袖姊姊特意讓我送來給她打個樣，要是有這樣的新衣裳，姑娘自然沒有不滿意的。」

清懿搖頭失笑。「這丫頭慣是會打扮的，前兒個我便瞧著她有幾件冬衣古怪，可是那時就改成胡服樣式了？」

彩袖笑道：「不錯，說到這個還有樁趣事。她如今在學堂裡稱王稱霸，人家瞧她穿著窄袖裙也爭相仿效，央著家裡做，可人家家裡並不曾瞧見這樣式，哪做得來？問到她頭上，她便要做這樁買賣，十兩銀子一件，限售五件。她獅子大開口，竟也有冤大頭樂意買單，巴巴地交了訂金。」

清懿忍俊不禁，追問道：「她哪會做衣裳，人家交錢，她不給貨，豈不著惱？」

彩袖忍不住笑出聲，笑夠了才道：「正是呢，先前她自己的衣裳就是隨便裁的，也沒個章程，這下交不出貨，她就給人正正經經地寫一張帖子，叫什麼預售卡，說是某月某日可以憑著此帖去織錦堂領衣裳。這不，碧兒送來的這幾套就是要交出去的衣裳。我問她怎麼這樣糊弄人，她還搖頭晃腦，說什麼饑餓營銷。」

眾人都笑了，笑過之後，嗅覺敏銳的卻品到了其中的不一般。

「還真別說，四姑娘這個法子甚妙，蟬翼裙雖網羅了平頭百姓，高門卻自持身分不大肯光顧織錦堂。咱們雖是主要做平頭百姓的生意，薄利多銷，可高門世家的錢到底是好賺些。她以自己在學堂的影響，帶起這股浪潮，又來這手饑餓營銷，或可讓高門貴女動心思。」碧兒若有所思道：「畢竟，自從與北燕通商後，高門都愛北邊的新奇東西，這法子大有可行。」

仿效北燕風格的服飾能有此等效應，也全仰賴五年間的時局變化。五年前，長孫遷賣國案最終大事化小，只判處長孫遷滿門抄斬，幕後黨羽卻一根汗毛也沒掉，這其中有聖人的種種考量。

如果將真相昭告天下，一則有失民心，二則損傷天家威信，三則治標不治本，並不能根除項黨，也不能維持朝堂穩定。自然，這並不意味著項黨在聖人的縱容下可以為所欲為，某種程度上說，這樣可怕的包容，更是一種震懾。

於是接下來的幾年，項黨夾著尾巴做人，朝野上下竟然難得平靜。百姓休養生息，安居樂業，國庫日漸充盈。只是，隱患也如影隨形。

當年因邊關兵力嚴重缺失，主帥晏千峰被圍困在敵境數月才突圍成功，雖保住性命，卻身受重傷，再也無法上戰場。就在這個緊要關頭，北燕乘機發動奇襲，連劫邊境三城，大軍一路挺進雁門關。因朝中無將，聖人只能派使臣前往北燕和談，最終劃定以雁門關為界，往北三城割讓給北燕，中間設立互市，從此兩朝止戰通商。

在百姓看來，不打仗是好事，他們並不知十萬大軍的真相，反而對暫時的和平抱有熱切的期待。在高門眼裡，這是聖人以退為進，想借此削弱項黨勢力。原來北燕商路僅此一家，現在徹底開放，自然誰都想分一杯羹，只看誰搶占先機。數年間，北地商行越發壯大，其中又以鳳菱莊為魁首，據說這家商行的主事人是個女子，人稱菱娘。

菱娘對於外界來說十分神秘，對於流風院而言卻再熟悉不過。

「嗯，這樣的衣裳我瞧著不只咱們喜歡，北燕王庭想買的也大有人在。趕明兒傳信給紅菱，讓鳳菱莊明面上和織錦堂做買賣，將這衣裳賣到北邊去。」清懿順著碧兒的話補充道。

碧兒笑道：「還是姑娘想得周全，我這就去辦。」

「不忙。」清懿擺擺手道：「說起做衣裳，我倒想起一件更要緊的事。現下立春，學堂裡的孩子們想必都像椒椒似的長了個子，賣出去的事緩一緩，頭一批先緊著他們做。」

碧兒連忙應下，尚未記妥，清懿又道：「正好，也把女子工坊所有人的工服通通換新，再把膳坊新出的點心各自分下去，當作立春節禮。」

眼看著事情一件接一件停不下來，翠煙臉色一沈，不悅道：「姑娘！再說下去您還要不要出門了？說了不必操心，怎的就是停不下來？咱們女子工坊樣樣俱全，都按您定的條例運作。論好處，滿武朝也尋不出第二個這樣的菩薩東家了，走吧走吧，車已經備好，四姑娘要下學了。」

清懿扶額輕笑，嘆了口氣道：「唉，真是改不了這毛病了。走，看椒椒去。」

這廂，賢雅院裡亂成一團。個子瘦小的姑娘哭得抽抽噎噎，說不出囫圇話。四、五個半大的姑娘拱著她往屋裡走，個個神情激昂，滿臉義憤填膺。

「雅君莫怕！管他什麼來頭，既然敢對妳出言不遜，便不是君子。走，咱們去找賢雅院的曲四姑娘！她必不會讓妳受委屈！」

「正是這個理！走！咱們去找殊兒姊姊！」

這群姑娘年紀約莫八、九歲，是蘭心、蕙質二院的學生，與賢雅院出落得亭亭玉立的師姐們比，她們尚帶著幾分稚氣。也許是在氣頭上的緣故，小姑娘們步履匆匆，氣勢洶洶，推開院門就往屋裡闖，直把窗邊某個正在打瞌睡的人驚得一哆嗦，然後睡眼惺忪地抬起頭來。

幾個老熟人紛紛回頭看熱鬧，以許馥春笑得最為大聲。「殊兒，來活兒了！」

一同睡覺的盛堯被動靜吵醒，見此情景頓時不睏了，樂道：「哎，殊姊，妹妹們又來了。上回是要妳那狗爬字簽名，這回是要什麼？」

「姊姊姊，姊妳個頭。」少女不耐煩地翻個白眼，先前睡覺壓出的紅印子在白皙的臉上十分明顯，她卻不甚在意，只單手托著腮，另一隻手揮了揮，出聲道：「這兒呢，找我做啥？」

打頭的小姑娘循聲望去，眼前一亮，激動得跳了一下。「曲四姊姊！」這一聲便如洪水開閘，剩下的紛紛喊「殊兒姊姊」、「清殊姊姊」，間或幾個賢雅院的捏著嗓子模仿「曲四姊姊」，叫聲此起彼落。

盛堯壓低聲音，忍笑道：「聽聽姊聲一片啊。」

「好了好了，妹妹們且停住了，說事吧。」清殊一個頭、兩個大，趕忙擺擺手示意她們把熱情收斂一點。「這姑娘怎麼了？誰給欺負了？」

抽抽噎噎的小姑娘哭得臉通紅，被傳說中的大姊頭問話，說不清緊張還是激動，越發吐不出半個字。

她這模樣怪可憐的，像是真受了莫大的委屈。看熱鬧的賢雅院姊姊們面面相覷，不由得收起了打趣的心思。

現如今，女學的風氣越發敞亮，明爭暗鬥、勾心鬥角的事情已經不復存在了，這姑娘哭成這副模樣，莫非真有人敢在她們眼皮子底下恃強凌弱？

她們有這疑心倒也不奇怪，畢竟自清殊入學那年起，蘭心院眾人升學到哪院，就將這股爽快亮堂的風氣帶到哪院。直到今年她們成了賢雅院的大師姐，整個女學都為之一變。小妹妹們皆以賢雅院姊姊馬首是瞻，其中又以清殊最為令人信服。

當然，這樣的敬佩也不是沒來由的。

早在幾年前，女學裡還是涇渭分明，妳有妳的派系，我有我的群體，暗地裡勾心鬥角的事情可多了。什麼寒門士族、左黨右派、清流濁流，總要仿效官場的烏七八糟分出小團體。有些姑娘上一年學，旁的沒學到，心眼長了八百個。

就在女學內部面和心不和的關頭，適逢學堂搬遷，男女兩座學堂都要從國公府遷移到盛府，重新分配院子。雖然能來學堂的都是有來頭的貴子、貴女，但是女子終究是女子，即便有個貴字，那也是男子在前，女子在後。於分配學院之事上，主事者自然而然地默認由男院先挑。

事情如果到這裡那也沒什麼，可是後來男院的學生們嚷嚷著不公平，說是男子人多，與女子平分地盤，未免吃虧，應當再把女學割讓一半出去，還要占據景致最好的梅園。

此話一出，女學上下難得統一，都被氣得不輕。她們也是家裡千寵萬愛長大的嬌小姐，說好梅園一院占一半，她們守著規矩不爭搶也就罷了，還能由得旁人占據？

姑娘們心裡一百個不樂意，卻偏偏沒人願意當出頭鳥去和男院鬧。分院子這種事情說大不大，說小不小，兩邊的師長默契不開口，畢竟他們只是名義上的老師，真遇到事，卻也不敢亂插手這群公子、小姐們的鬥爭，誰知道會不會因此得罪某家高官？

在各懷鬼胎的當口，誰也沒想到，淑德三院率先造反了！

一群丁點兒大的小姑娘烏壓壓地舉著條幅堵在梅園，上書「打倒男院，還我梅園」。她們連續三日霸占著梅園學屋，不許男學生們進去上課。

年紀大點的男子自持身分，不好和小孩們計較。年紀小的氣得牙癢癢，又不敢和一群姑娘們動手，只能乾瞪著眼打嘴仗。

誰知打嘴仗也打不過，其中那個曲家小姑娘尤為厲害，往那兒一站就能半個時辰不帶歇息地細數男院罪過，說到最後，男學生們都開始反省自己是不是做錯了。

「可……可是，我們男子就是比妳們人多，難道不該占更大的地盤嗎？」有男學生辯道。

只見小姑娘微微一笑，哼了一聲道：「虧你有臉說這話，你是比我們多交了銀子還是怎麼的，張口就來？你人多就能占更多的地？那你何不去問問你家幾口人，城郊莊子上又有幾口人，他們人多，你把你家讓給他們住豈不美哉？什麼？不願意？那我們也不願意！」

「那……那我們讀書是為了考取功名，妳們以後都是要嫁人的，讀書也無用，爭這些有什麼意思？」他不服。

「嘖嘖嘖。」小姑娘嫌棄地搖搖頭，上下打量他一番，鄙夷道：「你既能說出這等話，那便說明你的書也讀到狗肚子裡了。大學之道，在明明德，你滿腦子蠢物，當真是沒有讀透四書；再者，我們女子讀書和你們是一樣的道理，你們有的本事我們就未必沒有，你不服，大可挑幾個人來比試比試！」

就這樣，男女兩院稀裡糊塗地就開始了比試。清殊臨時學了幾句文唬人，真比起來還是不中用的。不過她也不發愁，直接在女學裡廣招英才。也許是共同抗敵激起了大家的好勝心，竟然空前團結，沒多久便召集了各領域的佼佼者。

從四書五經到琴棋書畫，從經史典籍到九章算術，兩撥人從早比到晚，各有輸贏。臨到決勝的關頭，男學生們居然作弊請來了高等院裡的師兄，這下可把清殊氣壞了，扭頭就亮出了王牌——助教師姐裴萱卓！

比到最後，男學生們心服口服，尤其那位師兄，臨走前看向裴萱卓的目光帶著幾分敬佩和惋惜。敬佩的是她的才華，惋惜的是她身為女子。

反觀女學這邊，得勝歸來的姑娘們可謂興高采烈，就差鞭炮齊鳴以賀此等喜事。平日裡不相往來的幾個小團體嘻嘻哈哈笑成一團，等反應過來對方是誰，才訕訕臉紅，然後彼此相視一笑，再沒有隔閡，小團體融合成了大團體。

而功臣清殊卻並不知自己這隻蝴蝶扇動了翅膀，帶來了何等變化。她正忙著抄書背課文，並在裴萱卓面前誠懇認錯。「我發誓，我以後一定好好背書，背得滾瓜爛熟，不至於到比試的時候要拉裴姊姊充場面。」

裴萱卓又好氣、又好笑。「妳最好真的會背！」

清殊扮了個鬼臉。「嘻嘻。」

不管清殊自己怎麼想，總之女學已經潛移默化地把她當作領頭羊，等到她後知後覺，已經晚了。今天妳扯我頭花，明天我踩妳繡鞋，只要是爭不出高低的事，都要找到清殊這裡來評理。

年復一年，等到清殊升到了賢雅院，已經是名副其實的女學大姊頭。那些剛入學的蘭心院小妹妹，因久仰曲四姑娘的傳說，最愛跟在後面姊姊長、姊姊短，賢雅院的老同窗們沒少為此打趣清殊。

「妹妹，不急，慢些說不打緊。」同窗許馥春的嘴皮子擱清殊身上是厲害，眼下對待哭得抽泣的小姑娘卻換了一副面孔，溫柔得很。「來，把眼淚擦乾淨。」

打頭的小姑娘很有幾分義氣在身上，她急急道：「哎呀，姊姊，不如讓我替雅君說，是這樣的……」

然後她噼哩啪啦、不帶喘氣地將前因後果描述清楚。簡單來說，就是這位叫雅君的姑娘被隔壁院裡嘴賤的男同學調戲了。

調戲二字可大可小，在重禮法的時代，即便學堂的環境相較從前寬鬆了許多，但在男女之防上還是須得守著分寸。真要有男學生敢侮辱清白人家的女孩，那他的仕途聲名也就葬送了。除非這人就是個狗膽包天的登徒子，否則斷不會急色到這種地步。

許馥春追問道：「再說清楚些，是怎麼調戲她了？」

小姑娘氣得手舞足蹈。「雅君去梅園採花，並不知男院也在那處上畫藝課。雅君誤闖他們的涼亭，那登徒子故意用花枝掀開她的紗帽，還嘲笑她臉上長了痣，說了許多不堪入耳的話，引得一班的男學生都在笑她！」

一旁的孟雅君哭得更凶了，她哽咽了好久，才顫著聲道：「元霜，不說了。」

柳元霜頓時語塞，說也不是，不說也不是，心中不由得為好友憋屈。

「那小王八羔子姓什麼？誰家的？」盛堯抱臂站著，一臉不爽。

「盛姊姊，他是竹修院的，我們不知道他的名姓，但是只要再見他一次就能認出來！」柳元霜憤憤握拳，轉念又想到什麼，聲音低了下去。「只是，我聽說竹修院裡那個領頭的是平國公府的小少爺，叫程鈺，也是個極霸道護短的人，姊姊們惹上他會不會有麻煩？」

程鈺？此話一出，賢雅院眾人神情都很微妙。

許馥春挑了挑眉，乾咳兩聲，憋著笑道：「既然是程鈺，來找妳們殊姊再合適不過了，由她替妳們出頭，保管對面連屁都不敢放一個。」

柳元霜為首的一眾小姑娘立刻兩眼發光，看向清殊，連帶著孟雅君都投來怯怯的眼神。她已經是知道愛惜美貌的小姑娘，遇到這事心裡別提有多難過，那一聲聲無知卻充滿惡意的恥笑，快變成她心中無法跨過的陰影。

眾人目光彙聚之地，清殊終於放下托腮的手，遞出一條乾淨的手帕給小姑娘，耐心等她擦乾眼淚後，又輕抬小姑娘的下巴，凝神細看。

第五十九章

孟雅君不大敢直視她的目光，更不想讓自己的臉暴露在旁人的視線裡。因為眼前的姊姊美麗得讓人自慚形穢，低到塵埃裡。就在一顆心七上八下、無比忐忑的時刻，她聽見熟悉的聲音笑道：「聽他們胡說呢，妳那是美人痣。」

美人痣？孟雅君呆呆地抬起頭，睫毛微顫。

清姝被她的模樣逗笑，點了點她的額頭道：「發什麼呆啊小美人？走吧，姊姊帶妳上隔壁去，找到那登徒子給妳道歉。」

一行人浩浩蕩蕩地穿過梅林，盛堯熟練地掏出偷來的鑰匙，打開分隔男女兩院的角門。她們到時，男院正逢課中歇息，幾個躺在湖邊曬太陽的男學生睡得迷迷糊糊，不經意抬頭，結果看到一群女學生氣勢洶洶而來，驚得瞪大眼睛。

「幾……幾位姑娘有何貴幹啊？」男學生慌腳雞似的整理袍帶，另一隻手扶著歪掉的頭冠。

清姝並不搭理他，只轉身對孟雅君道：「瞧瞧，那人在這裡面嗎？」

孟雅君躲在許馥春背後，探出腦袋環視一圈，小聲道：「不在。」

「嗯。」盛堯又將她護在身後，率先邁開步子往前走。「那去裡面找。」

「哎！哎！盛姑娘，曲姑娘，妳們究竟所為何事？不如先和我說上一說，否則妳們女子如此明目張膽地踏進我們男學堂，彼此臉上都不大好看啊！」有個貌似小管事的男學生小跑幾步追上來，喘著氣道。

被這動靜吸引過來的男學生越來越多，其中不乏有些認出盛堯和清殊的。

過了那陣驚愕的勁，他們反倒是驚喜大過訝異。要知道學堂裡規矩甚為嚴苛，平日裡別說女學生了，連一隻母蚊子都不得見。有時候，一些騷包些的男學生還會刻意翻牆去梅林，假裝找丟失的東西，實則是想去看看對面的姑娘。畢竟是一群十來歲的小少年，春心萌動的年紀誰不想讓隔壁女學生目睹自己吟詩作畫的風采，這會兒正好遇上隔壁最為知名的兩位姑娘，彼此心裡都貓抓似的。

說起她二人的成名源頭，又是一樁陳年舊事。

五年前，清殊為救姊姊，不得已跟著盛堯一起翻牆去男院，結果在人家牆頂趴了許久，還是某人給接下來的。因目睹的人甚多，這件事在男院傳了個遍。第二次就是淑德院宣戰事件了，也是清殊、盛堯兩個人起的頭，自此這兩個人在院裡可謂聲名遠播。此後她們行事收斂了許多，但是隨著這一批學生年紀漸漸長大，他們慢慢發現，這兩個姑娘好像……嗯，有點好看。

讀聖賢書不代表把腦子讀傻，還是分得清美醜的。

學堂建立日久，才子年年有，而美人，尤其是放到整個京城都數一數二的美人少有。只不過，欣賞歸欣賞，真捅到正主面前還是不敢的，畢竟美人除了美，脾氣暴躁也是出了名的。

果然，暴躁美人們仍然不想搭理人，齊齊回頭看向許馥春。

許馥春當了五年的院內小管事，兼官方擦屁股大師，前面兩個惹事精的眼神一掃，許馥春就知道她們的意思。

「咳咳。」穿著水綠衫子的清秀佳人清了清嗓子，旋即擺出一副端莊的神情，走上前交涉道：「郭公子，你們竹修院有一名男學生對我們蘭心院的人出言不遜，還請你把院裡的人都叫來，我們要找人。」

「蘭心院？」郭公子一愣，目光掃過躲在後面的孟雅君，頓時恍然大悟，心下明白是哪樁公案。

只是，他卻猶豫半晌，吞吞吐吐道：「姑娘們興許是誤會了也未可知啊，蘭心院的師妹們年紀小、心思細，我們男子說話沒把門，但應是無心的。咱們一起在學堂唸書，自然要以和為貴，凡事坐下來好好商量，莫要起衝突。」

他說話小心翼翼得很，許是知道曲、盛二人的光輝事蹟，實在不想把事鬧大。

「胡說！那人才不是無心的呢，他就是故意嘲弄雅君，非要把她說哭才甘休！」柳元霜憤憤反駁。

郭公子還想和稀泥，卻見盛堯眉頭一皺，很是不耐煩。「說那麼多廢話，把人叫出來讓我們問清楚不就行了？」她話說得忒不客氣，郭公子臉色青一陣、白一陣，礙於這學堂是她家開的，實在不敢反駁。

周圍不乏有高官家的公子，心裡多少有些不忿，忍不住咕噥道：「妳說出來就出來？算老幾？」

盛堯耳尖，聽了這話，怒火倏地湧上心頭，立時就想衝上去吵，身旁突然伸出一隻手拉住她。

「和他費什麼口舌，他算老幾？」清殊狀似不經意地對盛堯說話，甚至還笑了一聲。

「妳！」現在七竅生煙的輪到那人。

清殊並不理他，只對郭公子道：「出言不遜的是那一個人，並不是你們整個竹修院。我們只找他討個公道，你又何必替他遮掩？」

「並非是我要遮掩，我是為姑娘妳著想！唉，我真是好心被當成驢肝肺，裡外都不是人了。」郭公子滿臉苦相，悶悶道：「那人是金吾衛上將軍家的六公子，王六郎，平素是個混不吝的。曲姑娘妳脾氣也衝，真要和他對上也落不了好。」

王六郎？清殊眉頭一皺，尚未開口，正主就自己出現了。

「哎，郭二你滿嘴嚼蛆呢？我王耀祖怎麼了，憑你也敢在背後敗壞我名聲？」一個油頭粉面的男子推開眾人，大搖大擺地走上前來。

王耀祖伸手撥開郭二郎，擠到清殊面前，好生理了理衣冠，換上一副笑臉道：「曲姑娘，先前得罪妳們蘭心院的小丫頭，我向她賠個不是。誠然我並非有意冒犯她，實在是曲姑娘尊駕難請，迫不得已出此下策，好讓妳貴腳踏賤地啊。

「記得那天是九月初三，我第一次見到妳。雖然隔著老遠的梅園，但是妳的身影已經刻進在下的心裡。」此後半刻鐘，所有人都聽他滔滔不絕地表達愛慕之情。

眾人都愣住了，包括竹修院的人也對此舉嘆為觀止。大家都是讀書人，多少要點臉面。王耀祖因父親升遷才半路進學堂讀書，夫子在講課，他就在打呼，並不太知道臉面為何物。

姑娘們也怔了好一會兒，只有盛堯最先反應過來，怒罵道：「登徒子，憑你也配？」

「我怎麼不配？我父親是朝中新貴，統管京城五萬精兵，論品階還高曲家半個頭呢，還能委屈了殊兒不成？」王耀祖反駁道。

「閉嘴，你最好自重，姑娘家的閨名也是你叫的？」盛堯指著他的鼻子罵，然後隨便拎出一個男學生，喝道：「你們竹修院真是好沒道理，這樣沒皮沒臉的人也要。程鈺呢？把他找來，我們和他說去，今天這事沒完！」

「就是！叫他來！我們新帳、舊帳一塊兒算！」眾女紛紛響應。

看這群女學生個個火冒三丈的樣子，怕是要出大事，那學生忙不迭地去找頭兒。

王耀祖後知後覺地有些發怵，卻見清殊並無怒色，他心裡又一喜，湊上前道：「怎麼？曲姑娘覺得在下如何？」

「如何？」清殊唇角微勾，露出一個人畜無害的笑容，一字一句道：「看來，我這兩年真是修身養性太久了，新來的居然能問我這樣的話。」

前一刻，王耀祖定定看著清殊笑，電光石火間，誰也不知道那一刻發生了什麼，只聽他一聲響徹天際的慘叫。「啊！」

樹上飛鳥驚起，眾人聞聲回頭，只見王耀祖佝僂著背直不起身，露出痛苦的神情。

差點跑掉一只鞋才趕來的程鈺目睹這一幕，扶著額痛心疾首地道：「唉！還是晚一步！」

沒有阻止一場斷子絕孫的慘案發生！

清殊默默地收回腿，撣了撣並不存在的灰塵，無辜地看向程鈺。「喲，你來啦？夠早啊。」

程鈺這幾年個頭長得很快，十來歲的小夥子已經像堵牆似的高大壯實，正是這個年紀的少年們最羨慕的那類身板，這也是他被拱作頭頭的原因。

現下這個大塊頭一點兒也不威武，站在比自己瘦小許多的少女面前，可憐得像隻大狗。

「哎呀清殊妹妹，有什麼話不能好好說嗎？君子動口不動手，那事我也知道，耀祖這個人是嘴欠，心不壞，他既然道歉也就罷了。」

清殊嗤笑一聲，冷道：「真有意思，他們說你護短我還不信，原來你還真是不管香的臭的都護著啊。他的道歉是對雅君說的嗎？即便道歉了，雅君說原諒他了嗎？一句無心之失就能彌補傷害是吧，那好，方才我也是無心之失，還請原諒。」

程鈺苦著臉道：「這怎麼能相提並論呢？他不過言語冒犯兩句，妳卻下這等死手，真有個萬一豈不是給妳自己也找麻煩？」

清殊臉色徹底冷了下來，熟悉她的人已經知道，這是動真火了。

「一個比你們小那麼多的姑娘，說話也不積點口德，還覺得言語冒犯之罪不過爾爾，那我跟你不是一路人。還是那句話，不道歉，這事沒完。」

程鈺被那句「不是一路人」激得臉色脹紅，現下也生出幾分惱火。「妳因為這些雞毛蒜皮之事就要和我生分?!」

「我認識你嗎？」清殊話趕話地就要刺他兩句，不遠處又有一個錦衣華服的秀氣公子來了，他三步併作兩步地擠到兩人中間，笑容和善道：「好了好了，都在氣頭上，別說傷人的話啊。」

秀氣小公子是被搬來做和事佬的晏徽容。也虧得郭二郎聰明，想起永平王世子正在學堂裡借讀，於是趕忙將他請來。畢竟滿學園也找不出第二個地位高、脾氣好的主子能來調節這樁即將白熱化的官司了。

「這樣，都聽我的。王六郎冒犯孟姑娘在先，其後又言語不當，唐突曲姑娘，你需要向她們二位道個不是。」晏徽容道。

王耀祖雖然心有不甘，礙於晏徽容的身分，還是老老實實地朝孟雅君鞠了一躬。「是我的不是，還請姑娘原諒我一時之失。」

「再加一句，今後不許再犯。」清殊環視一圈。「如若再有這樣的人，不必叫世子出面，我一樣有法子對付他。讀書人要臉面，估計也不想在金榜題名之前先叫京裡的人先知道醜名吧？」

這話就是貨真價實的威脅了，眾人都見識過這個小女子的厲害，要是惹急了她怕是真會付諸行動。

清殊那一腳有分寸，既讓他疼上一會兒，又不至於傷了根本，王耀祖能動彈了，只能又鞠躬道：「是，我不敢再犯了。」

「妳原諒他嗎？」清殊問。

孟雅君愣了一會兒，才反應過來是在問自己，眼底又忍不住濕潤。

「大膽說，沒有人規定道歉了就必須原諒，妳怎麼想就怎麼說。受傷害的是妳自己，旁人沒有受過妳的罪，就不能替妳原諒他。」

孟雅君嘴唇顫了顫，望著清殊的眼睛裡盛滿了激動的光，她小小聲道：「謝謝殊兒姊姊。」

然後，她深吸一口氣，眼眶通紅，抖著嗓子道：「我接受你的道歉，我知道應該原諒你，可是我還是很委屈，不大想原諒你。我還沒有讀很多書，可是我知道一句話是惡語傷人六月寒。你的一句無心之言，卻讓我難過很久。你現在雖然在道歉，可是我看得出來，你不是真心知錯，你只是覺得殊兒姊姊小題大作。所以，我不想原諒你。」

良久，直到響起一道溫和的笑聲，沈默才被打破。

「無妨，不原諒就不原諒，就讓王六郎每天道一次歉，妳幾時覺得他真心認錯，就幾時原諒他，如何？」晏徽容笑道。

孟雅君先是看向清殊，見她點頭，才答一聲「好」。

至此，這場鬧劇才落幕。

回去的路上，清殊讓盛堯她們先走，自己走在後面。

果然，晏徽容沒多時就追了上來。「妳說妳，我都替妳扛了，還當出頭的鳥做啥？非要讓人記恨妳是吧？」

清殊背著手往前走，懶得看他。「我就愛管閒事怎麼樣？」

晏徽容長嘆一口氣，搖了搖頭道：「罷了，是我囉嗦。妳這天不怕、地不怕的性子都是我雲哥慣出來的，妳便是把學堂捅破了天，有他在也沒人敢動妳。」

原本還老神在在的清殊，臉色頓時一變，回頭狠狠地瞪著他。「關、他、屁、事！我不認識他！」

晏徽容沒被她這副模樣嚇到，反而笑得更大聲。「哈哈哈哈，我說妳怎麼還在生氣啊？他都走了兩年，便是犯了殺頭的罪也有個刑期啊，妳這還沒完了。」

清殊伸手就給他一拳，指著他鼻子道：「我警告你別惹我，我已經和晏徽雲這個王八蛋絕交了，別逼我跟你這個姓晏的也絕交！」

「錯了，我不敢了。」晏徽容從善如流地捂著嘴。

相安無事一陣後，晏徽容特意離遠了一些，又假裝不經意地道：「啊，我昨兒聽伯母說駐邊軍將領這個月要回京述職了。咦，那小將叫什麼來著，好像跟我一個姓啊。國姓的人不多啊，妳說是誰呢殊兒？」

以為他又在嘴賤，清殊咬牙切齒，磨刀霍霍，預備等他說完就給他一頓老拳。等聽完之後，她卻無端地愣了一會兒。

晏徽雲要回來了？兩年前不辭而別，隻身往邊關去，從此只能在晏徽容嘴裡聽到隻言片語的人，現在要回來了？

愣了片刻，清殊立刻收斂起異樣，沈著臉道：「回來也不關我的事！」

少女不管後面的人，頭也不回，氣呼呼地衝出去老遠。

晏徽容看著她的背影，覺出幾分好笑。

笑了一會兒，心裡又有種不知名的惆悵。兩年前，小姑娘還在囂張地對男院宣戰。自晏徽雲走後，她好像就沈穩了許多，遇事也不再衝動。所以今天在聽到清殊久違地幫人出頭時，晏徽容十分驚奇，忙不迭地來湊熱鬧。

視線跟隨著少女遠去的背影，她快到轉角處，仍不解氣，又回頭朝他凶道：「再說一遍！回來也不關我的事！我不想見他！」

晏徽容「噗哧」笑出聲，吼道：「知道了！我一定轉達！」

少女腳步一頓，然後走得更快，踩了風火輪似的。

晏徽容笑意微收，目光帶著些許欣慰。

真好，時隔兩年，原來的清殊好像又回來了。

第六十章

清懿的馬車抵達時，正瞧見清殊步伐飛快地往外走，彩袖趕忙招了招手。「四姐兒，在這裡呢！」

清殊腳步頓了頓，終於放緩速度，慢吞吞地挪上馬車。

清懿打量妹妹好一會兒，微笑道：「又是哪個給妳氣受了？」

清殊張了張嘴，話到嘴邊又不知要怎麼說，索性悶悶搖頭。「無妨，我一個人待會兒便好。」說罷，她隨手抓起一塊帕子蓋著臉，仰躺在清懿的腿上。

餘下三人面面相覷，彩袖忍不住用口形問：「這是怎麼了？」

翠煙搖搖頭，又看向清懿。

清懿眸光微動，略思索一會兒，心裡便猜測得八九不離十。她捏了捏妹妹的耳垂，含笑道：「椒椒，盛瑾不久前曾告訴我一樁新聞……」

沒等姊姊說完，清殊立刻把帕子掀開，懨懨道：「倘若是說晏徽雲的事，那我曉得了，姊姊不必費工夫說給我聽，我又不在意。」

說是不在意，可一舉一動分明就是在意。

翠煙和彩袖暗暗憋著笑，清懿眼底一閃而過揶揄。「嗯？我才開個頭，妳就曉得世子要回來？可我要說的不是這個啊。」

清殊一愣。「那要說什麼？」

「嗯，不是要緊事，只聽盛瑾提了一嘴，這個月底太孫殿下要辦私宴，邀的都是熟人。她特意挑妳們學堂裡旬假的時候，叫我帶妳一起去湊個熱鬧。」

「哦，曉得了。」清殊隨口答應就想躺回去，片刻後又覺得不對勁，狐疑道：「這怎麼算新聞，姊姊唬我呢！」

眾人哄笑，尤其彩袖最大聲。「哈哈哈，不這麼說哪裡套得了您的話。」

清懿笑彎了眼。「也不算唬妳，盛瑾好事將近，私宴也是為了賀一賀喜事。」

清殊慢半拍才反應過來，恍然道：「難道是……」

清懿心照不宣點頭。「正是妳想的那樣，因時日尚淺，還不便張揚，只說與幾個親近的人聽。她既然願叫咱們知道，也是信任。我正想著打發人去找些上好的補品，又想著她什麼好的沒有，倒不如送點有寓意的物件，椒椒妳覺得呢？」

乍聞喜訊，清殊心情一鬆，興頭也高了幾分。「很對！依我的意思，不如我親手做一套首飾，既有新意又不落俗套，保管不失臉面。」

清懿替她理了理壓亂的頭髮，溫和道：「好，都聽妳的，椒椒大人作主。」

三月初三，天高氣爽。這日的京城格外熱鬧，初春的日頭照耀大地，灑下融融暖意。自城外數里至城門內整條長街，夾道兩旁站滿了百姓，這樣自發組成的陣仗只為迎接歸來的駐邊軍。

也不知是誰起的頭，甫一瞧見飄在空中的旗幟，就有人開始歡呼。緊接著，一連串的鮮花、果子紛紛往士兵身上扔去。不一會兒，幾個打頭陣的騎兵已經滿頭滿身的花，顯然是招架不住百姓的熱情。

隨著軍容嚴整的大部隊進入城門，百姓的呼聲更高了。人山人海裡，許多人踮著腳爭先恐後地瞧，目光不約而同地落在一道身影上。

少年將軍騎著高頭大馬，脊背挺直如他手持的那桿長槍，無端讓人覺出戰場帶來的殺伐之氣。原本是一副令人生畏的架勢，可細看那人面孔，卻見他眉目俊美，五官深邃得叫人挪不開眼。

有年輕不知事的小娘子悄然紅了臉，低聲問：「這位小將是何人？」

消息靈通的大爺驚訝道：「稀罕！妳竟不知道他的名頭？整條街有半數為他而來，瞧見對面茶樓上一堆戴紗帽的貴女沒？可都是大戶人家的小姐，專為看這位的！」

小娘子奇道：「啊？他雖面貌出眾，究竟還有什麼了不起的本事，能讓那些貴女都踏出門來迎？」

「哈！這說來可就話長了。」

然後這位嘴碎的大爺開始細數他的功績。自五年前晏千峰隱退後，朝中無將許久，北燕奇襲邊關連奪三城，朝廷不得已展開和談，答應割地通商。沒過幾年，北燕不滿足現狀，又開始磨刀霍霍，想再從武朝嘴裡奪下一塊肉。有識之士已然認識到沒有武將的武朝就是毫無自保之力的羔羊，只能被敵人一點一點蠶食。

只是在這個緊要關頭，去哪裡找一個合適的統帥？一時間，朝堂吵成一團，滿口仁義道德的文官說起話來一套一套，八百個心眼湊做堆，無非就是想把淮安王晏千峰再推上戰場。聖人雖為人父，在這樣的局面下也無法徇私，只能頒布掛帥的旨意。

聖旨傳到淮安王府，還沒進內院就拐了個彎到了世子爺手裡，傳旨的太監被一麻袋罩住扔進柴房，尖聲驚叫時，就聽見少年冷淡道：「回去告訴皇祖父，旨我接了，仗我去打。」

撂下這句話，十七歲的少年郎偷來虎符，領著府中一隊護院連夜出京，遠赴邊關。

被關了一天一夜才放出去的太監趕回宮裡報信，黃花菜都涼了。淮安王府和後宮，通通亂成一鍋粥。就在王妃急得哭第七次的時候，八百里加急的捷報送入京城——不知名小將夜襲北燕大營，生擒敵寇，逼迫敵軍退出雁門關。

消息一出，滿朝大喜。聖人拖著病體原地轉圈，連聲道：「好！好！好啊！」

自此，少年將軍名正言順地駐守邊關，以雁門關為界，與北燕互為牽制。在大半年之後，百姓們才知道原來這個小將軍就是原三軍統帥淮安王嫡子，晏徽雲，以世子之尊守邊關，與其父一般令人欽佩。

「所以說，這兩年京城的風氣已經變了。原先大受追捧的盡是書院才子，現下妳再去問問，十之有九傾慕晏小郎君。」大爺撫鬚笑道。

小娘子吶吶稱是，心裡卻回想著方才的驚鴻一瞥，暗暗道：大爺還是大爺，果然不懂女子的心思。佳人並非無端傾慕武將，概因他除了赫赫戰功，還有一副無雙好皮囊。

心裡這麼想著，小娘子不自覺嘟囔出聲，還沒說完就意識到不對，趕忙捂著嘴，作賊心虛地環顧一周，怕有人聽見。

冷不防，一旁探出個捂得十分嚴實的腦袋，不住點頭道：「就是就是，姑娘的話很精闢，他不就是靠張臉嘛。」

小娘子臉一紅，支支吾吾。「……也不是，晏將軍還是有幾分才華在身上的。」

嚴實腦袋哼哼道：「他有個錘子才華。」

好皮囊且沒才華的小將面無表情地打馬過長街，起初眾人畏懼他的氣勢，不敢造次。而後不知是哪個膽肥的，失手扔了一朵花，正好砸在他胸前。他緩緩抬頭，短暫的停滯後，百姓們一發不可收拾，幾乎用鮮花把他淹沒。

晏徽雲額頭青筋直跳，他舌尖頂了頂牙關，默唸十遍往生咒，才把那股火氣壓下去。看著男女老少臉上真心的笑容，脾氣壞的小將軍狠狠閉上眼，無奈地長呼一口氣，擺出視死如歸的表情，任由噴香的鮮花在臉上胡亂地拍。

「哼，給你點教訓。」人群裡，戴紗帽的少女輕哼一聲，想到某人鮮花滿身的樣子，嚴肅不到半秒就繃不住笑出聲。她小心翼翼地探頭，確認沒有人發現自己，趕緊鑽出人群溜之大吉。

馬背上，晏徽雲敏銳地回頭掃視，卻什麼也沒發現。

不遠處，淮安王府的人馬浩浩蕩蕩地站在宮門前迎接，領頭的人穿著一身緋紅色窄袖騎裝，英姿颯爽不似尋常女子。

「臭小子，來過兩招！」眨眼的工夫，晏樂綾揮著一桿紅纓槍就衝上前去。

「晏樂綾妳真是閒的，十歲以後就沒打贏過我吧？」晏徽雲翻了個白眼，順手拎著戰戟格擋。

眾人目瞪口呆地看著這兩人你來我往。

王府老兵很有經驗，各自抓了把瓜子嗑，等瓜子嗑完，戰局就差不多結束了。

「行啊，長進許多嘛！」晏樂綾喘著氣，然後揪著弟弟上下打量一番，點頭道：「嗯，不錯，沒有缺胳膊少腿，甚好甚好，能跟母親交代了。」

「別，我先進宮面聖。」

一提到母親，晏徽雲難得背脊發麻。想到母親那副能哭倒長城的架勢，他就想乾脆調頭出京。

「哪兒去？」晏樂綾眼疾手快扯住逐風的韁繩。「想跑是吧？你回頭看看。」

晏徽雲緩緩回頭，宮門底下依次站著一大家子，最中央的王妃娘娘臉色黑如鍋底，一臉山雨欲來。

不管在戰場上多麼勇猛，少年將軍該當孫子的時候就是孫子，該當兒子的時候就是兒子。從天亮到天黑，他挨個兒接受了來自皇祖父、皇祖母、父親、母親、皇兄等等親屬的批評教育。

出宮門的時候，晏徽雲覺得耳朵已經不是自己的了。

難得瞧見他這副逆來順受的模樣，晏樂綾幸災樂禍道：「你也有今天啊，當初不告而別的時候想沒想過這個後果啊，臭小子。」

自知不占理，晏徽雲深吸一口氣，強行壓下暴躁。「行，我理虧，隨妳罵一天。但是就一天，妳別得寸進尺。」

「喲，你還這麼囂張？罵一天哪夠啊？光母親流的眼淚都快把咱家給淹了。再看看今兒迎你的那群姑娘，鬼知道你當了多少次負心漢。」晏樂綾追上去念叨，掰著指頭數。「來府中探問過消息的就有好幾家，禮部尚書家的葉二姑娘啊、鍾太傅的嫡孫女啊……」

晏徽雲眉頭一皺。「什麼東家、西家，不認識。」他加快步伐，甩開自家煩人的姊姊。

晏樂綾「嘖」了一聲，懶得追，只慢悠悠地道：「還有曲家四姑娘也來過，小丫頭不知道你走了，也沒處打聽消息，巴巴地央盛二姑娘問她姊姊盛瑾，盛瑾又帶話給我，幾經輾轉才把信遞到我手上，千難萬難這才登門。哎喲不是我說，我瞧姑娘那眼神，都想直接說你死在邊關得了。」

這回晏徽雲的腳步停住了，他回頭道：「我不是給了她王府權杖嗎？她怎麼不用那個？」

晏樂綾翻了個白眼。「誰知道呢，許是怕給你惹麻煩。」

「惹得麻煩還少嗎？我又沒嫌她惹得多。」晏徽雲莫名有些煩躁，不發一言地往前走。

快到王府門前，晏徽雲又停住，回過頭欲言又止。

晏樂綾一臉莫名。「方才吃飯噎住了？」

晏徽雲咬了牙關，強忍住翻白眼的衝動，又轉過身往前走。

晏樂綾扯了扯嘴角，不緊不慢地跟著。「你吃錯什麼藥了？扭扭捏捏，吞吞吐吐，能不能有話直說？」

晏徽雲額頭青筋直跳，又猛然一回頭。「晏樂綾。」

「在你面前呢，喊什麼喊。」晏樂綾嫌棄道。

晏徽雲沈著臉，誰也不知道他做了一番什麼樣的心理建設，只見他深吸一口氣，露出堪稱和善的表情。「我想讓妳幫個忙。」

幫忙？晏樂綾簡直懷疑自己的耳朵！短暫的錯愕後，她終於意識到這是為數不多可以拿捏這個臭小子的機會。

「讓？我不曉得叫人家幫忙是讓？」晏樂綾陰陽怪氣。

晏徽雲青筋又跳了跳，扯開嘴角道：「請、請樂綾郡主幫個忙。」

「叫聲姊姊來聽聽。」晏樂綾大搖大擺地推開他往前走。

晏徽雲胸膛反覆起伏數次。「妳別得寸進尺。」

「喲呵。」晏樂綾假裝掏了掏耳朵，笑道：「誰請我幫忙呢？幫什麼忙啊晏將軍？」

像是被提醒了什麼，晏徽雲握了握拳頭，生生嚥下這股窩囊氣。「行，走吧姊姊，送妳回府。」

於是，王府眾人驚奇地發現向來不懂禮貌的世子爺一口一個姊姊，被郡主使喚地團團轉，雖然……世子爺好像快氣炸了。當然，知道弟弟脾氣的樂綾很有分寸，在對方耐心快告罄的邊緣，終於完成囑託。

「喏，我的好弟弟，上至宮廷貢品番邦奇珍，下至市井玩意兒都在這裡了。你姊姊我還算可靠吧？」晏樂綾打發人搬來一個大箱子。

晏徽雲掀開箱子，仔細翻找，從一堆貴重新奇的物件裡特地挑出偏紅色的。

晏樂綾挑了挑眉，不動聲色道：「嗯，誰喜歡紅色啊？母親好像愛穿淡色吧。」

「要妳管。」晏徽雲頭也不抬，前後態度差距表明了何為翻臉不認人。

搜尋片刻，他的目光鎖定在一盒色澤溫潤、透著紅粉顏色的珍珠上。好像她手上有一條桃紅色珠串，也是圓圓的一顆。

晏徽雲不大確定，但是憑他粗糙的眼光實在分辨不了材質，只約莫能想到她戴這個應當是好看的。

打定主意，他便將珍珠收起。晏樂綾目睹全程，琢磨出不對勁。「哎，你小子不會是想送給曲家小姑娘吧？」

晏徽雲抬頭瞧她一眼，懶得搭話，可那眼神分明在說：妳這不廢話？

晏樂綾悚然一驚，狐疑道：「晏徽雲，你不會看上人家了吧？」

「妳說什麼鬼話呢？吹吹風清醒一下吧。」晏徽雲皺頭，顯然覺得她很離譜。「她一個丁點兒大的小丫頭，能看上什麼？」

「小丫頭？那都是哪年的老黃曆了。」晏樂綾愣了好半晌，滿臉寫著無語。「依我看，現在全京城就你覺得她還是個小丫頭。」

「怎麼？」晏徽雲冷淡地瞥她一眼，抬抬下巴示意她繼續說。

「想知道啊？自己瞧去。」晏樂綾看不得自家弟弟這副跩樣，並不理他，自顧自地蹓躂出門。

晏徽雲翻了白眼。「故弄玄虛。」

門外突然傳來假惺惺的一聲長嘆。「唉，某些人可別光長個子不長心眼。還小丫頭？人家現在可是名動京城的小美人。」

小美人？晏徽雲眉頭一皺，心下多少有點匪夷所思。小豆芽菜長開了？

半個月一晃而過，曲府接到了盛瑾的帖子。

因是私宴，晏徽揚夫妻二人並未將筵席設在宮裡，反而選了城郊一處寬敞的別莊。清懿姊妹才下馬車，便瞧見盛瑾領著鍾嬤嬤候在門口。

「妳有身子，何必親自來迎我們，我哪是稀客了？」清懿納罕道。

盛瑾笑著上前挽住她的胳膊。「我如今是被拘得狠了，好不容易能出門走兩步，巴巴地盼著妳來和我說兩句話呢。妳平日裡貴人事忙，我哪敢相擾？少不得今日勞累妳說乾嘴皮子。」

清懿忍俊不禁。「說得倒像我對不起妳，罷了，還請夫人多備些茶水，讓我潤潤嗓子。」

數年間，她二人因志趣相投，偶有互助，倒生出幾分甚篤的情誼，頗有君子之交的味道。

「自然，也不全是扯閒白，原本我還有幾樁要緊的事要和妳商量，只是今日來的人太多，超出我的估算，人多口雜不便多談，待改日我再作東特請妳姊妹二人。」盛瑾偏過頭悄聲低語。

清懿意會，點頭道：「也好。」

清殊和盛堯老老實實地跟在姊姊們身後，聞言不由得戳一戳身旁之人。「哎，來了誰？不是說私宴？難道不全是相熟的人？」

「原本就是我姊夫家幾個親近的人，外加我們盛家和妳們姊妹倆。誰知太子妃的娘家人也在，於是她姪女也帶來了。再就是不知誰傳出話說淮安王世子也來了，就又添了幾個沾親帶故的。我姊姊一見這情形，索性放開了門檻，由得他們去。」盛堯聳了聳肩，示意她看向早已到場的一圈貴婦，為她介紹。「旁的倒不必認識，我就說幾個長輩與妳聽。」

清殊順著她手指的方向看去。「最中央那個是太子妃，也就是我姊姊的婆母。她左邊那個是永平王妃。」

第六十一章

因晏徽容的關係，清殊倒是與永平王妃盧文君有過幾面之緣，知道她是個極和藹的婦人。

「她右邊那個就是淮安王妃，世子爺的生母。」說來，清殊和晏徽雲認識多年，這還是第一回見到他的母親。淮安王妃年逾四十，容貌還是極美，依稀能看得出晏徽雲的五官是隨誰。三個妯娌坐在一起，就數淮安王妃最為引人注目。

「至於她們下首圍坐的那一圈，不過是郡主們帶來的玩伴，至於是哪府的小姐，我也認不全。咱們見個禮就自行去玩，不和她們湊熱鬧。」盛堯道。

清殊正有此意，點頭道：「還是阿堯周到。」

這麼想著，二人見了禮後，向姊姊打了招呼便悄悄尋了一處亭子歇腳，這裡離人多的地方不遠，卻也不顯眼，正好適合她們躲懶，又能聽到那邊的動靜，不至於失禮。

「沒良心，妳們倆自找了好去處，也不說想著我。」晏徽容一手拎一個盒子，往石桌上一擱。「虧我還惦記，特地給妳們帶了吃食。」

盛堯哈哈笑道：「你一個男子，自然是去男客處，和我們姑娘家湊什麼熱鬧？」

晏徽容不以為意，隨意找了張躺椅準備要坐。「我湊妳們的熱鬧還少嗎？男子無趣，不愛和他們玩。」

清殊把他推遠，不許他坐，冷哼道：「世子殿下誓要做咱們姊妹，阿堯妳還不快叫他一聲姊姊。」

盛堯「噗哧」一聲笑得發抖。「哈哈哈，容哥兒怎麼得罪她了？竟要被罰站？」

「唉，我不過一句玩笑話，她就記到現在。阿堯妳快說說她。」晏徽容滿臉忿忿，原地轉了一圈也沒找到第二張椅子，只好連連鞠躬，語氣誇張道：「好姑娘，妳脾氣也忒大，我都給妳帶吃的了，好歹也賞個座啊。」

「呿，別裝模作樣，你惹我在先，現在倒像我欺負你，阿堯妳評評理。」清殊故意刺他兩句，沒有真生氣。他們三人是鬧慣了的，鬥鬥嘴、嘻嘻哈哈就過去了。

「來，這是玉桂芙蓉卷，阿堯愛吃。這是糖蒸栗粉糕，殊兒愛吃。」晏徽容一樣一樣端出來，擺到各人面前。「嚐嚐我們家新廚子的手藝。」

吃人嘴軟，清殊撚起一塊糕扔進嘴裡，一面挪了挪身子，給他讓個位。「行了，算你識相，坐吧。」

晏徽容挨著邊坐下，笑罵道：「妳這樣霸道，以後誰敢娶妳？」

清殊睨了他一眼，淡淡道：「你再說不中聽的，就坐地上去。」

「別別。」晏徽容立馬拱手作揖，換上討好的神情道：「我還有事求妳呢，不敢多嘴了。」

盛堯吃著糕，笑道：「嘴臉變得倒快，你又是缺了哪塊石頭要找我們殊兒？」

晏徽容擺擺手。「此番不是缺石頭，阿縉下個月就是五歲生辰，我想給她做副瓔珞圈，市面上的樣子都很俗氣，還請咱們殊姊出山，給我畫一副可好？」

「樂縉郡主五歲了？真快啊。」清殊不由得感嘆時光飛逝，她還記得王妃懷孕時的樣子呢。「給你畫一副也行，因是給郡主做的東西，我就給個友情價，這個數。」

她在袖子裡比劃。

晏徽容眉頭一皺，不情不願道：「妳看妳，生分了吧？咱倆什麼關係，既然是給阿縉的，還需要收酬金嗎？」

清殊絲毫不理會感情牌，把他的頭推遠了點，老神在在。「少來，這些年我給你賺的錢可不少，別跟我哭窮。」

「怎麼說話的呢，銀子也不進我一人的兜裡，咱們仨都有份。」晏徽容又湊近，討好地笑了笑。

「哎，哎！」盛堯揪住他的袖子將他扯遠些。「大庭廣眾之下，你仔細點。那麼多雙眼睛瞅著呢，可別傳出你和我們的謠言。」

晏徽容訕訕地摸了摸鼻子，又上下打量她二人，嘆了一口氣道：「世人就不能允許男女之間擁有純淨的友情嗎？長大以後就是不方便，還是小時候好。」

清姝和盛堯對視一眼，默默無言。

盛堯提點得沒有錯，不出所料，不遠處的貴婦人聚集地已經把話題聊到他們身上。

四面掛著薄紗簾子的花廳裡，太子妃收回目光，語帶納罕道：「容哥兒這孩子怎麼還改不了脂粉堆裡胡混的毛病？文君妳可要說一說他。」

知道太子妃是個極保守的婦人，永平王妃只能笑著應和道：「自小說到大，也得他願意聽啊。」

太子妃皺眉，嘆了口氣道：「倘若是家裡的姊妹倒也罷了，只是我瞧著還有個臉生的姑娘，方才行禮我也沒看清楚，約莫也是十來歲的模樣，照我說，他們這個年紀究竟是要避嫌才好。」

永平王妃一向喜歡清姝，並不願叫人把話頭擱在她身上，隨口應了一句便扯開話題。「嫂嫂說得是。說來，妳娘家這個小姪女還是頭一回見，多大了？在唸什麼書？」

太子妃注意力被轉移，聽她問起姪女，便推著身邊姑娘向前道：「這是我娘家兄長的么女，閨名芳舒，正是及笄的年紀。年前我兄長赴了嶺南的任，姑娘家不好跟著去那窮鄉僻壞，我便留她在京裡與我做伴。」

沈芳舒規規矩矩行了禮。「小女芳舒，問王妃安。」

太子妃又提點道：「舒兒，這兒還有位王妃呢。」

沈芳舒臉一白，忙向淮安王妃行了一禮，話沒說完整便通紅了臉，局促地挨著太子妃坐下。

「不必拘禮，自家私宴沒那麼多講究。」淮安王妃許南綺擺了擺手，和藹道。

話題很快就翻篇，只有沈芳舒心裡尚且沈甸甸，眼底夾雜著晦暗。

沈家門第平平，太子妃是山溝裡飛出的鳳凰。在來之前，娘親便千叮嚀、萬囑咐，一定要討姑母歡心，這樣才能在京城裡扎根，相一位好夫婿。原想著有自家姑母在，必然有不少人會和她交好，卻沒承想京城裡的貴女們個個傲氣，竟沒有人來巴結，有的也只是禮貌疏離的點頭之交。

相熟的貴女們三三兩兩地聚在一塊兒，只有沈芳舒一人沒有玩伴，這便罷了，結果又在王妃面前鬧了個沒臉。要是永平王妃還好，怎麼偏生是淮安王妃？她可聽姑母私下提起過，淮安王世子正值適婚年紀，言談間是有替她說親的意思。上回，她隔著人群遠遠看過那少年將軍，只那一眼就芳心暗許，要是王妃因她失禮不喜她可如何是好？

她越想越憤懣，面容越發愁苦。

年方五歲的小郡主樂綰湊到她眼前，天真道：「妳也叫舒兒嗎？我還有一個姊姊也叫殊兒。」

沈芳舒眸光微動，眨眼間便曉得郡主說的是誰。她一坐在這裡，周邊的人就一口一個「舒兒」，她好幾次以為是叫自己，每每抬頭都發現不是，唯餘火辣辣的尷尬。

另一個殊兒……她望向不遠處的涼亭，那個和自己一般年紀的姑娘明明也沒有多高貴的出身，緣何偏得貴人青睞？論起來，曲家女尚且不如自己呢，她還有身為太子妃的姑母，有這層關係，她被帶來參加這次宴席，也沒有人說閒話。可那姊妹倆又憑什麼來？只論與盛瑾表嫂的情誼？

心裡的不忿稍稍平息，沈芳舒收回目光，淡淡道：「郡主失言了，您是金枝玉葉，我這個舒兒也好，她那個殊兒也罷，都不配做郡主您的姊姊，能被您叫聲姊姊的應當是樂綾郡主她們。」

樂綰聽不懂她的話，皺著小鼻子道：「妳好奇怪。」

說完，她就轉身跑遠，趴回永平王妃的懷裡。

「一晃眼，孩子們都大了，要我說就該早早給他們把婚事定下來，成了親，心思也就定了。」話題聊到了貴婦們最愛的點，太子妃十分有話講。「妳瞧我們揚哥兒，眼看就要當爹了，人也日漸穩重。妳再想想公主府裡，她病了數年不願見人，想來也是因兆哥兒的事發愁。他當年要是早早成親，有個媳婦時時提點，也不至於犯渾，鬧到這個地步。」

兩位王妃暗暗對視一眼，不約而同地扶額。她們這個嫂嫂，本性不壞，就是鄉野陋習難改，喜歡不分場合地說教。

「孩子大了，性子就強，哪裡愛聽咱們的呢？」淮安王妃笑著想揭過。「我們家的渾小子就更不必提了，只要不是他自己甘願，何必禍害好人家的姑娘。」

太子妃心念一動，忙揪住話頭道：「我瞧著雲哥兒甚好，正是娶妻的年紀，我家……」

「嫂嫂，慎言！」淮安王妃連忙打斷，壓低聲音道：「人多口雜，咱們關著門說就罷了，成與不成都好。妳在這裡提，我家小子無妨，可姑娘家臉面還要不要？」

太子妃臉色一變，自知失言，吶吶道：「是，是我想差了，弟妹提點得極是。」

一旁的沈芳舒羞憤欲死，即便姑母沒有將她的名字說出口，即便沒有人瞧她，可她也覺得如坐針氈，臊得想鑽進地底。現在，她竟然有些怨怪姑母的心急！

永平王妃善解人意，想為太子妃遞臺階，便笑道：「嫂嫂的話也有道理，我家容哥兒眼看也快十六了，沒兩年也到了說親的年紀，與其臨到頭著急，還不如現下就相看。要我說，京裡的好姑娘不少，撇開家世，重要的還是人品和樣貌。」

太子妃來了精神，追問道：「聽妳這話，可是有了人選？」

淮安王妃也湊熱鬧。「既有了，也替我們雲哥兒掌掌眼。」

永平王妃擺擺手道：「嫂嫂們莫要誆我說出口，我心裡中意的姑娘自然有的，不光我看中，我們阿綰也喜歡。」

太子妃尚且蒙在鼓裡，淮安王妃早猜到了人選。曲家那兩個姑娘，並不沾親帶故就能來這次宴席，想必是很得人喜歡。看年紀，估計就是四姑娘了。

果然好姑娘都是搶手的。淮安王妃在心裡嘆了一口氣，暗恨自家兒子不爭氣，一面又在琢磨著曲家那個大姑娘不知許沒許人家，雖大一歲，也沒甚要緊，反正她也不是個苛刻的婆母。

沈芳舒聽了這話，心下稍安。既然那個殊兒要許給永平王世子，那麼淮安王世子自然只能與自己相配，有姑母這層關係，京裡其他貴女哪有她合適？

就在她暗自慶幸的當口，被人驅趕回來的晏徽容正巧聽到自家母親的話，想也不想就反駁道：「母親可莫要亂點鴛鴦譜，我和殊兒清清白白，純屬從小玩到大的情誼，以後少胡說八道，免得我挨打。」

「挨打？」永平王妃樂了，稀奇道：「哪個敢打你？」

晏徽容差點脫口而出，結果正主自己出現了。

「你有自知之明就好。」一道冰冷的男聲傳來。

眾人循聲望去，只見來人一身玄色繡雲紋窄袖長衫，面容更添俊美。他雖然穿著常服，卻也沒比穿盔甲時少幾分冷酷，還是那副看誰都不爽的神情。

眾女見是他來，心下暗喜，都不動聲色地找藉口往花廳裡去。沈芳舒更是借著天時地利將他看了個清楚，她臉頰緋紅地理了理鬢髮，暗想今日的打扮可有差池。

「雲哥，你怎麼進內園了？」晏徽容撓了撓頭，頗為驚訝。

自家兄長對於鶯鶯燕燕一向能避則避，今兒卻送上門來。

晏徽雲沒回答，自顧自地環視一圈，沒發現要找的人才收回視線。他瞥了一眼晏徽容，見他一副泡在溫柔鄉裡的公子哥兒模樣，眼底透出嫌棄。「這話該我問你才對，你成日裡跟姑娘家廝混，像什麼樣子？給我滾出來。」

遭受無妄之災的晏徽容一臉無辜。

「你說話客氣些，容哥兒是你弟弟，你有點當兄長的樣子！」淮安王妃不悅道。

永平王妃笑咪咪地道：「無妨，就該這樣。雲哥兒回來了才有個治他的人，我巴不得呢。」

被母親賣掉的晏徽容更悲憤了。就這樣，晏徽容被冷酷兄長揪著衣領帶走。才從亭子出來的清姝正好看見這一幕，還沒來得及發出嘲笑，就認出了那道冷酷身影。

盛堯道：「喲，那不是世子爺嗎？」

清殊不屑地撇開頭。「呿。」

晏徽雲也看到了對面的清殊。

時隔兩年，再次相見。他眉頭微蹙，目光將人從頭至腳地掃視一番，帶著些許疑惑。清殊感受到他的視線，刻意停頓兩秒，向他翻了一個大大的白眼，然後調頭就走。

晏徽雲揪著弟弟衣領的手不知什麼時候鬆了，晏徽容納罕回頭，在他眼前擺擺手，試探道：「雲哥，你怎麼了？」

晏徽雲「啪」的一掌打開他的手，不悅道：「滾。」

晏徽容臉皮厚如城牆，繼續問：「哥，你在看殊兒嗎？」

晏徽雲冷冷瞥他一眼。「殊兒？你跟她很熟嗎？隨隨便便叫姑娘的閨名，我兩年沒揍你，你皮癢了是吧？」

晏徽容縮了縮脖子，不敢再放肆，只敢小聲嘟囔道：「反正比你熟。」

晏徽雲眼神更鋒利，只是鋒利間，還夾雜著些許煩躁。

晏徽雲抬腳便走，走到一半又發覺自己都不知道要去哪兒，他的來意是找那小豆芽菜的，結果卻猝不及防地看見截然不同的小丫頭。不，就像晏樂綾說的那樣，不能稱之為小丫頭了，應該是到了避嫌年紀的姑娘家。

他走到一半，又突兀地折返，周身都帶著幾分躁動的氣場，把緊跟在後頭的晏徽容嚇了一跳。「哎喲，哥你幹麼呢？一副要打人的樣子。行啊行啊，一會兒把我關進柴房裡狠打一頓，給你出氣成嗎？」

「誰稀罕揍你，扛不住一拳的廢物。」晏徽雲鄙夷地翻了個白眼。

「那你到底發什麼……」想問他發什麼瘋，話到嘴邊又慫了的晏徽容弱弱地問：「到底做什麼啊？」

晏徽雲舌尖頂了頂牙關，漫無目的地環顧一周，頗有些煩躁地在原地走了兩步。然後他的目光不經意間瞥向一處涼亭，眸光壓著幾分不耐煩和疑惑。

冷不防的，晏徽容聽到自家兄長問：「她見到我調頭就走是什麼意思？」

晏徽容愣了一會兒，然後趕緊捂住嘴，生怕自己噴笑出聲。

晏徽雲微瞇雙眼，冷冷地看向他。

晏徽容趕忙舉手投降。「錯了錯了，我錯了。來，雲哥這邊請，我來給你分析分析。」

第六十二章

涼亭裡，清姝趕緊收回偷看的視線，假裝自己一點也不在意那人的去向。

不多時，後頭響起腳步聲，清姝耳朵動了動，並不打算起身，直到來人聲音帶笑地道：「問小貴人安，不知小貴人可還記得咱家？」

清姝一愣，旋即驚喜道：「許爺爺！」

許太監還是那副白白胖胖的模樣，他和藹笑道：「小貴人這麼久不登門，咱家想瞧瞧妳都沒機會呢。今兒我正好跟著娘娘來莊子上，聽聞妳也在，我便叫人備幾樣吃食給妳送來，不知妳口味可變了？」

食盒擺上桌，裡頭的點心正是當年的品類。清姝撚起一塊豌豆黃，嚐一口便吃出回憶的味道。

「我念舊得很，不輕易變口味，您帶的東西我都很喜歡，多謝爺爺。」清姝笑道。

許太監慈愛地替她擦了擦嘴角。「喜歡就好。慢一點，再喝點茶，小心噎著。」

清姝點頭。「嗯！」

許太監斟好茶，反覆兌了水溫才遞到她面前。「妳這樣的好胃口才叫人省心呢，我們家郡主挑食得很，偏愛精細的吃食，世子又反著來。他這一回家，桌上都不知道擺什麼好，一家人分開吃才作罷。」

聽他提起晏徽雲，清殊心念一動，大概明白許太監是誰派來的。她不動聲色地哼哼道：「他不愛吃，便讓他餓著，管他做啥？」

許太監笑得越發開心。「真是妳一張嘴，跟我們郡主一個脾氣。只是小貴人原先與我們世子也算交好，今兒是怎麼得罪妳了？」

清殊挑了挑眉。「許爺爺哪裡的話，我一個平頭百姓，還能和世子爺攀交情？談什麼熟不熟的，兩年過去了，我可不認得他。」

話音剛落，亭外圍牆後頭傳來一聲瓷器脆響。

清殊瞥了一眼，旋即收回視線，故意重重哼了一聲。

一牆之隔，晏徽容焦急地做口形道：「哥，冷靜！」

等走遠了，晏徽容才恨鐵不成鋼地道：「我說雲哥，你還不明白她為什麼惱你？你不辭而別，一去邊關就是兩年，便是菩薩也要恨得牙根癢癢，更何況她是個小辣椒。」

晏徽雲抱臂倚靠在牆邊，沈聲道：「我強接聖旨本就是大罪，告訴她那就是帶累她。倘若不是我戴罪立功，哪有今日？原就是險之又險的事情，不說是為她好。」

「那你戴罪立功後也不見傳一封信回來，沒有門路的豈不連你是死是活都不知道？」

晏徽雲眉頭一皺，更覺煩躁。「戰場上除了受傷就是死人，便是不打仗也沒甚有趣的事，她一個小姑娘，難不成要我向她說打打殺殺的事？」

晏徽容徹底無語。良久，倒楣弟弟長嘆一口氣，略帶同情地拍了拍他的肩。「哥，像你這樣的，長得再英俊也沒救，注定孤獨終老。」

晏徽雲目光一寒，沒等他出手，晏徽容就兔子似的逃出去，遠遠喊道：「雲哥你自己慢慢悟吧，我那兒有本說話之道可以借你看兩天！」

晏徽雲冷道：「滾。」

晏徽容灰溜溜地跑遠，徒留晏徽雲抱臂站在原地。

微風打著轉將樹葉吹落，有一片正好落在他的肩頭，他垂眸沈思，無所知覺。樹上鳥兒成雙成對，啾啾鳴啼很是歡快，牠們並不知俊美少年郎深陷煩躁之中，只因遇到了堪比夜襲敵營的難題——如何讀懂少女的心思。

旬假過去，又到了回學堂的日子。

清殊、盛堯和晏徽容三人，自兩年前便琢磨出一條生財之道，和北邊做珠寶首飾生意。晏徽容借著身分便利提供原材料，清殊出設計圖，盛堯負責下面工坊的管理事宜，當然其中還借助了各家姊姊們的人脈資源。姊姊們對此倒樂見其成，這樁生意做好了也算是女子傍身的財路，沒做成，就當歷練一番。

原本是小打小鬧，結果短短兩年間，還真成了氣候。就像京城高門喜歡北邊新奇的東西，北燕王庭也極度熱衷中原的奢侈首飾。清殊正是抓住了有錢人不求好、但求貴的心理，狠狠賺了一大筆銀子。

「倒也是這麼個理，按妳的話是怎麼說來著？」盛堯摸了摸下巴，思索了一會兒才笑道：「哦對，實現財富自由！」

「正是。」清殊沒料到她將自己隨口說的一句話記到現在，忍不住笑彎眼。

說話間，外頭突然一陣吵嚷聲傳來，凝視細聽，竟然有男子的聲音。

清殊眉頭微皺，正想出去看個究竟，就見許馥春氣鼓鼓地走進來。

「王耀祖那廝是多沒臉沒皮？明面上說尊世子的意思，每日給雅君賠禮道歉，實則就是要拐到咱們院裡來堵妳，真當咱們瞎呢？」她往清殊面前一坐，沒好氣地道：「妳先說怎麼謝我吧，不消妳吩咐，我已經說妳今日不在學堂。」

「好春兒，回頭去玉鼎樓包一桌，隨妳點，我先撤了。」清殊拎著包袱就往外溜，頭也不回地揮揮手。再不走，這個王耀祖還得狗皮膏藥似的黏上來。

此時尚未下學，正門緊閉，要想先走只能翻過老榆樹旁的矮牆。因為原先時常溜出去館子，清殊熟門熟路地踩著土堆爬上矮牆，還沒站穩就聽到身後熟悉的煩人聲音。

「曲姑娘，這是上哪兒去呢？我在賢雅院外等了許久不見妳人影，想著許是姑娘家生性羞澀，藉口躲我，偷跑了也未可知啊。」

清殊緩緩回頭，只見是王耀祖帶著幾個狗腿子同窗和十來個侍僮，正站成一排堵在她的來路。他今日打扮得用力過猛，連靴子都擦得鮮亮，看這架勢想必是有意在眾人見證下來一通猛烈的告白。

思及此，清殊差點眼前一黑。但是萬萬沒想到，更讓她眼前一黑的是，牆邊的梯子不知所蹤，她在牆頭下不去了！

「曲姑娘，梯子是我拿走的，別費功夫了，妳就下來聽我說會兒話，我又沒有壞心思。」王耀祖按耐不住得意洋洋，他好整以暇地站在原地，顯然篤定清殊沒退路，只能回頭。

的確，清殊蹲在牆頭進退不得，又聽到他油膩噁心的聲音，心裡越發火氣上湧。

「聽聽聽，聽你個大頭鬼啊！姓王的你給我聽好了，我曲清殊就是從這裡跳下去，摔瘸腿，也不想聽你說半個字！」清殊覺得自己為數不多的涵養已經消耗殆盡，索性痛快點，罵個徹底。「你爹送你來學堂就是騷擾女孩的嗎？書書不讀，試試考不到，天天踱個二五八萬似的給誰看？我是你爹我都要氣死，生你不如生塊叉燒！」

一通指天畫地的喝罵，直把對面一幫人說愣了。

王耀祖的表情從呆愣，隱隱開始扭曲變形，最終脹得通紅，胳膊都氣得發抖。「妳！妳！曲清姝妳有本事再說一遍！」

清姝雖沒見過如此無理的要求，但還是從善如流地又說了一遍。

王耀祖快氣厥過去了，狗腿子趕忙扶住他。

「快！快！把她抓下來！」王耀祖原地跳腳，聲嘶力竭。「一個區區四品官家的女兒，竟然這麼囂張！我從未見過這麼無禮的丫頭！」

侍僮們猶豫著不敢上前，但是見自家主子快氣成瘋狗，只能畏畏縮縮地往牆邊去。

清姝有些意外，沒想到王耀祖承受能力這麼差，放現代連入門級都不算的垃圾話，居然快把他氣暈，看來還是古人見識太少。

「手都拿開，別碰我！」清姝一邊躲閃，一邊試探著爬下另一邊的牆。往下一看，牆體足足兩人高，真摔下去那就應了自己說的話，變瘸子了。

正心急時，冷不防有人道：「下來。」

熟悉的聲音入耳，抬頭看到來人，清姝結結實實愣住，然後就是長久的沈默……以及內心的沸騰——為什麼偏偏這種狼狽的時候被他看到啊？為什麼不乾脆眼前一黑，暈倒算了啊？這個王八蛋學了隱身術嗎怎麼走路沒有聲音啊！

清姝遲來的羞恥心狠狠作祟，肺都要氣炸。

晏徽雲不知是什麼時候來的，此刻就站在圍牆下，面無表情地看著她。

由不得清殊猶豫，後面的王耀祖已經氣得捋袖子自己上了，比起後面的噁心玩意兒，在晏徽雲面前丟人也不算什麼了。

「你你你，你站穩，我跳了啊，別把我摔了！」清殊急得比劃。

「就妳那幾兩肉。」晏徽雲連白眼都不屑翻，不耐煩地勾勾手，示意她快點。

清殊深呼吸，心一橫，往下跳。也不知他是如何動作的，她只感覺到自己被穩穩接住，在一個不算溫暖的懷抱裡待了片刻，然後雙腳著地。短暫的接觸間，她好像聞到了一絲極淡的香味。

晏徽雲的衣服從不熏香，也不佩戴貴族公子時興的冷香玉墜，而這香味又如此熟悉，即便只是若有若無，清殊也分辨得出來，那是菖蒲、杜衡混合著蘭草的氣味。

是他身上戴著那只香囊——兩年前，清殊送他的生辰賀禮，繡工潦草簡陋得不像話，卻被貼身攜帶了兩年之久。

清殊愣怔片刻才回神，突然想到自己還在生他的氣，立刻掉頭就走。

「站住，回來。」晏徽雲揪住她後頸脖子。「有東西給妳。」

清殊被揪回來，後退時沒站穩，不小心歪倒在他懷裡，又很快站好。「幹麼？我跟你不熟，不要你的東西。」

「這個也不要？」晏徽雲打開匣子，裡面盛著一堆品貌上佳的緋紅色珍珠。

清殊本想不屑地推開，待目光移到珍珠上就挪不開眼了。

這是京城少見的頂級南珠，紅粉色更是稀有，而現在，有一整盒擺在她的面前。這對於一個識貨的珠寶設計師是多麼極致的誘惑！

短暫地思考了珍珠和骨氣誰更重要的問題，清殊悄悄吞了吞口水，然後狠狠閉眼。「不要，拿走！」

晏徽雲一愣，他眉心微蹙，眼底罕見地閃過一絲凝重。

連珍珠都不要了，看來事情真是越發棘手。

在來之前，狗頭軍師晏徽容出了一堆餿主意，什麼動之以情、曉之以理的屁話，他一句都不想聽。最後只採用投其所好的方式，反正他早就備下禮物。

只是沒想到，姑娘這回是油鹽不進，連以前十有九次成功的財帛賄賂都打動不了她的心。嘖，難搞！

清殊見他沒話講，頭一撇，哼了一聲就要走。

晏徽雲順手將隨身帶著的短刃往牆上一插，十來寸的長度，正好堵住她的去路。

清殊傻了，她現在等於被晏徽雲本人和晏徽雲的刀堵在牆腳。哪有人用刀攔人的？哪怕他調整成刀背向人，她也不會誇他貼心好嗎？

清殊氣暈，沒忍住給了他兩拳。「晏徽雲你有病啊？不認識你就要砍人嗎？我就不認識你，不認識你，怎麼樣？打我啊！」

晏徽雲敷衍地擋了一下，見姑娘炸毛的樣子，想了想還是覺得挨兩拳讓她解氣比較好。

於是千年難得一見的奇觀正在角落上演，世子爺面無表情地挨打，看她拳頭都紅了，才問道：「好了沒，我跟妳說兩句話。」

清殊瞪大眼睛。她手都疼了，這人還若無其事，更氣了！

「說什麼說，以前沒長嘴，現在也不用長了！」她氣憤，說著就彎腰想鑽出去。

晏徽雲手一撈，把人逮回來，皺眉道：「妳怎麼生氣生個沒完？」

清殊驚訝抬頭，難以置信地道：「你還有理叫我不生氣？哈，真有你的啊晏徽雲！」

她氣沖腦門，一刻都不想待了，下死力推開這人，結果他紋絲不動。

「打也打了，罵也罵了，聽我說兩句話就不行？」世子爺簡直耗盡他這輩子的耐心，極力壓制著火氣在說話，語氣甚至夾雜著無奈。

「不聽。」清殊不管不顧。

兩個人糾纏時，另一頭的王耀祖繞了遠路帶著人追出來，他還沒來得及驚訝是哪家登徒子捷足先登，就見一把短刃飛射而來，擦過他頭髮絲，狠釘在樹幹上。

「喂！你是何人？敢動我的人，那丫頭是我先看中的！」王耀祖氣得聲音都劈叉了。

「滾！」一聲暴躁至極的冷喝。

「哎呀，滿京城還沒有敢這麼跟我王耀祖說話的，我非要給你這個臭小子一點顏色看看不可！」王耀祖一而再、再而三被人打臉，再也忍不了，原地撿了根樹枝就要上去拚命。

衝到一半，冷不防那登徒子突然回頭睨了他一眼，那眼神教人遍體生寒。「別讓我說第三遍，滾！」

王耀祖嚇得寒毛都要炸開。淮安王世子晏徽雲？我的天爺啊這個閻王怎麼在這裡？

王耀祖雖然囂張，但還是要命的。來不及思考對方的登徒子行為，他連跌帶爬地溜了，臨走前還抖著嗓子道：「多有得罪，多有得罪，你們聊、你們聊！」

等世界終於清淨，晏徽雲才稍稍收斂起戾氣。「妳把東西收了，再聽我說會兒話。」

清姝左右出不去，就靠著牆背著手，垂著腦袋不看他。

晏徽雲當她默許，便把東西遞給她，然後問道：「妳是不是氣我不辭而別？」

清姝動作一頓，還是不抬頭，嘟囔道：「我才不生氣。」

見她這副樣子，晏徽雲莫名想到產珠的蚌殼，也是這樣嘴硬，不肯輕易以柔軟示人，偏偏他恰恰拿這只蚌殼沒辦法。在世子爺我行我素的人生裡，哪曾跟人扭扭捏捏地解釋過什麼？誤會不都是用拳頭解決的，還需要囉嗦？

可是現在，晏徽雲閉了閉眼，開始解釋。「我是抗旨出京，那樣的情況下，如果我說了，只會拖累你們家。」

雖然自以為擺出了最溫和的姿態，可在旁人看來還是一樣面無表情。

聽著聽著，清姝漸漸抬起頭，看了他一眼又垂眸。「那你為什麼一句話、一封信也不帶給我？」

見蚌殼總算開了一條縫，晏徽雲微微鬆了口氣，無奈道：「跟妳個丫頭片子說殺了幾個人嗎？便是我母親和我姊姊也不曾接到過家書，我們家的男人沒這個習慣。」

清姝微眯眼，狠狠瞪他。「對！你說得對！犯得著和我說嗎？我又不是你的姊姊、妹妹，既然這樣世子殿下也別再說了，你也不是我的誰！」

聽到她這句話，晏徽雲臉色一沈。細究起來她說得也沒錯，可是偏偏就讓他莫名的不舒服。

清姝見他臉色冰冷，更不爽。「怎麼世子殿下還不高興了呢，生氣的是我才對！」

話音剛落，晏徽雲突然問：「那妳呢？妳又為何不高興？」

第六十三章

清殊被問得一愣，懵了半晌，慌忙推了他一把，急急鑽出去。「明明是我先問的，你不答話反倒來問我，走開！」

她氣沖沖走到半路，又折返回來，把盒子往他懷裡塞。「珍珠還你，我不要！」

方才因為思考問題，一愣神讓她跑了，這下她又送上門來，晏徽雲便順勢把她拎回來。

「不要就扔了，別還我。妳老實點，把話說清楚了。」反覆抓雞仔也很煩，晏徽雲本就遇到了難題，現在有些繃不住了，語氣不善。

清殊被他拎來拎去，頓覺喪失尊嚴，不住掙扎。「放手！」

推推搡搡間，她人一歪，不小心倒進他懷裡，慌亂間小手亂抓，環著他的腰才站穩。

少女突然倒進懷裡，晏徽雲猝不及防地摟住她。和牆邊接過她時不同，因為那就像小時候，她闖無數次禍，也有他在底下穩穩接著，所以那只不過是又一次習慣性地兜底罷了。

可在眼前的時刻，晏徽雲突然意識到，這是個異樣的擁抱。

清殊同樣怔住片刻，才慌手慌腳地推開，甚至有些結巴地道：「男……男女授受不親。」

晏徽雲皺眉，剛想說什麼，就聽身後傳來一片倒抽涼氣的聲音。一回頭，只見晏徽容帶著一眾女學生齊齊瞪大眼睛，望向他們。

良久，晏徽容手動合攏下巴，小心翼翼地問：「我沒有打擾到什麼吧？」

清殊石化很久，盯著晏徽容的目光幾乎稱得上要吃人，裡頭的意思明晃晃：早不來晚不來，這個時候來幹麼？還帶著一堆人，看熱鬧不嫌事大嗎?!

默契十足的晏徽容立刻作揖。錯了，姑奶奶。

清殊猛地推開晏徽雲，殺氣騰騰地走過去。晏徽容見勢不對，拔腿就跑。一旁眾女不敢停留，也跟著跑了。

餘留晏徽雲在原地，皺著眉不知在想什麼，風裡還殘留著少女身上的杜若香。

晏徽雲微瞇著眼，神情不善。

上次被丟花的時候，好像就聞過這個味道！原來始作俑者在這裡。

自那日後，王耀祖對賢雅院可謂退避三舍，甭說堵人了，就連在街頭巷尾撞見清殊的衣角，他都忙不迭地跑遠。與此同時，謠言在學堂裡傳播得越演越烈，等清殊知道時，已經是面目全非的版本了。

「到底誰嚼的舌根?!」清殊拍桌而起，憤憤道：「居然說我糾纏晏徽雲不成反被教訓？

別讓我逮著這個人！」

盛堯忍笑道：「這都還算可以入耳，還有一種說妳是王妃中意的兒媳，但是不得世子歡心，所以他不惜從邊關回來退婚。」

清殊滿臉寫著震驚，差點氣笑。「還真是奇了，我一個好人家的姑娘，怎麼在他們嘴裡淨是倒貼的那個啊？還有，明明是他被我教訓，現下倒把我傳成這副可憐模樣，我還要臉不要？」

「且停住了，也莫怪旁人誤會，單看世子爺那臉色，確實像個尋仇的。」許馥春捂著嘴笑。「再說了，有什麼好氣的？妳管那群男的怎麼說呢，左右我們看得一清二楚，某人摟著人家的腰，臉紅得猴屁股似的。」

清殊氣勢頓時弱了一截，不大自在地嚷嚷。「行了啊，都住嘴，那是意外。」

盛堯和許馥春相視一笑，默契道：「曉得了。」

都是大戶人家的貴女，她們早就明白有些話私下玩笑可以，卻不能擺在檯面說。高門婚姻嫁娶之事，沒有心心相印一說，只有門當戶對。固然有飛上枝頭的雀鳥，可那畢竟是百中無一，怎麼能早早地把心思寄託在渺茫的機會上？

時間一晃半月，已至春深時節。賢雅院迎來了一位半路來的女學生，太子妃的姪女沈芳舒。她來的那日，陣仗極大，不僅太子妃和兩位王妃陪同她入園，還有盛瑾親指了兩個侍女給她。

賢雅院眾人起初覺得新鮮，熱情地招呼新同窗，後來便覺沒趣。用盛堯的話來說就是：「這廝忒拿腔作勢，不是一路人。」

許馥春一向比她們兩個有心眼，聽了這話笑道：「難為妳了，原先木頭似的實心人，這會兒倒品出了味，我還在想著妳倆誰先開竅呢。」她朝窗邊打瞌睡的清殊努了努嘴。「喏，妳瞧她還有心思睡，另一個舒兒都差把心思寫臉上了，真當我們這些深宅大院長大的都是糊塗蟲。」

話音剛落，清殊就醒了，她睏倦地轉了個方向，悶悶道：「少來，我又不是蠢。只要對我沒妨礙，管她做什麼呢？」

清殊早就看出沈芳舒的不對勁。自進園起，沈芳舒就處處打聽她的事，尤其在意那樁流言。此後還不時請客擺宴，意在拉攏幾個家底厚的同窗，一連串的小伎倆，只為了勝過清殊。

若是蘭心院的小姑娘，怕是不會察覺異樣，也許還會格外喜歡沈芳舒。可是賢雅院眾女自小一起長大，彼此知根知底，連闖了禍都會互相兜著，哪裡是她能挑唆的？

在她不知道的情況下，清殊已經聽了滿耳朵的警告。一直視而不見，純粹是她提不起興趣對付這種幼稚心思。

那廂，沈芳舒費了大半月才意識到，憑藉她半路摻一腳的情誼，斷不能代替那個「殊兒」在眾人心裡的位置。她雖心裡憋氣，卻也無法，只能按捺。這時的她沒有想到破局的契機這麼快就來臨。

四月初七，恰逢樂綰郡主五歲生辰，按照皇家的規矩，是時候要給郡主挑選一位侍讀。雖頂著陪同讀書的名頭，但是想也知道，小郡主年方五歲能認得幾個字，這不過是要提前選好日後閨中交際的密友。最好是年紀相仿，家世適中，這樣既好培養情誼，又不至於叫驕矜的貴女欺負了郡主。

四月底，宮裡傳來皇后懿旨，點選女學數名學生作為公主、郡主侍讀，入宮讀書。壞消息是，清殊的大名赫然位列其中；好消息是，陪侍的郡主是樂綰。

「進宮一事，我絕不應允。那些人包藏著什麼禍心，以為我不知道呢？」清懿冷冷道：「我好生養到這麼大的妹妹，就想這麼騙去？打著侍讀的幌子，究竟是不是讀書還兩說。真當他帝王家是什麼好去處，人人都巴不得上趕著貼？」

眾人不曾見過清懿發這麼大的火，說起話來連忌諱都顧不得了。

翠煙趕忙將門窗闔嚴實，然後在原地躊躇，想勸又不敢。

原本還氣呼呼的清殊都懵了，她沒料到姊姊居然比她自己還生氣。

就在針落可聞的當口，清懿喝下一杯涼茶才勉強澆滅心頭的怒意。

關攏門窗的室內，光線有些昏暗。

清懿閉目靜坐，等思緒恢復平日的冷靜才緩緩抬頭，沈聲道：「椒椒妳聽好了，從今日起不許出門，對外只說妳病了，旁的事妳一概不用管。」

清殊皺眉，猶豫道：「可是姊姊，旨意已經下來了……皇后親下的懿旨。」

眾人心下一凝，空氣都彷彿停滯。

良久，只見清懿垂著眸，語氣平淡道：「既然旨意下來，那就抗旨。」

「抗旨?!」

同一時間，淮安王府炸開了鍋，王妃瞪大雙眼，指著兒子的鼻子罵道：「口口聲聲就是抗旨，我看你是抗旨抗上癮了，真當大內旨意是兒戲？」

「讓她進宮難道不是兒戲？」晏徽雲面色陰沈，眼底有山雨欲來的戾氣。「憑她的膽子，真在大內闖了禍，十條命都不夠送。」

王妃氣急，大聲道：「她是去讀書的，又不是去闖禍的，你少危言聳聽！再者，你皇祖母旨意已下，哪有收回的道理？你往好處想，她只是陪樂綰讀幾年書，學學規矩，認識貴人，於她也有益處，並非是去刀山火海。倘若她自己也願意去，你衝動行事，豈不陷她於不義？」

晏徽雲神情晦暗，沈默許久，才冷聲道：「既要懂事的人，那麼多循規蹈矩的不選，偏要把她這樣的人擰成妳們要的木頭。」

說完這句話，他倏然起身，眼底的怒意如有實質。

王妃本想再勸，聽了這句話卻怔在原地。

許太監適時上前，關切道：「娘娘？」

「我無礙。」王妃疲憊地擺擺手，自顧自地進了裡屋。她漫無目的地坐在窗邊好一會兒，良久才輕聲道：「細想想，雲哥兒說的有幾分道理。好好一個活潑的孩子，何苦去裡頭受搓揉？」

許太監一想到清殊，心裡不忍。「娘娘慈心，正是這個理。咱們郡主當年不曾進宮讀書，也是因您不願見她移了性情。」

王妃長嘆了口氣，眼中思緒複雜萬千，揉著額角道：「只是……旨意已下，便是我去周旋也不能打包票能成事。唉，我若不去，說不定這臭小子要把天都捅破！」

越想越頭疼，王妃氣得直拍大腿，恨恨道：「這混球，既然對姑娘這麼上心，瞞著我做啥？我要早知道，還任由她們搶？真是成事不足，敗事有餘！」

許太監輕笑著搖頭，只是眼底還夾雜著隱憂。「是，這事不好辦。」

不好辦能怎麼辦？還是得辦！王妃頭疼。

清殊並不知道有這麼多人為自己頭疼。深夜，她翻來覆去地睡不著，心裡不踏實。

白日裡，姊姊把「抗旨」兩個字說得那麼雲淡風輕，可是清殊不是傻子。

想也知道，凡事有捨才有得，如若真要抗旨，那也只有付出同等的代價才能成事。姊姊不知熬了多少日夜才創下這份家業，要是為了要緊的事倒罷了，可要只是為了自己這點雞毛蒜皮賠盡家底，那她真的會心疼一輩子。

夜色悄然，清殊的眼眸清亮，裡頭沈澱著思考時的冷靜。

與其做賠本買賣，何不就順勢進宮走一遭？便是龍潭虎穴，她也未必就闖不過。

知道清殊決定進宮，清懿只當她是逞一時之氣，並不在意，尋思著拘她兩日，這心思便也歇了。

誰知曲家四姑娘這回的主意極正，她明面上老老實實地待在家裡不動彈，背地裡卻熬了兩個大夜，直到次日一早交出一篇洋洋灑灑數千字的「論文」。

清懿撚起紙張一看，只見標題赫然幾個大字：論曲清殊入宮侍讀的利與弊——以四個方面實際情況推測為例。

清懿有些意外，撩起眼皮瞥了清殊一眼，揶揄道：「怎麼？還沒改主意？」

少女垂著頭，扭扭捏捏地絞著衣袖，小小聲道：「嗯。」

清懿定定看了她一會兒，眼底收起打趣的笑，沈默片刻才道：「當真？」

清殊也緩緩抬頭，長長嘆了一口氣道：「姊姊，我並非是說氣話。細想想，入宮也沒什麼大不了的，不就是陪樂綰郡主讀個書嘛？

「一則，入宮的侍讀那麼多，哪個不是完好如初的回來了？都是有來頭的官家女，再有不好相與的主子，也不敢隨意打罵我們。再者，永平王妃向來喜歡我，自然也會看顧我一二。姊姊也別往壞處想，嚇壞自己。」清殊上前挽住清懿的胳膊，歪坐著沒個正形。「而且，姊姊不是總發愁我沒規矩？現在正好把我送去接受教育，豈不美哉？」

「又在胡說！」清懿「啪」地輕拍了妹妹一巴掌，肅著臉道：「我要妳學規矩是這個意思？在家時不聽妳說要學，現在倒想去那個鬼地方學。妳休要再提一個字，我是不會允的。」

瞧見姊姊臉上的不悅之色，清殊小心翼翼地扯了扯她的袖子。

清懿冷著臉扭過頭去，順勢把袖子扯開，不許她揪。

清殊從善如流地繞到她身前，又揪了揪她的袖子，可憐兮兮地抬頭。「姊姊，好姊姊。我曉得妳心疼我，怕我去了那等叫天天不應的地方會受委屈；可是……我也心疼妳啊。

「妳這些年是如何殫精竭慮，我都看得分明。妳不願我受罪，我也不願妳為我付出太多不應當付出的東西，尤其是妳所經營的一切。就像數年前，妳問我想不想去學堂唸書，妳可還記得我是如何應妳的？」清姝問。

清懿眸光微動，卻沈默著沒有答話。

「我說，倘或妳使了十足的氣力供我上學，我必不能待得安心，少不得日日惦記著對不起妳。」清姝複述這段話，不由得想起那時的情景。

初入京城的兩姊妹，人生地不熟，也沒有傍身的根本。

在那時候的清姝眼裡，姊姊雖然胸有丘壑，可到底只是個半大的孩子，少不得要在繼母的手底下如履薄冰的過上幾年。所以聽到姊姊想供她上女學，她便插科打諢地混了過去。

如今也是這樣，她原想用同樣的方式打消姊姊的念頭，可沒想到姊姊這回卻格外堅決，難以動搖。

沒辦法，清姝只能坦白心裡的念頭，平鋪直敘道：「這一回我也是如此，姊姊若是動用了根本為我抗旨，那我無論如何都安心不了。妳疼我心之切，也當曉得我疼妳之心切。」

清懿微抬頭，目光複雜，卻仍然沒有說話。她單手揉著太陽穴，眉頭緊皺。

清姝一面解釋道：「我想過了，入宮最大的麻煩就是兩件事。第一，興許會有不長眼的對我起求親的心思，宮裡貴人位高權重，便是不願也不好隨意駁斥。這個倒好辦，我只叫晏徽容替我遮掩一二，有他這個永平王世子擋在前頭，旁人也不好隨意招惹我；第二，姊姊無非怕我性格剛烈，鬧得不好就得罪人，這個我也想過，究竟是在外頭，我行事自然收斂，也不至於蠢得給人當靶子。」

清懿細細看過「論文」，品出裡頭是有章法的，這才相信妹妹不是衝動行事。只是即便如此，她也無法做到十足的安心。

「妳都周全到這樣的地步，我還能說什麼？只能允准妳。」

清殊眼睛一亮。「姊姊允了？」

清懿皺著眉，嘆了口氣。「嗯，允了。」

清殊猛地抱住姊姊，使勁晃了晃，細聲道：「妳放心，我一定好好的。」

清懿回抱住妹妹，輕輕拍著她的背，沈默許久才道：「我要的好，是怎麼進去，怎麼回來的好。椒椒，妳記住了，無論什麼境地，無論什麼時候，妳都可以反悔。屆時，妳不必考慮任何不相干的事情，明白嗎？」

清殊眼圈忍不住一紅，使勁點頭。「嗯。」

第六十四章

進宮那日，倒沒有清殊想像得場面盛大。有皇后身邊的太監前來宣旨，然後依次接各位姑娘上馬車。她難得守著規矩，不曾往窗外探頭。下車後，她和其他侍讀們排成一列，由太監領著前行。

四個侍讀，加上隨侍的宮人，隊伍足足有十數人。饒是人多，卻絲毫不見喧譁笑鬧，甚至安靜得可怕，耳邊唯餘細碎的腳步聲。

途中偶遇一列華貴隆重的儀仗，領頭的太監示意她們靠邊避讓，清殊慢了半拍，險些被前邊的人絆倒，還好有宮人及時扶住，並在她耳邊低聲道：「姑娘，要下跪。」

於是，清殊只來得及看見華蓋頂上繡的金線雲紋，和那肅穆而立的兩排侍從，就被拉著跪倒在地。直到整列儀仗過去，不過片刻工夫，清殊卻覺得無比漫長。

待瞧見一處莊嚴的宮殿，已是兩刻鐘以後。不大出門的姑娘們都累得喘氣，卻不敢慢了半步，生怕錯了規矩。

領頭太監臉不紅、氣不喘，睨著她們道：「姑娘們留步，待我通報娘娘。」

正午時分，烈日當空。

太監一去不復返，餘留她們在原地頂著日頭曝曬。饒是清殊身體底子好，現下也吃不消，更遑論另外幾個真正嬌弱的官小姐。

有個瘦弱的曬得臉通紅，沒忍住，小聲抱怨了兩句。一旁肅立的宮人立時道：「慎言。」

霎時間，眾人噤口。

清殊循聲望去，只見那宮人就是方才扶住自己的那一位，她也同樣承受日頭曝曬，卻絲毫不見異樣，端莊持重得像個假人。

又過了一炷香，瘦弱姑娘身子一軟，差點暈倒，清殊眼疾手快地拉了她一把。小姑娘們駭了一跳，騷亂了片刻，可她們被三令五申要謹言慎行，沒有人敢在這個時候出頭。

清殊同樣猶豫了，但是她看到姑娘那虛弱的模樣，心裡實在繃不住。

「姊姊們可否再進去通傳一聲？倘若娘娘有要緊事不便接見，那我們就先行安置，擇日再做打算也不遲。」

「宮中一言一行皆有規制，還請姑娘見諒，我們不能代為通傳。」另一個宮人道。

清殊眉頭微皺。「法外尚且容情，這個姑娘尚且不知是什麼病症，瞧著這副模樣，萬一有個好歹豈不罪過更大？如今並不是勞動姊姊們費多大功夫，只是通傳一聲，又有何難？」

這話一出，眾女心頭的不滿也被勾起，她們好歹也是有名有姓的貴女，即便在宮裡也不能被隨意折辱吧？

宮人們垂著頭並不應聲，還是那副假人般的面孔。

「好，妳們不去，那我去。」清殊的心不斷往下沈，她神色漸冷，倏然站起身。

一隻手卻突然拽住她，清殊回頭，見是剛剛那個宮人。

她緩緩抬頭道：「姑娘止步，我去。」

此話一出，先前接話拒絕清殊的宮人臉色一變，低聲喝道：「汐薇！妳還不長記性！」

名喚汐薇的宮人並不理會，逕自踏入宮門。

清殊的視線追隨著她的背影，不知為何，心裡沈甸甸的。

再次通傳果然有用，一個年邁的嬤嬤笑著迎出來，親切道：「怠慢諸位姑娘了，皇后娘娘正在接見太子妃、王妃還有郡主、世子們，滿屋子的人，並不曾瞧見報信的，倒難為姑娘們在日頭底下等，快些進來！」

清殊冷眼瞧著，這個嬤嬤雖和藹，周邊的宮人卻越發謹慎，頭都不敢抬，可見她身分貴重。既然有她相迎，就說明汐薇見到了主子，可為何不見她和那太監的人影呢？

清殊掛記著這事，沒留神就跟著隊伍踏進宮門。

這一路的雕梁畫棟，奢麗豪華，饒是清殊自詡見過世面，也不由得咂舌。原來這就是舉一國之力供養的天家富貴，難怪那麼多人削尖了腦袋想要進宮。

「臣女參見皇后娘娘。」

沒來得及看清上首的人影，清殊便跟隨著眾人一齊行跪拜禮。頭還沒有抬，就又要接二連三地拜太子妃、王妃、郡主……等行完一圈禮，清殊的腦袋都暈乎乎的。

「平身。懷佩，給這些孩子們賜座。」

皇后年近花甲，卻保養得宜，看不出老態。她眉眼帶笑，像是尋常人家慈祥的祖母。方才那嬤嬤領命，為眾女安排了位置。

「本宮的泰華殿已經許久沒有這麼熱鬧過了，往後妳們都在宮裡讀書，令霞宮離得也不遠，只管時常跟著郡主們來這兒玩。」她和藹道：「有幾個孩子我都認得，只有樂綰的侍讀、那曲侍郎家的小女兒我不曾見過，可否上前來，讓本宮細瞧瞧妳？」

清殊微怔，旋即很快地反應過來，緩緩走上前。「回皇后娘娘，臣女正是曲家行四的女兒。」

皇后細看片刻，笑道：「妳家裡好福氣，有四個女兒。那妳閨名喚作什麼？可有小字？」

「臣女閨名清殊，清從姊妹的輩分，殊乃獨與眾中殊的殊。」清殊垂眸答道：「臣女尚未及笄，不曾有正經的小字。只有家中長姊親取的乳名，椒椒。」

「椒椒？倒是頗有意趣的名。」皇后不知想到什麼，側過身和淮安王妃說笑道：「雲哥兒幼時被妳扮作小姑娘，不也取了個小名，話到嘴邊，倒想不起來是哪個字了。」

淮安王妃笑道：「母后休提，再說他就要惱了，保管十天半個月不踏進宮門。」

王妃郡主們開始揪著往日的趣事說笑，和樂一團。

被忘記的清殊悄悄退回原位，只偷偷抬頭環視一圈，最後鎖定在左側首的位置上。沒料到，那人正懶散地單手支頤回視，目光沒有挪開半分，彷彿在說：我倒要看妳幾時能發現我在這裡。

清殊腦子一麻，趕緊低頭。過了一會兒，她又悄悄抬頭望去，結果那人還是不閃不避，只是神色有幾分不善。莫名的，清殊覺得自己又讀懂了他的意思：躲什麼躲，慫包。

無言間，火氣倏地上頭，清殊狠狠翻了個白眼。滾，不稀罕看你。

忽然「啪」的一聲脆響，白瓷茶盞被打翻，眾人的熱鬧被打斷，紛紛看向聲音的源頭。

皇后見狀嗔道：「泰華殿的茶都難喝，天底下還有你能喝的？」雖是責怪，她卻轉頭吩咐晏徽雲面色平淡地一拂衣袖，隨意擺了擺手。「撤了，難喝。」

吩咐懷佩嬤嬤下去換新的茶來。

淮安王妃低聲罵道：「不像話，你什麼時候這麼嬌氣？」

晏徽雲不耐地背過身，充耳不聞。

王妃到底沒有多言，她知道兒子心裡不痛快。他難得如此費心地為一樁事奔走，眼看要成了，那頭的姑娘卻鬆口了。

今日的泰華殿小宴，原本是為了討人，現在倒成了迎接，他如何會有好臉色？閒話半晌，皇后招呼著各位郡主和侍讀們見禮。

座上的郡主有的出自旁支，有的是縣主加封，大多是十來歲的年紀，與侍讀年歲相仿。因是初見，彼此尚且不大熟悉，都不怎麼熱絡。只有樂綰熟門熟路地湊到清殊跟前，甜甜笑道：「殊兒姊姊。」

「哎！」清殊應了一聲，然後拉著樂綰坐在腿上，掂了掂道：「小綰綰，妳近日吃了什麼？怎麼又重了？肚子還這麼圓。」

樂綰掰著指頭數。「我吃了八塊糕，哥說他不吃甜的，都餵給我了。」

晏徽容不在場，只有晏徽雲和幾個旁支宗室子弟在，這個沒良心的王八蛋哥就是他。

清殊湊到樂綰耳邊小小聲道：「他壞，妳以後別理他。」

樂綰哈哈直笑，聽話地點頭。「嗯！」

她們坐得很偏僻，眾人熱鬧時並不能注意這頭，所以清殊才小小地隨興一把，只是她不知太子妃瞧見這一幕，眉頭一皺，側過身低聲道：「母后，還是得照兒臣方才的意思，給她們立一立規矩。您瞧，曲家那孩子哪有半點君臣之禮？阿綰再小，那也是個主子。」

她的聲音不大，只有上首這一圈貴婦聽見。皇后順著她的話看向清殊，卻沒有答話，還是那副和顏悅色的模樣。

倒是淮安王妃冷不防地道：「嫂嫂，莫要再惹惱母后了。母后是因為信任妳才由妳派人接送她們，妳卻成心要立規矩，叫這群孩子在日頭底下曬。好在有人及時報信，要是有個萬一，妳要怎麼收場？」

太子妃窒住。「這……我也是好意，她們在家裡嬌生慣養，不先立好規矩，日後闖禍，咱們也拿捏不了教訓的分寸。」

淮安王妃還未接話，就被一道冷冷的聲音打斷。「晏樂純在宮裡鬧得雞飛狗跳，也沒見伯母動她半根指頭，怎麼這回倒想起立規矩？普天之下也難找出一個比她還混帳的姑娘吧？伯母要教訓人，就先把晏樂純吊起來打一頓，再來說別人。」

晏樂純是太子獨女，投生在側妃的肚子裡，卻養在太子妃膝下，是晏徽霖的親妹妹。她年方十七就已然和她兄長一般頑劣，是個真正驕縱的郡主。因太子妃不分青紅皂白的維護，即便她手上已經沾了好幾條人命，也沒有人動她分毫。好在她的侍讀早在幾年前就選好，並沒有趕在這一批，否則清殊她們吃的苦頭要更足。

太子妃被嗆得臉色發白，縱然心裡再氣，也不好回嘴。和姪兒生氣，一則面上不好看，二則她也摸不準這個魔王的脾氣，到時怕是更丟人。

「雲哥兒，少說兩句。」淮安王妃假意訓斥，實則心裡樂開了花。

「罷了，事都翻篇了。」皇后終於開口，輕描淡寫地揭過。「懷佩，送孩子們去令霞宮好生安置，她們新來乍到，少了什麼都要添上，不許苛待。」

「是，娘娘。」懷佩嬤嬤領命去了。

皇后又道：「你們幾個好不容易進宮一趟，都留下陪本宮用晚膳，叫廚房添上幾個菜，尤其是雲哥兒，不許跑！」

眾人偷笑，晏徽雲的目光才從退出宮門的那道身影上收回，聞言，漫不經心地點頭。「嗯。」

永平王妃奇道：「難得雲哥兒聽話一回，平日十次有九次不願留的，今兒倒賞光。」

「哼，誰知道是被什麼絆住腳呢。」淮安王妃似笑非笑地瞋了兒子一眼。

晏徽雲耐心告罄，實在不想當這群中年女人的談資。他朝皇后行了一禮，扭頭就走。「我出門逛逛。」

在令霞宮安置好，已經是夕陽西下的時辰。

這裡的環境還算清幽雅致，一應物件都齊備。除了清殊這一批新到的侍讀外，東邊院子裡還住了旁的侍讀，總共八人同住一宮，每人各分得一間居室和兩個宮女。

這有點類似於寄宿學校，只是配備了保姆的那種。

汐薇是王府的人，她沒有隱瞞的意思，直接向清殊坦白了，並道：「有人在等您。」

清殊遲疑了一會兒，還是聽她的話，出門去。

天色將晚，餘暉泛著橘紅的暖光，將恢弘殿宇籠罩其中。朱紅的宮牆分割出一條條道路，清殊沿著牆根一路向前，腳步緩緩，不知不覺帶著輕快的節奏。

隔著牆，另一道腳步聲與之重合，卻是閒庭信步，不急不慢地跟著少女的速度。

清殊耳朵動了動，不自然地清了清嗓子。「誰啊？」

牆那邊傳來一聲冷哼，人雖不應答，意思卻很明顯：妳這不是明知故問?!

清殊撇了撇嘴，也小小聲哼道：「啞巴嗎？光哼哼誰認識你？」

那頭傳來一聲冷笑。「曲清殊，妳長本事了。」

清殊眉頭微皺，突然想起自己應該是在生他的氣，怎麼這人還敢凶巴巴？

意識到不對勁，清殊趕緊肅著臉，冷道：「凶什麼凶，你算老幾，我現在進了宮，再欺負人我就告狀去。」

「為什麼答應進宮？」那人突然問。

清殊腳步頓住，被他突如其來的一問打亂了腳步，疑惑道：「難道我還能不答應嗎？學你抗旨？我哪有那個本事？」

那頭的腳步也頓住了。

隔著一道朱紅的牆，清殊看不到他的表情，卻聽出他語氣裡的不快。

「妳沒有的本事，我有。妳既然不想，為何不來找我？」

清殊默不作聲，低頭想了一會兒才道：「不知道。」

「什麼叫不知道？」那人不耐煩了。

清殊也有點惱，沒好氣地道：「不知道就是不知道，你不說我都忘了還能找你呢。是，我以前丁點大的事都要你幫我，可是如今我又不是以前的我，一遇到事，我也沒想起來找你。」

牆那頭突兀地沈默了好久，半晌才聽他道：「那妳現在是心甘情願進宮嗎？」

清殊放緩腳步，一邊踢著路邊的石子，一邊道：「有一點情願，又有一點不情願。」

徐徐晚風吹過，隔著牆的兩個人不約而同地聞到了風裡的花香。

那頭許久沒答話，無言的空氣好像飄著一句話：女人真複雜。

「情願是因為我想見識一下新的環境，不情願是因為這不是我主動選擇的。而且……」

清殊的眼神暗了暗。「我覺得宮裡有些可怕，和我想像得不大一樣。」

譬如，一不留神就要遭殃的規矩；譬如，到處都是惹不起的大人物。

清殊煩躁地把石子踢遠，好像把鬱悶的情緒狠狠踢走。「罷了，管他呢，來都來了。方才的話通通收回，都是我胡說的。我曲清殊是誰？還會有聰明的我解決不了的問題嗎？」

牆那邊傳來一聲哼笑。「嗯，誰能有妳厲害。」

也許是傍晚的光線格外動人，投射在少女身上的光暈美不勝收。她鵝黃色裙角輕輕揚起，走著走著就不經意地跳一下。另一頭，俊美少年背著手悠閒前行，他聽著一牆之隔的動靜，似乎能想像出她此時的神情。連他自己都沒有發現，一向冰冷不耐煩的臉上竟掛著微微的笑意。

胖胖的橘貓在牆頭打盹，被說話聲驚醒。牠懶懶張眼，也不動彈，目送著這場特殊的同行。

再長的路也有盡頭，不知怎麼，清姝不大想回去，於是腳步放慢了一些。另一頭，那人也適時放緩了速度。

清姝隨意抬頭，目光落在某處，驚喜道：「小貓！」

那頭順著她的視線看去，嫌棄道：「胖得不成樣子，哪裡小？」

清姝不理他，試探著伸手抓貓。

胖橘貓靈活地跳走，自以為逃跑成功，卻被另一頭的魔爪逮住。

「喵嗚！」胖橘使勁掙扎。

晏徽雲輕鬆躍上牆頭，隨手把胖橘往前遞。「接著。」

清姝愣愣看著突然出現的晏徽雲和貓，愣了一會兒才接過胖貓，高興地摸毛。「宮裡伙食這麼好嗎？牠好肥啊，可有主人？」

少年背著光，坐在牆頭看她。「沒有主人，是隻野貓。妳成日裡吃御膳房的山珍海味，也會和牠一樣。」

清殊狠瞪他，沒好氣地道：「狗嘴裡吐不出象牙。」

晏徽雲難得沒惱，甚至眼底帶著幾分笑意，像是故意逗姑娘生氣後的神態。「妳領牠回去，牠就有主人了。」

清殊認真想了一會兒，問道：「我來這裡讀書還能養貓嗎？不合規矩吧？」

晏徽雲眼神暗了暗。「不想聽的規矩就不聽，有人囉嗦，就來找我。」

他這樣的話，又讓清殊有種恍如隔世的熟悉感。她垂頭摸貓，不看他，語氣平淡道：「嗯，我有分寸，也有我自己的道理。你也別小瞧我，有些事情我可以擺平，有些性子是我自己想要收，不是旁人逼的。所以你不要總是很強硬地替我出頭，你雖不說你的難處，可是我知道，你做事也有代價。」

就像姊姊不顧一切地想幫她抗旨，清殊很明白，晏徽雲也想這麼做，同樣的道理和同樣窩心的感覺，又經歷了一遍。所以這次她可以很平靜地笑道：「你也收收你的脾氣，萬一你都遭殃了，我豈不是更求助無門？」

晏徽雲沒料到自己會被小姑娘教育一通，可他很難說清心裡的滋味，沒有煩躁和惱怒，也沒有不耐煩和冰冷。這種感覺，就像夏日裡的一碗白瓷梅子湯，碎冰碰壁叮噹響。細聽，又像是融融暖風吹過萬里雪原，是堅冰融化的聲音。

「嗯。」他突然點頭，應了一聲。

清殊摸著橘貓的手一頓，唇角微勾，是一抹淺淺的笑。

第六十五章

雨後寒輕，風前香軟，五月的天氣很是和煦。

沒要人三催四請，清殊自覺早起，穿上統一的天青色對襟襦裙，和旁人一道前往學院。

宮中的太學原只設置給眾皇子讀書用，後來皇后提議將公主和郡主們一併納入院中學習。說來，這也算是皇室子弟的私塾。

清殊等人到時，已經有幾位侍讀候在院裡，這是先前被選進宮的人。她們分別住在令霞宮東、西兩院，今早出門倉卒，並未來得及打照面，加上彼此都不熟悉，誰也不想做頭一個伸出橄欖枝的人。

為首的女子約莫是及笄之年，清殊細打量一會兒，竟覺得有幾分眼熟。正尋思著，那女子正巧回頭，兩相對望，眼底都流露出意外的神色。

「曲清殊？」

「項連青？」清殊挑眉。

眼前之人正是那位少時冤家。印象中，好像就是自從她失蹤被找回後，便退學休養了許久，再後來就不曾回女學。

中間幾次宴會時倒聽旁人提起過，項家送女入宮，卻也沒留心是入宮做什麼。先前拋到腦後的疑問，如今想來，倒說得通了。

清殊愣神片刻，笑道：「妳變化倒是大，不細看都認不出了。」

項連青許是沒想到清殊會對她笑，愣怔半晌才道：「妳也是。」

記得當年因為種種瑣事，二人針尖對麥芒，鬧得不可開交。清殊一度以為自己會記恨她許久，可是時過境遷，她的怒氣卻散去許多，真要重新撿回來報仇，都覺得沒趣。只要對方不來招惹，清殊覺得這一頁可以翻篇了。

結束一日的課程，回到令霞宮，早早漱洗完後，清殊抱著胖貓癱在榻上發呆。胖貓的脖子上被她掛了一個小鈴鐺。

叮噹，叮噹。清殊百無聊賴地撥弄鈴鐺，試圖餵牠吃點東西。

可是胖橘吃慣了御膳房的好東西，不肯將就，牠聞了聞碟子，嫌棄地撇開視線，又懶懶地躺回清殊懷裡。

「你這麼挑，到底怎麼長成這副模樣的？」清殊點點胖貓的鼻子，無奈搖頭，只能喚來汐薇，吩咐道：「煩勞姊姊把牛乳拿來，我記得分例裡是有的，今日沒喝，應當還在廚房裡。」

汐薇去了半刻便回，手裡的托盤卻是空的，她皺眉道：「姑娘，廚房那邊說牛乳已經沒有了。」

清殊納罕。「我不曾喝，怎麼會沒有？」

汐薇目光複雜地看了她一眼，清殊接受到視線，心裡的關竅突然被打通。

「嗯，不必妳說了，我曉得。」清殊垂眸道。

宮裡不比家裡，她們這群小侍讀雖然出自官家，卻也不算太尊貴的人物。慣愛捧高踩低的宮人自然有見人下菜碟的本事。原本有的分例，妳不及時拿，我便說沒了，不管吃了喝了還是拿去做人情，妳能怎麼樣？

都是新來乍到的小姑娘，能拿他們這些老油條怎麼辦？即便較真告到上面去，姑娘們又能怪哪個？不過就是一杯牛乳，還能抓出個罪魁來不成？

他們就是清楚這一點，所以肆無忌憚地行事。

今日妳一份牛乳，明兒她一份衣裳，貪墨下來的都到了他們荷包裡。懂事的姑娘就會掏錢打點，日子也好過；又或是背後有靠山，出身高門，保不齊日後要做皇妃的，他們心裡有數，不敢得罪。

清殊她們這群新來的都是普通官家女，也沒聽說有哪個厲害靠山做倚仗，即便日後有哪個飛上枝頭做鳳凰，都不知什麼年月，豈會記掛這點小事？宮裡除了明面上的條例，其餘那些藏在暗處的規矩，都是這座巍峨皇城沈澱下來的東西，別說只是侍讀，即便是得寵的皇妃，微末時也要遵循。

想通這一點，清殊越發覺得無趣，她摸著橘貓嘆道：「小胖，我要養不起你了，搞不好你從前做野貓的日子要比現在好。這樣，你回原地，讓那個抓你的把你帶回去吧，他府裡吃得好些。」

胖橘懶懶翻身，然後紆尊降貴地探了探爪子，扒拉了一口魚肉，那副跩樣好像在說：算了窮鬼，本喵勉強吃點。

翌日一早，清殊尚在夢鄉，就被同窗何念慈的叫聲驚醒。

「清殊姊姊！妳快來看，今日的早膳好豐盛！」

清殊瞇著眼漱洗，完畢後才步入廳中，目光在觸及桌上的菜餚時，驚得瞌睡都沒了。目之所及簡直堪比滿漢全席，葷的素的加起來能餵飽一整個令霞宮。難道老天爺知道她昨晚沒吃好，顯靈了？

「汐薇，妳確定沒有上錯菜？這怕不是把整個廚房都搬來了吧？」清殊狐疑地看著桌子，不肯動筷。

汐薇一面沈穩地擺放碗碟，一面平靜道：「反覆問過了，沒錯，這就是姑娘的分例。」

清殊盯著汐薇看，像是要從她平靜的臉上看出什麼。

汐薇頂不住目光，無奈道：「姑娘在我臉上可瞧不出花來，只管問廚房的掌事太監。」

正說著，那個一向拿鼻孔瞧人的黃太監顛顛地來了，尚未進屋便滿臉堆笑道：「姑娘早膳用得可還好？我來給姑娘送牛乳了，喏，連帶著昨兒的也拿來了。」

清殊意外地瞥了他一眼。「嗯，多謝公公，放那兒吧。」

放下東西，黃太監仍笑道：「我是今早才聽說姑娘沒討到牛乳，都怪我那乾兒子不懂事，只知在櫥櫃裡翻了沒瞧著，便說沒有。實則我早早就放冰桶裡儲著了，想著姑娘隨時要喝，隨時新鮮才好。這不，一聽汐薇姑姑傳話，我立時便來了。此後咱們院裡想吃的用的，只消和咱家通個氣，也免得姑娘打發人來回跑，遇上不懂事的倒怠慢了。」

不愧是宮裡的人精，這一番滴水不漏的說辭，既把自己摘出去，又特地給主子賣個臉面，清殊不但不能惱，還得受他的人情。

一旁的何念慈都聽愣了，清殊示意她動筷，又垂著眸道：「公公的好意我曉得，只是有些菜的量未免太過，即便是公公有心偏袒，也不好逾越規制，否則日後惹人非議，豈不好心辦錯事？」

黃公公愣了片刻，眼珠子一轉，笑道：「謝姑娘體恤。」他暗示地指了指上頭，顧忌著何念慈在場，並未明說，只含糊道：「咱家只是照吩咐辦事，幾個主子的分例，抵姑娘的分例，是夠的。」

清殊挑眉，又緩緩看向汐薇。幾個主子？難道除了晏徽雲還有旁人？

汐薇垂頭不語，只替她布菜。「砂鍋煨鹿筋，姑娘愛吃的。」

清殊暫時壓下心頭的疑問，挾了一筷子，宮裡的菜更勝於彩袖做的，只是沒有熟悉的味道。

很快，她就知道「幾個主子」是誰。

午時，黃太監巴巴地送來一碗糖蒸酥酪和幾樣罕見的貢品水果，見清殊獨自在場，便笑道：「晨時不好當著人說，姑娘既然與貴主們交情深，自當早早地來與咱家說，我能親力親為地孝敬，又何勞姑娘受幾天罪？」

清殊舀了一勺酥酪，似笑非笑地道：「我這點小事又何必煩勞他們？哦對了，煩勞公公和我說說是哪幾個主子，日後我也好回幾份禮，總不能稀裡糊塗地領了人家的情。」

黃公公一副在他意料之中的模樣，流利地道：「正是呢，好幾撥人來打招呼，先是淮安王妃身邊的許太監，後又是永平王妃府上的劉嬤嬤，還有太孫殿下身邊的趙太監，最後連樂綾郡主跟前的夏姑姑也來了。」

清殊點頭道：「嗯，多謝公公，我曉得了。」

淮安王妃和樂綾郡主出手，就是晏徽雲在背後動作；永平王妃就是晏徽容以及王妃本人的意思；太孫殿下就是姊姊和盛堯。

透過小小一頓飯，清殊就知道，自己在宮裡並非無依無靠，家人和朋友都在用自己的方式保護她。

思及此，清殊的午飯吃得香甜無比。

如果宮裡的生活一直如此，倒也不算難捱，但是事情往往就是天不從人願。

第一個噩耗傳來，是下午接到騎射課的通知。

對，郡主們和皇子讀一樣的書，其中還包括了君子六藝。這源於皇后娘娘的一句話，她道：「公主和郡主既然入太學，那麼索性連旁的技藝一起學了。我大武朝女子，自然當不輸男兒。」

這一句不輸男兒，把一群小女子通通送上了馬背。

令霞宮裡騷亂一片，清殊這幾個新來的都是自小長在內宅，多走兩步路都嫌累，哪裡會騎馬？要是失足從馬背上摔下來，不死也去掉半條命啊。

「自然是有專人教習，挑選的馬匹都是十分溫馴的。」項連青換上騎裝，沒好氣地道：「咱們要是喪命，也無法善了。只管放心地換衣服，勤加練習，大考休要得個末等才是正經。」

這話打消了眾人心頭的憂慮，於是都老老實實地換上騎裝往馬場去。眾侍讀一到目的地就找到各自的郡主，只有樂綰因年紀小不便騎馬，留清殊一個人來。

教清殊騎馬的是御馬監的小管事，名叫牛二郎，年紀不大，生得壯實憨厚，不善言辭。其餘的人已經試著揮鞭子跑了，清殊才將將坐穩，由著牛二郎牽著馬晃悠。

牛二郎一和女子說話就害羞，每每清殊問他什麼，他未語臉先紅，說不出囫圇話，這導致清殊都不敢貿然開口。

於是，旁人在馳騁馬場，清殊在周邊騎著馬散步，一臉生無可戀。

場中央，傳聞中最為跋扈的郡主晏樂純剛贏了一局賽馬，正興致高昂。「兄長可不許讓我，我的騎術比起樂綾也不差到哪裡去，我看啊，她久久不來馬場，技藝都要生疏了。也就是我生得晚，不然女子騎射第一人還不一定是誰呢！」

周圍人連連稱是，吹捧得她越發飄飄然。

一旁的項連青暗暗翻個白眼，腹誹道：別人知道妳脾氣，讓著妳，妳還真當自己是盤菜了？真到了晏樂綾面前，看妳敢不敢得瑟。

她心裡雖百爪撓心地想說真話，目光一瞥見身邊的晏徽霖，到底是忍住了，只擺出一副笑容道：「殿下跑了一圈馬，累不累？要不要喝點水？」

因馬場只有一個，故而男女的騎射課都在一處上。這會兒，晏徽霖正帶著幾個宗室子弟在跑馬。人群裡，男女兩方都以晏徽霖、晏樂純兄妹二人為首。

無他，山中無老虎，猴子稱大王。

晏徽揚早早出了太學撐起東宮門戶，自然不在此處廝混；晏徽雲駐守邊關多年，即便是原先也懶得入太學，只在國公府學堂唸書，現在更是懶得搭理他們；餘下晏徽容，因和清殊、盛堯要好，自請去盛府上學，也不在宮裡。

所以，晏徽霖兄妹理所當然地成了太學的頭頭。

「不說倒罷，一提起我倒真有些渴了，青兒替我斟一碗。」晏徽霖下馬背，直奔帳篷歇息。

項連青笑道：「好，殿下還是喝雪頂含翠？」

「嗯，妳知道的。」他不耐煩擺手。

項連青眼底閃過一絲不屑，她嘴上答應，下一刻卻抬了抬下巴示意侍女斟茶，自己施施然地坐下。想得美，還勞我動手斟茶？

晏徽霖接過茶，看了她一眼，到底沒說話，只笑道：「妳倒尊貴。」

項連青微笑著說：「我笨手笨腳，做不好的。」

晏徽霖還未答話，晏樂純突然闖進帳篷，嗤笑道：「知道自己笨還不學？想進我家的門豈是這麼容易的？」

晏徽霖眉頭微挑，隨口輕斥道：「樂純，怎麼跟項姑娘說話的？」

雖是訓斥，卻一點兒怒意都沒有，明擺著作戲給她看。項連青臉色冷了冷，也不慣著她，哼了一聲道：「郡主教訓得是，皇家高枝難攀，我們項家女天生不是伺候人的料。」

晏徽霖眸光微動，笑道：「青兒話說重了，這麼多下人，哪裡要勞動妳伺候人。項家女無論進誰家的門，都是正宮嫡妻，無有他論的。」

知道這是給臺階的意思，項連青順勢道：「嗯，知道了。殿下喝茶吧，再不喜歡，我便替你找旁的。」

虛情假意地演完戲，彼此都沈默了片刻。

晏樂純雖百般厭煩項連青，在兄長的壓制下卻也無可奈何，只能噤口。項連青嫁給晏徽霖是板上釘釘的事情，就連她入宮做侍讀也只是為了日後的婚嫁做鋪墊。這是兩方勢力的聯合，也是項連青替自己選的路。

原本被父親當作棋子的是姊姊項連伊，她本該嫁給晏徽揚做嫡妻，這樣日後無論誰上位，項家都能立於不敗之地。可在賣國案爆發後，項連伊執意不從，一心等袁兆，所以項天川乾脆將賭注全部壓在晏徽霖身上，而項連青就作為另一個棋子送入宮門。

其實，這也是她自己心甘情願的選擇。

姊妹親情，在姊姊為了加害旁人，罔顧妹妹性命，害得她差點在深山老林喪命時，就蕩然無存；父女親情，在知道自己只是父親一枚棋子時，也煙消雲散。既然情誼都是虛假，還不如擺脫他們一路往上爬，做個大權在握的孤家寡人。

因為心中無牽無掛，所以即便再厭煩晏徽霖兄妹，項連青也能忍下去。更何況她很清楚自己的重要性，借他們十個膽子也不敢真動她。平時就演演戲，勉強維持表面和平就行了。

晏樂純一肚子的火發不出去，又鬧出么蛾子，開始折騰旁人。

第六十六章

清殊在接到賽馬的通知時，人都麻了，一臉呆滯道：「牛管事，就我這個水準，是馬賽我吧？」

牛二郎急得話都說不清。「當……當然不行啊，姑娘您不能去賽馬，即便穿著護具，摔下來也不是鬧著玩的！」

清殊長嘆一口氣，看著周圍人三三兩兩地開始跑動，心裡越發凝重。「行了，我知道了，事關性命，我不會逞強的。」

再如何不情願，幾個初學者還是跟著旁人一齊來到馬場中央。晏樂純坐在高高的看臺上，打發人逼她們開賽，自己好整以暇地嗑瓜子，時刻盯著人群的動靜，有沒行動的都被她催促著跑起來。

除了幾個本就熟練的侍讀以外，新來的幾個基本上都象徵性地騎了一圈。

晏樂純顯然沒有滿足，不悅地喝罵道：「都沒吃飯嗎？那幾個不跑的，重新上馬賽一局！去，給她們的馬一鞭子！」

「是，郡主。」幾個太監拎著馬鞭上前，何念慈嚇得臉色發白。要真讓馬瘋跑起來，摔下來可就真完了！

清姝離他們最近，太監一鞭子揮過來時，牛二郎猛地躥出來擋住，任由那狠狠一鞭打在自己身上，嘴裡呼喊道：「郡主饒命！使不得、使不得啊，姑娘們還沒有學會騎馬，真要跑起來，可要出人命啊！郡主要怪就怪小人，是我沒有教好姑娘騎術，請郡主大發慈悲，高抬貴手。」

晏樂純冷笑一聲，怒道：「滾開，賤奴好大的膽子，你是什麼東西？也敢違抗我的命令。來人，再揮一鞭子！」

早在牛二郎擋在身前時，清姝就索利地下馬扶住他。「牛管事！你讓開！接下來的事你不要插手，這不是你能管的！」

第二道鞭子呼嘯而至，清姝側過身躲開，那鞭子打在馬背上，馬兒撒開四蹄狂奔，可想而知，人要是坐在上面會有什麼樣的後果。

「妳是何人？哦，姓曲的丫頭是吧。」晏樂純冷笑道：「怎麼？妳不上馬，也是要和我對著幹嗎？」

清姝淡淡瞥了她一眼，不答話，徑直走到瘦弱的室友何念慈身邊，伸出手道：「下來。」

何念慈猶豫片刻，還是牽住清姝的手下馬。另外兩個姑娘見識了瘋馬的情形，心裡不願再惹郡主，也不敢拿自己的命開玩笑，紛紛下馬。

目睹這一幕，晏樂純簡直七竅生煙，銀牙快要咬碎。「好啊，好啊，當真是好膽色。妳可知宮裡尊卑分明，開罪我的下場，妳想見識嗎？」

眾人心裡一驚，都斂聲屏氣，生怕哪句話沒說好，枉送性命。

這位凶名在外的郡主，手下沾的血可真不少。他們同情地望向清殊，彷彿看見了她被搓揉的命運。誰料姑娘神色自若，一點害怕的樣子也沒有，竟還拍了拍身上的灰塵，才上前道：「不知我哪裡得罪了郡主呢？郡主下令讓我們賽馬，我們方才已經展示了真實水準，妳還要如何？」

晏樂純倏然起身，微瞇著眼睛道：「妳的真實水準讓本郡主不滿意，要妳重跑，妳敢不從？」

清殊像是聽到笑話似的，眼底閃過淡淡的譏諷，施施然道：「敢啊。」

這話一出，眾人悚然。

晏樂純僵住，細看之下，袖中的手臂還微微發抖，顯然是氣狠了。

宮裡來來去去這麼多侍讀，居然有人敢這麼對她說話！

清殊絲毫不在意她風雨欲來的神情，緩緩道：「郡主，妳捫心自問是想看我們賽馬呢，還是看我們出醜，最好是摔得半死不活呢，我們摔殘、摔死對妳有何好處？取悅妳一時，然後痛苦自己一世？究竟郡主是哪來的底氣，要我們這群腦子正常的女子去送命？郡主不說清楚，我們為何要聽從？」

晏樂純氣得眼睛通紅，指著她鼻子道：「住嘴！賤人！我不和妳廢話。來人，把她拖下去打五十板子，妳不是怕殘嗎？好啊，今天我就滿足妳，徹底讓妳殘了！」

見她理智全無，周圍郡主和皇室子弟意識到不妙，怕連累自身，趕緊勸道：「皇姊冷靜，動不得她啊！」

清姝回頭冷冷看了一眼想要上前的宮人，後者本就猶豫，現在更不敢動了。

晏樂純揮開眾人。「滾開！狗奴才怎麼不動了，押她下去！」

清姝心底的躁鬱有些按耐不住，碰到瘋狗咬人真是無法講道理，只想套麻袋把她打一頓。她直視著晏樂純，一步一步走上前，隔著臺階朝她冷冷道：「郡主，容我提醒妳。妳今兒要麼就拿出膽子把我打死，但凡我有半口氣，我都會拖著身子去泰華殿死。妳最好看看清楚，皇宮裡到底是妳郡主作主，還是皇后作主。我家不大不小的四品官府邸，死個女兒雖不足惜，卻也不能死得窩囊，勢必要鬧個滿城風雨才甘休。」

一番話擲地有聲，眾人聽得連呼吸都忘了。

果然俗話說得沒錯，軟的怕硬的，硬的怕橫的，橫的怕不要命的！這姑娘先前軟和沒脾氣，還以為是個好拿捏的包子，現在真是又硬又橫又不要命！

最後，只見她微勾唇角，眼底流露著不加掩飾的譏諷。「怎麼？郡主可想清楚了？」

晏樂純原本怒氣沖天，方才卻被她眼底的戾氣駭得愣怔了一瞬，現在反應過來，卻落了下乘，再挽回不了局勢。

她當然怕皇后。原先也是因為她跋扈，被罰禁足三個月，吃了好大的苦頭，現在時隔不久，要是又鬧到泰華殿去，她真是吃不完兜著走。

以前她敢作威作福，全仗著侍讀們性子軟和，能進宮的哪個不是體面人？只要不是大罪，受些白眼能忍則忍。這回她沒料到遇上了這麼橫的，一時倒沒了章法。

可她心裡的氣到底嚥不下去，腦子一熱，正要吩咐人，帳篷裡卻傳來一道男聲。「樂純，住手。」

晏樂純眉頭一皺。「兄長，連你也不幫我！」

眾人循聲望去，只見晏徽霖從帳子裡出來，並不搭理妹妹，眼神反而饒有興趣地在清殊身上轉了一圈。「曲家女？」

接收到他意味不明的視線，清殊連目光都懶得回，冷淡道：「是。」

晏徽霖微勾唇角，並不因她的態度著惱。「早些年我撞見過妳姊姊，妳們姊妹二人的性子還真像。」

清殊眸光微動，心下一凝，辨不出他話裡的意思。

晏徽霖還想說什麼，卻被著急上火的晏樂純打斷。「兄長你廢什麼話？還不下令教訓她！」

隔著帳篷的縫隙，項連青目睹全程，包括晏徽霖流連在清殊身上的視線。

她垂了垂眸，復又抬頭，起身出了帳篷，緩緩道：「郡主，妳可想清楚再說話，真要教訓她，得罪的人可不少。」

晏樂純狠瞪她一眼。「她一個四品官的女兒，有什麼大不了？」

項連青哼笑一聲，並不理她，僅用目光直視著晏徽霖，然後轉身離去。

晏徽霖悠閒撫摸著珠串的手一頓，眸光微斂，抬腳跟上。餘留晏樂純摸不著頭腦，留在原地氣鼓鼓，只能狠狠瞪著清殊，拂袖而去。

清殊並不慣著她，回敬一個白眼，俐落走人。

回去的路上，何念慈嘰嘰喳喳不停，眼睛亮晶晶，各種崇拜。

清殊一句也沒聽進去，自顧自地琢磨晏徽霖那眼神的意思。

如果沒猜錯，項連青鐵定和他是一對，假如那傢伙當真有不好的心思，她應該會阻止吧？就像最後她似是而非的一聲警告，興許已經替她擋住這朵爛桃花了。

正想著，眾人已經回到令霞宮。

聽完事情的經過，汐薇突然道：「以後我陪姑娘去上騎射課，日後再遇上麻煩，您可千萬別再衝動了。今兒要是皇孫殿下沒阻止，郡主真傷了您可怎麼辦？」

清姝輕哼一聲，冷淡道：「那就如我說的那樣，要麼真把我打得開不了口，要麼她也別想好過，我不把她告倒我不會甘休。妳想，皇后娘娘並不是個護短的人，即便她是，可我知道盛瑾姊姊不是。」

清姝安撫道：「太孫殿下與二皇孫本就陣營不同，他日我要真有個萬一，憑我姊姊的才智，自然會借力使力，將此事鬧得沸沸揚揚。縱使二皇孫不在，周圍那一些宗室子弟，為保全自身也必定要阻止她。所以妳放心，我看似豪橫，實則有分寸。」

汐薇嘆氣道：「可姑娘是傷敵一千，自損八百啊。」

清姝挾起一個鵪鶉蛋扔進嘴裡，眨眨眼道：「可是我也沒法子，郡主此人太過跋扈，誰也料不到她哪天會發瘋糟踐人，我今日若不趁著此事來個狠的，她來日又要我做同樣的事情怎麼辦？下回可沒有牛二郎替我擋鞭子了。」

次日一早，清姝照常上學，陪著樂綰搖頭晃腦地背三字經。

小丫頭是個貪玩的，知道清姝比自家奶嬤嬤管得鬆，便鬧著要和清姝一塊兒用膳。小郡主都發話了，嬤嬤再不情願也只能任由清姝帶她走。

「先說好，吃葷的素的都是我說了算，每一樣都不許貪多，不許挑食。妳，明白？」清殊牽著樂綰，邊走邊說。

樂綰仰頭看她，眼睛亮亮的，高興地點頭。「嗯，明白！」

「不錯，是個小乖寶！」清殊滿意地拍了拍她的頭。「今天可以多吃一碗酥酪。」

樂綰被驚喜砸中。「哇！」

清殊被她的模樣逗樂了，哈哈大笑。「怎麼樣？我比妳哥哥們都好吧！」

樂綰使勁點頭，索利地賣哥，學著清殊豎大拇指。「頂呱呱哦，殊兒姊姊最好。」

兩個人自以為沒人瞧見，樂呵呵地進行幼稚的對話。

誰料不遠處傳來一聲輕笑，清殊警覺地抬頭，只見大樹後頭走出來一個人，他今日一身銀白色常服，瞧不出平日的戾氣，倒像個富貴人家的公子，俊逸若仙。

「君子背後不言人，妳書讀哪裡去了？」他嗤笑道。

樂綰見了來人，笑彎眼睛。「雲哥哥。」

清殊輕輕捏了一把樂綰的臉，小聲道：「小傻瓜，咱們剛說他壞話呢，妳怎麼轉臉就笑成這樣？」

「嗯！對。」樂綰反應過來，誇張地捂住嘴，眼睛眨巴眨巴。

「行了，別帶壞小孩。」晏徽雲慢悠悠走上前，突然把樂綰的耳朵捂著，就這麼看著清殊道：「妳就沒話跟我說？」

樂綰疑惑地看著他倆，清殊疑惑地看著晏徽雲。「難道我有什麼少兒不宜的話應該和你說？」

晏徽雲臉色冷了冷，翻了個白眼道：「晏樂純找妳麻煩，為何不跟我說？」

「哦，你說這事啊，我當什麼呢。」清殊恍然大悟，抿著嘴笑看他，故意道：「哎？倒是奇了，你消息這麼靈通，難不成你千里眼？」

晏徽雲緩緩抬眸，盯著她看了好一會兒，才冷笑一聲道：「裝傻？」

清殊笑出聲，彎著眼道：「那你豈不是也在裝傻？你既從汐薇那兒知道了始末，還問我做什麼？我這樣機靈，她不能把我如何。我現下倒真有個要緊事，得求殿下你幫忙呢。」

「求人的時候倒肯賣乖，平日裡也沒聽見過殿下兩個字。」晏徽雲冷嘲熱諷完畢，抬了抬下巴，示意她說。

「殿下殿下殿下殿下殿下，一次讓你聽夠可滿意？」清殊瞪他一眼，才清清嗓子道：「好了，說正事，你能不能幫我找一個可靠的騎射師傅，我想著即便現在能蒙混過關，可到了大考，總不能拿個末等吧？少不得要勤學苦練一番，別太丟人。」

她一氣說完，發現晏徽雲用很古怪的眼神看著她，而且還帶著幾分揶揄。

「怎麼？你幹麼這樣看我？」清殊不明所以。「讓你找個師傅教我很難嗎？又沒有讓你找個武朝第一高手來。」

晏徽雲輕笑一聲，緩緩道：「曲清殊，妳有沒有想過武朝第一高手就在妳面前？」

清殊一愣。「我雖然知道你有些功夫在身上，但是沒想到是這個程度的。」清殊震驚地後退兩步，好生打量他一番才道：「你沒唬我吧？我聽說人家武狀元都是高大魁梧，胳膊有大腿粗，你這……」

她的視線在銀白錦袍裹著的窄腰處流連，然後又移向他和魁梧兩個字不搭邊的俊美面容，最後停在他勻稱結實但不誇張的胸膛處。

「嘖，我不信。」清殊搖頭下定論。

晏徽雲的臉色隨著她視線的游移越來越臭，直到聽見她斬釘截鐵的結論後，徹底結冰。

「愛信不信，自己找師傅去！」說罷，他鐵青著臉，掉頭就走，走到一半想起什麼，單手拎起樂綰，大步流星地走掉。

樂綰懵懵回頭，被拖出去老遠才反應過來，哭唧唧蹬腿。「啊嗚嗚，我要下去，哥哥壞！姊姊啊……」

「晏樂綰，閉嘴。」劫匪冷淡地警告。

「啊嗚嗚，姊姊……」

聽見樂綰扯著嗓子呼救，清殊目瞪口呆，趕緊拎著裙子追。「哎有話好好說，怎麼還搶孩子啊？」

也不知是不是前面的人刻意放緩腳步，清姝三兩步就攔在他面前，雙臂展開。「站住，不就是懷疑你兩句嘛，又沒說你繡花枕頭、弱不禁風，怎麼還小氣上了？而且長得不魁梧也是件好事啊，哪個武狀元像你似的俊，是吧？」

兩個人在假山小溪邊你走我追，晏徽雲走右邊，清姝就攔在右邊，他往左，她又堵在左邊。

一路上，清姝花言巧語說了一籮筐，尋常人早就折服了，這人卻冷笑一聲。「繡花枕頭？弱不禁風？」語氣不善地扔下這句話，他又側身繞開。

「你這個小氣鬼，行行行，你天下第一魁梧！」清姝急急來擋，一時不察，踩到小溪邊的石頭，身子頓時往後倒。「哎！」

電光石火間，有人及時伸手環住她的腰，避免她摔進小溪裡，只是語氣充滿嘲笑。「曲清姝，怎麼還是繡花枕頭救妳？」

清姝手忙腳亂地抓著他的衣袖，慌忙起身。抬頭的一瞬間，不經意撞進他的眼眸裡，那眼神，倨傲中帶著幾分笑意，叫她的心跳漏了半拍。

也許是距離太近，她能看清他深刻的五官輪廓。不知何時起，他身上的青澀氣息已經褪盡，如今已然是極其張揚的俊美。就像那日他凱旋回京，銀白鎧甲的少年將軍冷著臉坐在高頭大馬上，鮮花如雨紛飛。人群裡，她悄悄張望，撞見的就是這樣的一幕。

春日遊，杏花吹滿頭。陌上誰家年少，足風流。

呆了片刻，意識到自己姿勢不太雅，清殊趕緊推開他，彆扭道：「嗯，多謝。我要走了。」一眼看臉頰要熱起來，她顧不得樂綰，只想趕緊離開。

「走哪兒去？」晏徽雲一把拽住她的手，抬了抬下巴，示意她看路。

清殊順著視線望去，這才發現兩人處在小徑盡頭的溪水邊，小溪本是裝飾，其中鋪就了過路的墊腳石，水流並不急。可為難的是，清殊穿著繡花鞋和長裙，如若這麼過去，必然要弄濕衣裳。制服才做好兩套換洗，弄濕了就沒得換，下午還有課……一堆的問題塞滿了清殊的腦子。

她遲疑地打量著晏徽雲，視線在他抱著樂綰的胳膊上轉了一圈，旋即立刻駁回自己荒謬的想法。

「我我我，我往回走。」清殊結結巴巴，拎著裙子想跑。

就在這時，來路上突然傳來說話聲，像是有一大群人往這邊來，清殊的腳步立刻止住。

要是被他們撞見孤男寡女外加一個小孩掛件共處一地，肯定傳出什麼瞎話來。

第六十七章

一時間，清殊陷入了前狼後虎的窘境，暗恨自己怎麼跟著來了這麼個犄角旮旯。她尚在躊躇，就聽後面的人懶洋洋道：「過來，繡花枕頭再救妳一回。」

晏徽雲單手抱著樂綰，另一隻手朝她隨意勾了勾。清殊覺得自己的腦子都麻了。「你、你行嗎？我可不是小時候了，重了不少。」

晏徽雲笑意頓時消失，他直接上前把姑娘往肩上一扛，淌過小溪。

「啊，晏徽雲！疼，壓肚子了，你能不能溫柔點啊。」清殊不敢太大聲，拳頭卻虎虎生風，腿也一直蹬。「快，你換個姿勢行不行啊！」

「麻煩。」晏徽雲皺著眉，大發慈悲地收了幾分力氣，讓姑娘直起身，坐在臂彎裡。

清殊怕仰倒，趕緊摟住他的脖子，深呼吸好久才讓心跳平靜下來。

等冷靜下來後，清殊才後知後覺地發現，自己正和樂綰面對面，大眼瞪小眼。

樂綰躲著笑，不小心發出聲，趕緊捂著嘴。「哈哈。」

清殊生無可戀。「小綰妳怎麼還笑？我是為了誰才這樣的？」

晏徽雲冷不防道：「皇祖母召見她，所以我才帶走她的。」

清殊瞪大眼睛。「那你不早說，非要我追著求你，有趣？」

「嗯，有趣。」晏徽雲老神在在地道。

清殊恨得牙癢癢，悄悄擰了他一把，然後趕緊裝作若無其事道：「哎，樂綰，做什麼呢？怎麼擰妳哥？」

樂綰無辜地睜著大眼睛。「嗯？姊姊？」

晏徽雲冷笑一聲，踏上最後一塊石頭到達岸上。

清殊突然天旋地轉，下一刻人就坐在高高的岩石上，入目就是少年放大的臉。

「妳擰我是吧？」晏徽雲面無表情質問。

清殊稍稍後退，遠離他的氣息，猶豫道：「嗯……嗯。」

晏徽雲緩緩抬手，然後捋起袖子。

站在一旁的樂綰大驚。

被迫坐在石頭上，以為要挨打的清殊呆了。

「妳把我擰青了。」

懷疑自己耳朵的清殊道：「你說什麼？再說一遍。」

冷面世子爺、武朝第一鐵血少年將軍、聲稱爺兒們流血流汗不喊疼的晏徽雲，就在青天白日、朗朗乾坤下，伸出自己的胳膊，指著上面的瘀青道：「妳把我擰青了。」

「很疼。」他平靜地強調，並且還好整以暇地盯著清姝，一副討說法的模樣。

這一刻，空氣都沈默了。

清姝目瞪口呆，愣了好久才抓狂道：「你被奪舍了嗎晏徽雲？行吧，是我的錯，不該擰你，我道歉。」

晏徽雲挑了挑眉，懶懶道：「道歉就行？我要賠償。」

清姝狐疑地打量他，警惕道：「你葫蘆裡賣的什麼藥？先說好，貴的沒有，十文錢以下任你挑選。」

「十文？」聞言，晏徽雲似笑非笑地看著她，然後慢悠悠地從懷裡掏出一個香囊，上面繡著熟悉的花紋，其針腳之粗糙，滿武朝找不出第二個。「行啊，妳再送我一個。十文錢足夠吧？」

清姝語塞，她看著眼前的香囊，不爭氣地想到自己為這個人暗自生氣的日日夜夜，忍不住哼道：「這麼醜的東西，你留著做啥？難道沒有好的嗎？」

晏徽雲不明白她怎麼說生氣就生氣，坦蕩道：「當然因為是妳送的。」

清姝立刻道：「我送的就格外有臉面嗎？因你把我當妹妹？當朋友？當親人？」

晏徽雲意外地看了她一眼，似乎不知她為何有此一問。

她想破釜沈舟地問出口，話到嘴邊卻收了回去，蹬著腿道：「好了，我突然不想問了，放我下去！」

晏徽雲一時不察，讓她掙脫出去。遠遠的，他看見少女拎著裙子小跑，像是後面有狼在追，那慌不擇路的模樣，讓他唇角勾出一絲淺淺的笑。他將香囊收回，妥善地放在離胸膛最近的位置。

雖然是順嘴提的騎馬，但清殊並不是一時興起，而是反覆思量才做出的決定。她如果決心要做成一件事，就必定會下苦功。前世努力考大學算一件，現在學騎馬又算一件。

騎射課的成績事關期末大考排名，要是因為成績不理想而墊底，她可丟不起這人；再者，那跋扈郡主之前吃了虧，日後定會鬧出旁的么蛾子來找碴，與其被動接招，不如現在就把自己的短板補齊。如此一來，晏樂純還想拿捏她的弱項可就不能了。

放旬假，姊妹倆並肩躺在榻上，外頭的夜燈朦朧，窗外小雨淅瀝，一派安逸祥和。

「姊姊不問我在宮裡好不好嗎？」清殊摟著姊姊的腰，小聲問。

清懿輕笑一聲，淡淡道：「妳聰明，我知道妳能照顧自己。」

清殊不知想到什麼，咕噥道：「也不是很聰明，我彆扭著呢。明明我從前都不會如此，現在也不知是怎麼了，心裡患得患失，腦子裡亂糟糟。姊姊，我討厭這樣的感覺。」

黑暗裡，聽見妹妹的傾訴，清懿挑了挑眉，若有所思。

彼此沈默半晌，清殊突然感覺到姊姊輕拍著她的背，令人安心的香味縈繞鼻尖。

「椒椒，妳喜歡他嗎？」

清殊怔住，頭腦出現短暫的空白。不知怎的，她下意識地想逃避內心真實的答案，想用似是而非的語言裝點它，想做好足夠的鋪墊和準備，就像一個頑固的蚌殼，還沒有做好打開的準備，不想讓自己的柔軟毫無保留地展現出來。

歸根究柢，她在害怕。

清殊把頭埋進錦被裡，只露出一雙眼睛，她的聲音悶悶的，像是無精打采的小貓。

「嗯，有一點。」

「一點是多少呢？是對許多人都會有的一點，還是只對他才有的一點？」姊姊溫柔的聲音響起。

清殊眼底滑過一絲惆悵，她悄悄嘆了口氣，像是對自己投降。「好吧，姊姊，我只對他有一點喜歡。

「唉，可是喜歡一個人好累啊，我總會忍不住思慮很多亂七八糟的事情。譬如，他是否同樣在意我，如果在意，那麼究竟是他喜歡我多一點，還是我喜歡他多一點？又譬如，我察覺到也許他喜歡我，可我又擔心是不是自作多情。畢竟，我認識他的時候，還是一個小蘿蔔頭，萬一他只是把我當成妹妹呢？」

少女苦悶地敘述著自己的心事，姊姊安靜地傾聽。

「他這個人，脾氣實在不好，倘若不是生在皇家，哪裡能這樣安穩地長大。可為什麼他偏偏生在皇家呢？」她的聲音帶著幾分失落。「入宮後，我才感覺到那是怎樣一個囚籠，他的長輩不僅是長輩，還是這個王朝的統治者。即便他的父親、母親都喜歡我，可是如果有更高位者不滿意，就要跨過重重阻攔。以他的脾氣，固然可以橫衝直撞，可是我卻不能不想。一個晏樂純我尚且能對付，日後再遇上幾個有腦子的，誰又能保證萬無一失？

「他能護我周全，能護著姊姊妳，能護著他們眼中我在意的人。可是，彩袖、翠煙、茉白、綠嬈呢？他可會在意所謂奴婢的生死？」清殊悄悄擦去眼角的淚珠，哽咽道：「我並不指望這個時代的所有人都能懂得人人平等的道理，這太過異想天開。可是，姊姊，我一旦想到如果我所愛之人無法理解我，視我為異類，我就好難受。」

情感、家世、觀念……種種難題已經被她琢磨個遍，只是，不曾親身經歷的事始終得不到結果，於是少女陷入了困境。

清懿的眼神無比柔和，她摸了摸妹妹的頭道：「所以，妳最為在意的還是他會如何看待真正的妳，對嗎？」

清殊愣了愣，旋即堅定地點頭。「是，我需要的喜歡，是全盤接受我的優點和缺點，我的家人、我的觀念、我的理想，和我的與眾不同。如若他無法做到，抑或是他的想法與我背道而馳，那就不是我所認為的喜歡，我也不應該繼續喜歡他了。」

「是了，妳能這樣想就很好。」清懿看著眼前的妹妹，突然就想起許久以前的自己。「椒椒，情竇初開是好事，別怕它。世上因果不由人，妳喜歡他的這一刻，並不知道路盡頭是什麼風景，可那又如何？」

清懿溫柔地笑。「我不知妳將來是否會後悔，可我知道，如果妳錯過了這一次的心動，妳也許會遺憾當下的自己不夠勇敢。」

清殊沈默許久，才緩緩問道：「可是姊姊，倘若未來的結局當真痛不堪忍呢？」

「如果真的有那麼一天……」清懿將妹妹摟在懷裡，頭貼著頭，輕聲道：「那就回家，姊姊永遠陪著妳。」

話音剛落，清殊抑制不住地鼻子發酸，眼眶通紅，她猛地抱緊姊姊，眼淚濕了胸前的衣襟。

次日，翠煙過來通報說曲雁華突然帶著程鈺前來拜訪，要清殊出去見一見。

彼時，清殊頭髮披散，隨意穿了件半舊的襦裙，清湯掛麵不施脂粉，分明一副沒打算見客的模樣。

「姑母和程鈺？來就來吧，約莫是找我姊姊的，我就不必去了。」她正揮毫，敷衍道。

翠煙猶豫道：「姑太太這回倒不像是找大姑娘的，我瞧著，倒像是專程來找您的，只是不好直說，便叫上家裡的姑娘都出去見了。」

「找我？」清殊摸不著頭腦，但還是停了筆，信手順了順髮。「好吧，那我去見見。」

一路穿過遊廊，清殊兀自出神，正想著心事，到了正堂都沒察覺。她環視一圈，發現眾人都不在，只有程鈺一人坐在那裡，見她來，他立刻站起身，朝她咧著嘴笑。「殊兒妹妹，妳來了。」

「怎麼只有你在，姑母呢？」清殊並不進去，只在門邊問道。

程鈺猶豫片刻道：「我母親正在和懿姊姊商談要緊事，讓我在這裡等妳。」

「當真？」清殊擺明不信，目光帶著狐疑。

「當……當然。」程鈺結巴道。

「哼。」清殊冷笑一聲，翻了個白眼道：「行啊，不說實話我就走了。」

說著她掉頭就走，程鈺連忙攔在她面前，大塊頭像堵牆似的遮天蔽日。

「好好好，好妹妹，我說還不行嗎？」程鈺吞吞吐吐，臉脹得通紅。「這話原不該我提的，只是，妳突然進宮上學，我見妳的機會越發少，再不說就沒機會了。所以、所以我這才央求我母親上門的。」

「什麼話要姑母替你說，你男子漢一個，扭扭捏捏做啥？」清殊不耐煩地道。

程鈺彷彿被這話噎住，眼睛瞪得老大，愣了一會兒才鼓起勇氣道：「好，那我直說了。」

清殊環抱雙臂，懶懶地靠在門框邊。「嗯。」

「殊兒妹妹！」程鈺心跳如擂，閉著眼大聲道：「我想娶妳！」

話音剛落，清殊一個沒站穩，差點摔倒，程鈺大驚失色，伸手想要攙扶，清殊連跌帶爬地遠離他，扶著門框爬起來。

現在，如遭雷擊都無法形容清殊的心情。

隔著安全距離，她匪夷所思地打量著程鈺，大聲道：「你有毛病嗎程鈺！我們是兄妹，表兄妹你懂不懂？吃錯了什麼藥啊你，把西街口王郎中請回去看看腦子吧！」

程鈺被劈頭蓋臉一頓罵，眼底的委屈簡直要溢出來，他想過清殊或許會羞澀，會欲拒還迎，但是怎麼也沒想到她會如此生氣。

「妹妹妳怎麼能這麼說呢？妳不願就不願，為何辱罵我？表兄妹親上加親自古有之，我們從小一塊兒長大，一起捉魚摸蝦的情誼妳都忘了嗎？嫁給我又不會委屈妳，我好歹也是國公府嫡子，母親是妳親姑母，怎麼也不能苛待妳，妳真是不識好人心！」

「我不識好人心？」清殊皺眉反問，她扠著腰轉了一圈，簡直要氣笑。「你小時候闖禍躲我背後的熊樣我還記得呢，你說說你有什麼優點，能叫我嫁給你啊？」

程鈺當真以為清殊問他的優點，他梗著脖子，認真道：「我當然是京城裡少有的好男兒了。第一，我除了有兩個通房丫鬟，再沒有拈花惹草，更沒有和別家貴女牽扯不清；第二，我要是娶了妳，就會一心一意對妳好，妳不同意納妾，我便絕不有二心；第三，將來我只把妳生的孩子當作我的嫡親孩兒，該有的家主擔當我一定會有，曲家一應大小事宜我都會照看到，滿京城妳再難找到第二個像我這樣的吧？」

他這一連串話，就像一道接一道的天雷打在清殊的頭頂，讓她的腦子都無法運轉了。

良久，程鈺被清殊的眼神盯得發毛，大個子瑟縮著脖子，剛才的氣勢蕩然無存，弱小無助道：「怎……怎麼了？」

「呵。」清殊冷笑一聲，緩緩逼近。「我一向當你性子耿介，與旁人不同，你居然有通房？還有兩個？」

「嗯……有啊，怎麼了？這……這難道不是再正常不過的事嗎？舉凡京城裡老、少爺們，誰沒有過通房啊？我只有兩個，已經很難得了。」程鈺後退著避讓，小聲爭辯。

「都有？這難道是約定俗成的規矩嗎？」清殊狠狠盯著他。「我怎麼從來沒聽說過。」

程鈺摸了摸頭道：「也……也許是你們家風甚嚴，或許思行表兄也有，只是不好說與妳一個姑娘家聽啊！一個正常的男子，怎麼會沒有通房呢？」

舉凡京城老、少爺們都有通房……一個正常男子，怎麼會沒有通房呢？所有人都有，那麼，他也有？只是自己不知道？

程鈺的話像鳴鐘似的在清殊腦子裡反覆迴盪，好似有人在火上澆油，憤怒立刻就要傾洩而出。

清殊袖子裡的手緊握成拳，指甲死死掐進肉裡。

程鈺還在絮絮叨叨說著自己的優點，像隻可憐的大狗，可落在清殊耳朵裡，簡直比蒼蠅還煩。

「程鈺，你趕緊滾。」她咬著牙關，平靜道：「別逼我揙你。」

程鈺躊躇。「殊兒妹妹……妳好歹聽我說完……」

「一。」

「二。」

她面無表情倒數。

「妹妹……我……」程鈺還想再說，直到「三」字落地，清殊緩緩抬頭，眼露凶光，他警鈴大作，立刻撒丫子跑遠。

「告辭！下回再見啊妹妹！」

目送著程鈺狂奔的背影，清殊氣沈丹田，怒喝道：「滾！男人沒一個好東西！」

第六十八章

隔壁廂房裡，聽到動靜的清懿眉頭微蹙，緩緩望向曲雁華，冷冷地道：「妳刻意支開我，就為了讓鈺哥兒做這等孟浪事？椒椒還小，妳當知道，我不會答應的。」

安靜端坐著的曲雁華老神在在，悠然抿了一口茶才道：「原就不指望妳答應，只是眼看著四姐兒也大了，想提醒妳，這一進宮，盯著她的人只多不少。」

她似乎想到方才隔壁傳來的吵鬧聲，輕笑道：「誠然，她還是孩子心性；不過，妹妹看不透的事，妳這個做姊姊應當警醒。皇親國戚煊赫，與我這看似破落的國公府比，究竟哪個才是好去處，無須我多言。倘若妳趁早給她定下，也省得後頭招惹許多麻煩。」

聞言，清懿沒甚反應，只淡淡道：「姑母這些年如何給我擋麻煩的，日後就照樣給椒椒擋，否則每年準時送往妳私庫的銀票豈不沒了用處？」

她們之間，許多話不必說得太分明，只消略微一提，便知其中深意。

曲雁華唇角微勾，饒有興趣地望向清懿道：「妳如今使喚起我倒是越發稱手了。只是，我既認妳做個東家，妳也要知道長工的難處。妳深居簡出的這些年，我家的門檻都要被踏破了。便是妳藏得再深，人家也記得曲家當年有個豔驚四座的女兒。妳家沒有主母作主，他們就找上我，明裡暗裡，我不知替妳擋了多少。我有今日的想法，也是未雨綢繆，擋四姐兒的麻煩。

「妳別怪我沒提點妳，這話我五年前就和妳說過，沒嫁人的姑娘總比已婚的婦人扎眼。倘若妳想好生成事，早早嫁人才是正經。同樣的，四姐兒這會兒進宮，也是個招人的模樣，妳若是不快些安排了，遲早半個京城的高門都要盯著妳家，屆時恐有眼力毒辣的看穿妳的底細。」她不緊不慢道：「我家鈺哥兒比不得他兄長的品行，可他勝在沒心眼，妳大可一眼看穿這個人。多的話我也不囉嗦，比起滿京城金玉其外、敗絮其中的公子哥兒，他究竟是不是好的，妳心裡有數。」

「妳說得有理，我明白。只是……」清懿垂著眸，摩挲著白玉瓷盞，良久才道：「她不喜歡程鈺。」

曲雁華笑容幾不可察地頓了頓，取而代之的是眼底閃過的揶揄。她緩緩起身，直視著清懿道：「真情價值幾何？我以為妳是個明白人，這會兒倒糊塗了。莫怪妳當年不願嫁奕哥兒，也是為了真心二字？」

清懿緩緩挑眉，不閃不避地回視，她眼神透澈，沒有絲毫慌亂，反而是好整以暇地打量著對方，似乎要將她看穿。半晌，她放鬆地靠著椅背，淡淡道：「姑母這副急躁的模樣，倒像是被戳中了痛腳。真心二字，也許是妳更在意，畢竟放棄過的東西，總是追悔莫及。」

這話一針見血，幾乎是瞬間扎進了曲雁華的心裡，她外表沒有異樣，只有眼底顯出幾分意興闌珊。「不必拿話刺我，還是想想妳的對策吧。」

清懿沈默片刻，緩緩抬眸道：「嫁人於我而言，早就不是目的，既如此，倒不如當作手段，好好利用一番。當年我拒絕程奕，除了並不心悅於他，也有不想多個累贅的意思。」

她這話說得直接又冷情，可曲雁華知道，這是她再真心不過的話。

「妳若想走回頭路，我那傻兒子還在等妳。」曲雁華挑眉道。

清懿搖了搖頭，眼神複雜。「程奕若無心於我，那沒有人比他更適合我的選擇。」後半句話，她沒有說。錯就錯在，程奕捧出了一顆真心，她又怎麼能用虛假的姻緣，去迷惑他的眼，給他不切實際的希冀？真誠的愛意應當奉獻給同樣愛著他的人，而不是燃燒熱情，只為融化一座永遠無情的冰山。

到頭來，他消耗得油盡燈枯，而冰冷的霜花永遠掛在枝頭，沈默著，愧疚著。可以預見，那是怎樣兩敗俱傷，彼此潦倒的結局。

「總之，我會選擇一個合適的人，無所謂真心。」她平靜道：「只是，椒椒和我不同，她該有自己的人生，而不是我替她擇一條我認為對的路。嫁給程鈺固然能安枕無憂，但那不是她喜歡的。誰也不能干涉她的自由，包括我。」

曲雁華聽懂了她的話，眼底少見地掠過一絲傷感，她長長地嘆了一口氣，拂袖而去。

旬假三天，清殊有一半都用來生悶氣，直到回令霞宮，都還沒有好轉。

日頭還未落盡，原本是熱鬧的時候，新設的秋千卻孤零零地晾在院子裡，她的主人蜷在被窩裡，不願露面。

汐薇悄悄地觀察了幾天，心裡實在擔心，小心翼翼地看了一眼。「姑娘這是怎麼了？」

被團動了動，是個搖腦袋的意思。片刻，被團裡的人鑽出半個頭，露出一雙眼睛，一眨不眨地望著汐薇。她眼神欲言又止，然後又猛地鑽回去，神色懊惱。

汐薇苦著臉道：「姑娘究竟有什麼話，快些直說吧！妳這幾日都躲著他，問起來，我都不曉得緣故，夾在中間兩頭不落好。」

返回學堂的第一天，晏徽雲便叫了個騎術精湛的兵士到馬場教清殊。清殊心裡有疙瘩，並不願意理會，只叫汐薇婉拒了，自己仍舊跟著牛二郎學。

那頭的少爺摸不著頭腦，便來問汐薇，誰知汐薇也一頭霧水，於是越發惱了。這會兒好不容易問出口，汐薇打定主意要聽到答案，索性一步都不挪開地守在床邊。

半晌，清殊探出腦袋，悶悶道：「好吧，汐薇，我想問一問妳，他們這些皇子皇孫，是不是從小就有……就有……」

「就有什麼？」

「就有……」兩個字在她嘴裡咀嚼許久，終於還是說出口。「通房的丫鬟。」

汐薇結實地愣了半晌，恍然大悟。「您……您就想知道這個？」

她似乎有些不可思議，就好像清殊在問一個十分淺顯的問題。上到王公貴族，下到鄉紳商賈，但凡是家裡有些底子的少爺，哪個不是早早留著通房，為繁衍子嗣做準備。曲姑娘出身官家，怎麼會不明白呢？

汐薇剛想脫口而出，可她對上少女希冀的眼神，忽然察覺不對。難道……曲姑娘真的不知曉這項約定俗成的規矩嗎？

她想到了什麼，語氣軟了幾分，緩緩道：「通房就只是通房而已，莫說正妻，便是和侍妾比，那也是排不上號的，正經的小姐更沒有把這些放在眼裡。」

她沒有正面回答是與不是，但這樣迂回地勸導，落在清殊耳中，如同掄起一記大錘，砸得她喘不過氣。

清殊鼻子發酸，眼神暗了暗，沒有察覺自己的聲音在發抖。「通房、正妻、侍妾，當真是有的。」

汐薇怔然，沈默片刻，才嘆道：「姑娘，千百年不都是如此嗎？」

哪一個小女子沒有異想天開過，所謂願得一心人，究竟是連說出口都覺得荒謬的話。

清殊閉上眼睛，沒再說話。她想，程鈺那番話，說得糙，卻有理。他有兩個通房算什麼？滿京城的公子排隊，他的品行反倒是上等的，當真要擇婿，他程鈺沒有一丁點拿不出手的。

所以，這個時代的所有男子，是不是都這麼認為呢？包括他。

次日一早，汐薇尚且惴惴不安，卻見清殊神色如常地出現，氣色倒比前些時日更好些。一路到了馬場，姑娘們各自散開找師傅，清殊照舊跟著牛二郎練。因關係到大考，侍讀們都不願丟臉，於是一個賽一個的勤奮，只要有空檔，馬場上都能看到她們的身影。其中又以清殊最狠，每天練習，不把自己磨到精疲力盡就不甘休。

連牛二郎都不忍心了，對著場中央飛馳的人大聲勸道：「姑娘歇息會兒，用功太過容易折損貴體！」

紅棕駿馬沿著跑道馳騁，穿著水藍色騎裝的少女充耳不聞，繼續跑遠。直到牛二郎策馬追上，才勉強止步。

清殊無奈地「吁」了一聲。「牛管事，我有分寸。你沒發覺我進步了不少嗎？」

「何止是不少？」牛二郎急道：「似姑娘這樣猛練，再過幾日都能做我的師父了，只是您也要保重身體才好。」

「這才到哪兒啊？」清殊不屑地輕笑，但還是順從地下馬，手裡的馬鞭一甩一甩，漫不經心地往外走。

比起高考集訓，這種強度的鍛鍊真不算什麼。還是古人太嬌貴，系統性的突擊訓練還是很有必要的，不然就等著大考丟人。

牛二郎在後面絮絮叨叨，清殊左耳進、右耳出，甩著鞭子吊兒郎當，偶爾敷衍。「嗯，知道了、知道了。」

兩個人一前一後，清殊低著頭漫不經心的走路，忽然間，耳邊一直環繞的牛二郎嗡嗡聲，突然消失。

清殊回頭道：「怎麼不說話了？」

牛二郎擠眉弄眼，殺雞抹脖似的使眼色。

清殊意識不對，緩緩回頭，只見晏徽雲站在他們的必經之路，雙臂環胸，垂頭倚靠著牆壁，是一副久候多時的架勢。

聽見動靜，少年倏然抬眸。

牛二郎像被他的眼神刺到，忙不迭地拱手。「世子殿下萬安，小人先告辭。」

一時之間，長長的街巷只剩二人相對而立。

「為何躲我？」晏徽雲開門見山。

清殊定定瞧了他一眼，然後飛速斂下眼底的情緒。「沒有躲，只是不巧罷了。」

她貼著牆根走，想飛速地經過他，卻被他抓住胳膊，拎到了面前，被迫和他對視。

「我再問妳一遍。」他一字一句，冷冷地道：「為何躲我？我只聽實話。」

因為離得很近，她一抬頭，甚至能看到他額頭的青筋。一瞬間，清殊被他的氣勢壓制，可是下一秒，她的心底燃起無名怒火。

那把火在她心裡燒了幾天幾夜！這些天，她發狠練習騎術，就是不想讓自己閒下來，只要空了一時半刻，她就控制不住地想那些事情。

她只要一想到，眼前的人已經和其他人有過肌膚之親，她簡直要喘不過氣！有時是氣得想搧他巴掌，質問他為何要對自己好？早知如此，不如不認識！

有時，是麻痺自己，不斷催眠自己，他是古代人，妳不能用現代的價值觀去衡量一個古人的道德，那不公平。妳看，他對妳好是實實在在的，這就夠了，妳又何必去計較所謂的通房？

在這個念頭燃起的一瞬間，她幾乎是立刻痛罵自己！

可悲啊可悲，曲清殊妳所謂的骨氣，在一個男人面前，就這麼卑賤嗎？卑賤到和另一個女人去比出身，比所謂正妻，所謂通房？那個被當作物件的女子，何其無辜？是她能選擇自己的出身嗎？是她甘願當暖床丫鬟嗎？而妳自詡出淤泥而不染，永遠不會被這個世俗所改變，又是多麼諷刺？為了找到能夠說服自己道德的藉口，不惜矇騙自己，只為繼續喜歡他。

這樣的喜歡，太廉價，太悲哀。她眼底燃燒的火焰逐漸熄滅，化為平靜。

「晏徽雲，方才有那麼一刻，我很想直接了當地問你，可我話到了嘴邊，發覺自己有些承受不住。」

當周圍所有人都告訴她，她所執著的那個問題，膚淺得如同幼兒般可笑時，她就意識到，這個答案大概不會如她的意。在腦中揣測尚且難受，如果當真面對這個回答，莫過於如尖刀剖開心臟，鮮血淋漓。

眼前這個人，曾經親手給她上藥，為她出頭，替她兜下所有的禍事。

實在是很好很好，很難讓人不喜歡，可是，他們之間的差異太過大。這不是誰的錯，而是時代的天塹。即便他可能沒有通房，即便這回的事情是她誤會了，可是類似的事情只會層出不窮。

也許是對待奴婢的觀念，也許是對待君權的敬畏。於他而言，已經刻在骨子裡，稀鬆平常的事情，放在她的眼前，就是夜不能寐的痛處，想起來都會膈應。

她漸漸意識到，如果要和晏徽雲在一起，她要跨過太多東西了。他們絕不會百分百契合，只要出現一丁點偏差，就需要清殊像今天這樣催眠自己，來委曲求全。她會一點一點地被這個世界改變，變成自己都討厭的樣子；會和深宅大院裡，永遠體面端莊的夫人一樣，做一個標準的封建時代傀儡。

晏徽雲第一次看見清殊這樣的神情，他眉頭微蹙，眼底暗沈。「曲清殊，我希望妳永遠對我坦白。妳不必怕我，小時候是這樣，現在也是。」

聽了他的話，清殊抬頭看他，鼻子有點酸。

少年的輪廓深刻而俊美。當年陰差陽錯地初見，他看似脾氣壞，卻願意為一個剛剛認識的小丫頭擺平麻煩。

這人總是臭著臉，嘴硬心軟。最不耐煩婆婆媽媽的世子爺，會為了安撫她，絞盡腦汁地想出一些扭扭捏捏的話來，最後說得四不像。可她明白他對自己的好。

清殊有時候想，難道自己只是因為他的好而喜歡嗎？

細究下來，不是的。那年他抗旨出京，在戰場出生入死，她幾經輾轉才打聽到隻言片語。固然，她會因為他不告而別賭氣，可是，在聽到他獲勝的捷報時，誰也不知道，她多麼為他驕傲。

這個陪自己長大的少年郎，有自己的青雲之志，他和他的父親一樣，是守衛武朝邊疆的脊梁。

他有那麼多的好只有她知道。所以，在柔腸百轉的這一刻，她的心好像被一隻手揪住。

良久，她輕聲道：「世子殿下，我能不能問你，小時候你對我好是為何？現在對我好又是為何？世上這樣多的女子，你為何偏偏只對我好？」沒有等他回答，她低頭自嘲似的笑，又道：「你對一個人這麼好，有沒有想過……她會喜歡你？」

說完這句話，少女還是沒忍住，紅了眼眶。

她深吸一口氣，勇敢地抬頭看他。「這是我很短時間裡做出的決定，就在方才，我還在想，不如讓我的喜歡隨時間淡去。

「因為，我想了很多很多，譬如，我和你是很不同的人。倘若我和你在一起，會很累，會吵很多架，誰也不服誰。與其變成一對怨偶，還不如不要開始。」她的眼淚滑過臉頰，掉落進水藍色的衣領，哭得無聲無息，她哽咽著說：「抱歉，在還不知道你的回答時，我就擅自揣測了許多未來，這也許是我的特權，誰讓你對我這麼好呢？讓我不亂想都難。」

第六十九章

藍天白雲底下，朱紅的宮牆連綿不斷，一重接一重。

在這個不顯眼的拐角，晏徽雲罕見地僵在原地，像一座石像。只有在她哭的第一時刻，他皺著眉頭，幾乎是下意識伸手，輕輕擦去她的眼淚。

帶著薄繭的手指滑過白嫩的臉頰，清殊輕輕揮開他的手，抽噎道：「不要……打斷我，讓我說完。我原本想灑脫地走，可是我又想，憑什麼呢？我這麼喜歡你。

「可我的傷心難過，你全都不知道。我為了瑣碎的事情輾轉難眠時，你也許還酣然睡著。在我眼裡，喜歡應該是平等的，沒有我自己承受的道理。」她低著頭帶著哭腔控訴，眼淚大顆大顆地掉落。

「所以……這個時候我才想到，如果要妥協，要委屈求全，這個人一定就是我嗎？就因為我是女人而你是男人？就因為你是世子爺而我是四品官的女兒？」她抬頭看他，哭道：「晏徽雲，我告訴你，在我的觀念裡，沒有這樣的道理。

「我今天說出這番話，不是要你給出什麼答案，我只想痛痛快快地告訴你，如果你不喜歡我就罷了，倘若你喜歡我，想和我在一起，那麼你就要知道我是個怪人。」少女的眼睛紅得像兔子，眼尾因為淚水劃過而染上薄紅，她異常堅定地看著他，大聲道：「我喜歡把所謂的下人當作姊姊，我不接受我的夫君將來會有除我以外的任何女子，我討厭女子要戴紗帽，我討厭用人凳下馬車，我討厭跪拜禮，我討厭叩見任何人，我討厭這個讓我姊姊過得很辛苦的世道……」

她一口氣說完那些憋在心裡許久的話。這些話，她甚至沒有和姊姊說過。

在此之前，清殊收斂本性，將自己很好地融入時代，這是生存的要義。但在這一刻，她肆無忌憚地宣洩著來到這個世界以後的壓抑，那是她極力忽略掉的痛苦，最終被一把火點燃，化作餘燼。

「晏徽雲，」她淚眼矇矓，輕聲道：「這就是我的本性。如果你喜歡我，那麼你就要接受我最壞的一面；如果你不能，那就當我在發瘋，從此不必見了。」

少年沈默地聽著，在少女那句「不必見了」才落地的時刻，他甚至還沒來得及消化完她說的話，臉色就一沈。「說什麼呢！」

清殊擦了一把眼淚道：「你不必這麼快回覆我，我要聽的話，不是這麼簡單的，我要你好好想清楚。」

說罷，她推開人就走。

晏徽雲沒有追上去，他看向濕了一塊的袖子，那是被眼淚浸濕的痕跡。

自從清殊那句「喜歡」說出口時，他就陷入了難言的情緒裡。小時候，他只覺得這個小丫頭有趣，比所有人都有趣，他樂意逗她玩。後來，就像濃烈的色彩潑灑在白紙上，清殊的性格太過光彩奪目，不知不覺間，他已經習慣了有她的存在。

晏徽雲獨自走過宮闈，一向冷漠的眼神裡竟夾雜著一絲茫然。

路過的小宮女不斷向他行禮，無數道別有心思的眸光暗暗凝在他身上。他置若罔聞，繃緊了嘴角，面無表情地往前走。

關於喜歡，他實在不大明白。這兩個字，說來肉麻，聽來陌生。

他看向不遠處害羞的小宮女，突然想，這就是喜歡嗎？見到他會害羞，目光閃躲，臉色通紅。可她為什麼會哭呢？

晏徽雲微微蹙眉，被他盯著的小宮女臉色逐漸發白，以為自己做錯了事，直到他大發慈悲移開目光，才慌忙跑遠。

是了，別人都害怕他，唯獨她，一點也不怕，從小到大都一樣。

可是這一次，她是因為自己才哭的。

少女的眼淚好像無窮無盡，擦了還掉，像斷了線的珍珠。

一顆一顆，輕飄飄的，卻砸得人生疼。宮牆外的柳樹茂盛如許，微風吹過朱紅的牆，捎來沁人的花香。晏徽雲迎著微風，閉上眼睛，慢慢回憶那一瞬間，最細微的感覺。

她說，如果你喜歡我……

他不知道喜歡是什麼滋味，好像沒有害羞，也沒有緊張；只有看到她流眼淚時，心臟深處隱秘的抽疼。

他想，也許這是他的喜歡。

自那日一別，清殊沒事般回了令霞宮。

汐薇心細，雖不曾開口問，瞧著她紅腫的眼睛也知道，兩人大概是不歡而散。原以為清殊會萎靡幾日，誰知她第二日便精神奕奕地往馬場去。

用她的話說就是：「去他的情情愛愛！期末考試要緊！」

這話倒不是假的，時間一晃而過就到了六月，即將開始騎射考試。晏樂純可是鼓足了勁想要壓她一頭，清殊這回的目標不僅僅是得過且過，她苦練數月，人都熬瘦了幾斤，就是為了贏得漂亮！

「姑娘已經能出師了。」牛二郎感嘆道。

再次欣賞了一回漂亮的勒馬掉頭，少女與疾馳的駿馬渾然合為一體，端的是英姿颯爽。

高頭大馬上，清殊神采奕奕，拱手道：「還得多謝牛師傅指教！」

牛二郎頓時紅了臉。「是姑娘有悟性，又勤奮。」

少女逆著光，笑意盈盈，那種絲毫不謙虛的狀態感染著周邊所有姑娘。小丫頭們圍著她嘰嘰喳喳，問東問西，她在中央侃侃而談，整個人都煥發著勃勃生機，叫人移不開眼。

牛二郎偷偷看她，目光觸及她的笑臉，卻像被燙傷似的慌忙移開眼。他又一次認識到，曲姑娘太過特別，誰會不喜歡她呢？他做賊似的悄悄抬眸，還想再看一眼，視線卻被人擋住了。

他悚然一驚，只見晏徽霖一行人不知是什麼時候來的，此刻他像是沒有注意到牛二郎這個無名小卒，目光凝在人群中央那少女的身上，緩緩抬步上前。

眾人發覺他的到來，紛紛行禮。

等清殊看到他時，他的目光已經挪開，因此她沒有發覺他眼底的興致。

她收斂著笑意，不著痕跡地往人群裡避，跟著大家一同行禮，誰知晏徽霖卻偏偏點出她道：「方才曲姑娘的風采，實在令我折服，只是妳的馬資質平平，沒得拖累妳，不如我送妳一匹寶駒，錦上添花如何？」

清殊一愣，旋即迅速回道：「多謝殿下好意，只是區區考試，不必費心換馬。」

吃人嘴軟，拿人手短，誰知他葫蘆裡賣的什麼藥。

話音剛落，晏徽霖尚未開口，只見晏樂純盛氣凌人地出現，睨著她道：「妳的意思是，區區考試，妳不放在眼裡是吧？言外之意，本郡主妳也不放在眼裡嘍？」

清殊暗暗翻了個白眼，直接道：「我沒這麼說，郡主不必多心。」

晏樂純冷哼一聲，擺明找碴。「妳才練了多久，被幾個門外漢吹捧得找不著北了吧？」

清殊挑了挑眉，似笑非笑道：「郡主，容我提醒，不才在下也受了皇孫殿下的誇獎。自然，我沒有說我多了不起，妳非要這麼解讀我也攔不住，只是妳把讚賞我的都打為門外漢，就有失偏頗了。莫非在妳心裡，妳兄長也是門外漢？」

「妳！」晏樂純瞠目結舌。

眾人暗暗發笑，難得看見跋扈郡主吃了明面上的虧。

「賤人就會耍嘴皮子。」晏樂純是個一點就著的炮仗，她臉色氣得脹紅，衝上前就想搧人，被晏徽霖一把攔住。

「樂純！我說過多少次，收起妳的脾氣。」晏徽霖不悅道。

晏樂純不甘地回視，狠狠甩開他的手。「少擺架子教訓我，上回不幫我，這回也不幫我，你以為我不知道你的心思呢？」

她口不擇言，不顧兄長難看的臉色，掃視一圈，最終停在從始至終默不作聲的項連青身上。她帶著幾分看笑話的意思，冷笑道：「妳自求多福吧。」

項連青眼底閃過一絲厭惡，嘴角抿得死緊。

「還有妳，曲清殊。」晏樂純指著人群中的少女。「妳自以為穩操勝券，我倒要看看妳有幾分本事，到時候，當了我的手下敗將可別哭。」

說罷，她氣勢洶洶地離開，餘留晏徽霖整了整難看的神情，勾著笑道：「她就是這個脾氣，好勝心強，妳莫要往心裡去。」

清殊面無表情地瞥了他一眼，略略錯身，避開他伸來的手，冷淡道：「殿下自重。」

目送她離開的背影，晏徽霖挑了挑眉，他非但沒有著惱，眼底還帶著興味，直到餘光瞥到項連青，他的笑意才收斂。

此時眾人皆退，只餘他們二人。

項連青緩緩上前，直視著他道：「上回規勸殿下的話，又被當作耳旁風了？」

聽見這聲質問，晏徽霖懶懶抬眸，偽裝良好的體面終於卸下，露出原本混不吝的本色。

「我曉得妳要說什麼，晏徽雲那廝遠赴雁門關，一時半刻回不來。我逗他家的小丫頭玩一玩，怎麼了？青兒吃醋了？」

項連青暗暗翻了白眼，忍著他的油腔滑調，冷笑道：「你最好只是一時興起，她可不似尋常姑娘，帶著刺呢，殿下當心扎手。」

晏徽霖摸了摸唇角，眸光微動。「是嗎？帶刺的花。」

他輕笑一聲，不再言語。

果然，晏樂純的挑釁是有備而來。

原本的騎射考試只在平常練習的馬場裡進行，參與的人也只有眾師生，了不起再有幾個宮人來旁觀。

這一回卻十分盛大，由皇后牽頭，遍邀眾府夫人、侍讀家屬，以及盛府學堂學子，生生把普通的考試辦成了一次騎射盛會。

六月初六當天，眾人雖有心理準備，卻仍被這場面震驚。

崇明帝久病初癒，突發雅興，也要來湊一湊熱鬧。聖人一來，隨行的臣子、侍從、侍衛又多加了一倍。原來的宮內馬場已經容納不下這麼多人，於是乾脆挪到宮外秋獵的御園。

這可是正兒八經的跑馬場，占地廣闊，一應騎射所須器具齊備，皇帝不出遊時，有專人負責看守。

眾女子哪裡見過這樣的場面，何念慈下了馬車後腿就哆嗦，悄悄湊在清姝耳邊道：「姊姊，怎麼聖人也來看啊？咱們這三腳貓功夫，哪裡能和真正的騎兵比？這豈不是明擺著來丟人。」

清姝挑眉。「妳是三腳貓，別捎上我。」

何念慈吐了吐舌頭。

一旁的項連青冷不防道：「妳以為是看咱們？別忘了，參與比試的還有隔壁的男子，重頭戲在他們身上，咱們只是順帶的。」
清殊睨了她一眼。「又不是沒見過他們的功夫，也就那麼回事，別說得好像咱們女子天生差他們一截似的。」
項連青冷笑道：「是嗎？妳志氣不小，不過我奉勸妳，在這種場合鋒芒畢露不是好事。」
她的話意有所指，語氣裡的嘲弄不加掩飾，明晃晃在說清殊別有用心。
清殊聽了不爽，也不慣著她，直接道：「項連青，妳怎麼還是這德行，有話就直說，別陰陽怪氣地膈應人。既然在意就拴好了，別放出來亂咬人。妳當寶貝的人，別人可未必放在眼裡。」
項連青心頭火氣上湧。「曲清殊妳別犯病，我說一句，妳就要頂十句！」
清殊翻了白眼，自顧自地纏著護腕，不理她。她天生反骨，所有人都想看她失敗，要她收斂鋒芒，她偏不！今天，她一定要贏！
此時，圍場中陸陸續續坐滿了人。帝后二人高坐首席，其周邊圍坐著貴妃、親王、王妃等人。以此往下，各朝臣、命婦分左右兩邊而坐，按照品階次序一路往後。
參賽的眾人另設了一處落腳地，清殊手搭涼棚，目光在人群裡尋找，先是高臺處，她看見淮安王妃和樂綾郡主，卻沒有看見那個熟悉的人影。

某一瞬間，她心裡有點失落，轉而又笑話自己異想天開，人家身在北地，難道能插翅回來見證她在賽場上的風采嗎？目光又往下挪，她看到了晏徽容和盛堯，還有女學眾人，許馥春、裴萱卓、孟雅君……

再往下找，就有些心急，直到視線鎖定了人群裡姝麗的身影，她大喜，拚命揮手。「姊姊！」

這回有皇后恩准，侍讀親屬們都能到場。隔著重重人群，清懿似有所感，又像是早就注意到了妹妹，一向端莊的她，難得站起身，也向她揮手。「回去吧，別在外頭曬。」

清殊根本聽不清姊姊在說什麼，只曉得哈哈笑，然後進了帳篷。

遠處的清懿緩緩收回視線，唇邊仍然帶著笑意。

「原先不覺得，如今倒品出了幾分意思。咱們家四姐兒真是……與從前大不相同了。」彩袖感嘆道。

清懿笑道：「又豈止是妳這樣想？我方才瞧她穿著騎裝的模樣，也不敢認了。」

小小的孩童，突然就長成了一個英姿颯爽的美人。

不多時，隨著冗長的號角聲齊響，男子們的賽事拉開序幕。參賽者除了晏徽霖等貴胄和幾位侍讀外，還有一眾世家子，他們個個都摩拳擦掌，想在眾人面前露臉。

男子賽事分為騎術與射術兩樣，但並不是分開比試，而是合二為一，在保持速度的同時，還需要保證射箭的準度。因此，比之女子的騎射要更加難上一個程度。

當鑼鼓聲敲響，排成一列的馬匹猶如離弦之箭，你爭我搶地出發。場中馬蹄翻飛，捲起滾滾煙塵。樂師奏起鏗鏘的曲調，與如火如荼的賽事互相映襯，吸引眾人的心神。

晏徽容不知何時摸了過來，猛地一拍清殊的肩膀。「嘿！這麼入迷做啥？妳們女子又不必騎射合一。」

「你欠揍！」清殊被他唬得一哆嗦，憤怒回視。「我觀摩一二不行嗎？你過來幹麼？這裡擠，不歡迎你。」

晏徽容哈哈笑道：「妳觀摩他們，還不如觀摩我呢。也就是哥幾個金盆洗手了，不然我們若上場，哪裡還有這幾個繡花枕頭的事。」

清殊如今也算半個內行人，瞧著場上的局勢，心裡明白他說的是實話，只是嘴上並不饒人，嗆道：「吹吧你。」

「行，我不著調就算了，我雲哥那可是騎射場上貨真價實的無冕之王，妳……」

晏徽容話還沒說完，就被清殊打斷。「閉嘴，再說我揍你。」

她揮了揮馬鞭，投以威脅的目光。

「好好好，我住嘴。」晏徽容從善如流地認慫，完了繼續犯賤。「唉，我本來還要和妳說個什麼事的，妳這個態度，我就不說了。」

清姝眼露凶光，鞭子甩得虎虎生風。
兩個人吵鬧間，盛堯和女學眾人也湊了過來。
「姝兒！」
「姝兒姊姊！」
一時間，呼喚聲此起彼伏。

第七十章

清殊換了副笑臉道：「妳們不好生坐著，來這裡做啥？」

「想妳唄。」盛堯挑眉。

「對啊，妳一走，我們學堂都沒意思了。」許馥春等人嘰嘰喳喳。

清殊挨個兒抱了抱姑娘們，像個花心的浪子甜言蜜語。「唉，我也想妳們，來，抱一個。」

盛堯笑著推她。「走開，肉麻。」

眾女笑鬧著，突然聽見一道清脆的女聲。「清殊。」

抬頭一看，竟然是裴萱卓。

「裴姊姊！」清殊驚訝道：「妳怎麼也來了？」

裴萱卓似一朵秀氣的玉蘭花，立在煙塵滾滾的圍場裡，顯得格格不入，她眨了眨眼。

「大概也是想妳了？」

斯文人突然開玩笑，眾人都愣住，片刻後才反應過來，哈哈大笑。

清殊笑彎了眼，連聲道：「折煞我了，折煞我了。」

這當口，突然有人乾咳兩聲，引人注目。

清殊回頭，只見方才還嘴賤兮兮的晏徽容突然摺扇輕搖，一副玉樹臨風的模樣。

還別說，晏徽容皮囊不錯，正經起來倒有幾分迷倒少女的架勢。他裝作不經意回頭，露出一個溫文爾雅的笑容道：「打擾諸位了，不必在意我，妳們聊妳們的。」

清殊和盛堯對視一眼。這傢伙吃錯藥了？

許馥春翻了個白眼，暗示性地朝裴萱卓努了努嘴。世子爺孔雀開屏。

清殊瞪大眼睛。幾日不見，竟然有這樣的驚天八卦！

盛堯無辜撓頭。我怎麼不知道？

許馥春斜眼看她。就妳那個實心眼，能看出個鳥？

三人組默契地交換眼神完畢，場內的賽事也告一段落。最終獲得魁首的是晏徽霖，究竟是真材實料還是人情世故，就只有當事人才曉得了。

不多時，有小太監來報，女子的騎射比賽即將開始。

「殊兒，是妳上回教我們說的，要加油啊！」盛堯喝道。

清殊一邊紮好馬尾，一邊笑道：「我那胡說的，馬又不喝油，加什麼油？」

眾女不管那麼多，齊聲喝道：「殊兒加油！」

「知道了！我會加油的！」清殊翻身上馬，突然送上一個飛吻。「愛妳們！」

這邊動靜不小，引得另一邊的晏樂純投來冷然的目光。「虛張聲勢！」她故意大聲道。

清姝翻了白眼，不理她，徑直驅馬上前，停在賽道前。

按照慣例，女子騎射一貫分為兩場，賽馬一場，射箭一場。

第一場就是賽馬，只考驗速度。

何念慈就在清姝旁邊的賽道，她心跳如擂。「姊姊，我好緊張啊。」

「不怕，妳練了那麼久，就為今日。」清姝檢查著馬鞍和護腕等物品，一如每一次的訓練般嫻熟。「此刻，也只是妳另一場訓練罷了。」

不知為何，瞧著她氣定神閒的模樣，何念慈的心就平靜下來。

眾人跟隨著監察官的指令，依次排開，擺出即將開賽的姿勢。晏樂純占據了地勢最佳的裡圈，清姝卻被安排在最外圈的角落，何念慈旁邊的姑娘已經紅了眼眶，她自知在水準無法超群的條件下，這個位置就意味著輸定了。

尚未開賽，就有人唱衰。清姝卻絲毫沒有被影響，她冷靜地等待著指令，鎮定從容。

輸定了嗎？她為之付出的日日夜夜，咬著牙承受的傷痛折磨，可不是為了一句輸定了。

只要乾坤未定，她不會放棄任何能贏的希望。

在精神高度集中時，連耳邊的風聲彷彿都凝固了。

她能聽見自己的心跳——怦、怦、怦。風聲、樂聲、號角聲。

一分一秒，她的呼吸幾乎靜止。凝神屏息間，直到烙印在無數遍練習中的鑼鼓聲響起，她倏然抬眸，眼底一片清明。

眾人的目光聚焦處，只見一匹棗紅色駿馬越眾而出，猶如離弦之箭般撒開四蹄，掀起滾滾煙塵。

煙塵之中，少女俯身貼著馬背，目光銳利，直視前方。她沒有梳髮髻，滿頭青絲用髮帶束成馬尾，將一張精緻的臉展露無遺。

「駕！」

她左手纏繞了幾圈轡繩，穩固住自己的身子，然後猛地一揚馬鞭，以一個刁鑽的角度從外圈超越前方的馬。

一個！兩個！三個！四個！少女勢如破竹，如一道鋒利的劍斬斷前方的堵截，突出重圍。現在，她的眼前只剩一個對手。

晏樂純咬緊牙關，頭也不回地往前衝。她的騎術並不差，原以為對付那個半路出家的丫頭不過小菜一碟，沒想到對方竟然這麼厲害，沒等她拉開差距，人就已經追了上來。

眼看著棗紅色駿馬出現在餘光裡，晏樂純心下一緊，順手揮出馬鞭，落點卻不是馬背，而是後面的人。

說時遲、那時快，當鞭子破空而來，清殊幾乎第一時間仰倒，迅速躲過這道攻勢。賽馬時是允許武鬥的，只是在女子中較為少見。一時間，眾人的胃口都被兩個小女子吊起，原以為平平無奇的比試，竟有了幾分看頭。

清殊只停滯了一瞬間，旋即很快追趕上前，兩人仍舊保持著一個身形的差距。

晏樂純一擊不成，又反手一鞭，一樣帶著狠辣的力道。

鞭子沒有如期落地，還在空中時，另一條鞭子迎頭揮來，帶著十足的力道回擊，然後纏繞住，看不清是如何動作，等待晏樂純回神時，手裡的鞭子已經到了清殊的手裡。

晏樂純回頭，狠瞪一眼。清殊回以一個冷然的笑，眼底是無情的嘲諷。

此時，距離終點銅鑼只有數百公尺之距離，晏樂純心急如焚，眼一閉，下定決心，突然撐著馬背，飛踢出一記掃堂腿。如果要避開這一腳，勢必要避到旁邊，可是終點就在眼前，分秒必爭，避到旁邊就意味著放棄贏的希望。

短短一瞬間，眾人的心都提了起來——

角落裡，牛二郎面色如常，竟然比往常的任何一次訓練都要冷靜。

圍場裡，清懿眸光冷靜，目光追隨著清殊的身影，輕聲道：「椒椒會贏。」

帳篷邊，盛堯等人手指緊握成拳，目光如炬。她們視線的彙聚處，少女單手握緊韁繩，誰也沒有看到，她唇邊一閃而過的狡黠笑容，像一隻勝券在握的小狐狸，突然亮出鋒利的爪牙。

「晏樂純！」呼呼風聲裡，她突然喝道。

飛出的一腳沒有踢到人，晏樂純疑惑回頭，就在這一瞬間，一道鞭影劈頭蓋臉襲來，她心膽俱裂，下意識躲閃。「啊！」

長鞭沒有落在她的臉上，而是轉了方向，索利地纏住她的腰。

「妳用鞭子甩我的時候，有沒有想過，自己會遭報應？」清殊冷笑，旋即猛地一拽，將對方扯下馬背。「看好了，這招叫做，以其人之道，還治其人之身！」

天旋地轉間，晏樂純被甩下馬背，一片混亂間，只聽到少女在風裡的冷喝聲。

幾乎是同一時刻，羞惱、憤怒、幾欲殺人的恨意席捲心頭！晏樂純灰頭土臉地爬起身，呸呸吐出嘴裡的土，大聲喝道：「曲清殊！妳好大的膽子！」

「妳是第一次知道嗎？」

少女嗤笑一聲，揚長而去。她馳騁著駿馬衝向終點，隨著銅鑼一聲響，人群裡爆發出陣陣喝采。

「好！好！」

「殊兒妳真棒！」還有熟悉的姑娘們激動的叫聲。

少女興之所至，駕著駿馬繞著終點高臺跑了一圈，又朝姑娘們的方向送上一個飛吻，引來陣陣歡呼。旋即她又調轉馬頭，看向姊姊，比了一個大大的愛心。

清懿搖頭失笑。而清殊沈浸在勝利的喜悅裡，沒有意識到此刻的她是多麼耀眼奪目，像一朵盛開在懸崖上的野百合，突然綻放在宮闈裡，恣意生長。

「殊兒，真有妳的！太厲害了！」

等到清殊下場，眾女像是簇擁著得勝而歸的將軍，高高興興地把她圍在中間嘰嘰喳喳。

清殊笑著擺擺手。「別說得太早，還有一場射術呢。」

晏徽容輕搖摺扇，笑道：「喲，還謙遜上了。」

清殊睨他一眼，抬手就要給他肘擊，後者趕忙攔住，殺雞抹脖似的使眼色，小聲道：「哎，裴姑娘在呢，給我幾分薄面。」

無語過後，清殊有些匪夷所思，低聲道：「裴姊姊大你幾歲呢，怎麼瞧得上你？」

晏徽容臉色一變，肅然道：「是我不夠英武嗎？是我不夠俊朗嗎？大幾歲怎麼了，我又不是那等膚淺的人。」

清殊暗暗瞥了一眼裴萱卓，欲言又止。「說實話，人家一個不食人間煙火的仙女，應該對你沒意思。」

晏徽容面色陰沈。「胡說！」

清殊從善如流。「好好好，祝你成功。」

兩人吵嘴時，第二場賽事即將開始，方才報信的小太監又來報信，只是這回他的神色有幾分不對勁。

「姑娘，上頭傳下旨意，第二場比試要換成……騎射。」

此話一出，眾人譁然，尤其是侍讀們，猶如平地驚雷，炸響在耳畔。她們可半點都沒練過移動射靶，突然要換項目，真是措手不及，明擺著認輸的局。

何念慈悄聲問：「姊姊，這是衝妳來的？」

清殊挑眉。「自然是那位郡主的手筆。」她微勾唇角。「不過呢，我早有準備。」她當然猜得到晏樂純沒這麼容易放過她，果然多學點還是有用處的。

就在這當口，那小太監又來傳話。「姑娘，上頭又添一道指令，須雙人騎射，同伴只能為女子。」

這已經不是針對，這幾乎是明晃晃地告訴清殊，妳必敗無疑。

盛堯第一個忍不住，怒道：「我和妳去，在場除我以外還有誰學過騎射？我再生疏，底子也還在。」

清殊的想法也是如此，正要應下，那小太監又苦著臉道：「姑娘，只能在宮裡選。」

「她怎麼不說她要直接當魁首呢？」盛堯翻白眼。

清殊也要被氣笑了，無語搖頭。「罷了，還是念慈與我一起。還沒開始比，誰輸誰贏都說不準。」

她話說得輕鬆，可眾人都聽得出來這是在寬人心。何念慈幾乎是個新手，不但不能當作助力，反而會扯後腿。

「晏樂純定下的規矩倒也刁鑽，她自己當然能在宮裡找到好手幫她。如果我沒猜錯，她自己的騎射也不精，怕贏不過妳，所以才找外援。可她又怕妳的外援強過她的，所以才限定只能在宮裡挑選。」晏徽容冷笑道：「雙人騎射不僅需要速度和準度，還要配合默契，這就意味著兩個人不能差距太大，否則另一方再強也難獲勝。」

清殊嗤笑。「難為她這麼對付我。」

臨到上場，只見晏樂純身邊站著一個身材高大的武婢，那是內廷專門養的女侍衛，這會兒被她挑來作弊，用清殊的話說就是降維打擊。

她瞧著清殊身邊只有一個何念慈，不由得笑道：「妳挑她，還不如挑項連青呢，好歹輸得不會太難看。這樣，妳現在求我，我一會兒就少羞辱妳片刻，如何？」

清殊懶得和她耍嘴皮子，自顧自地緊了緊護腕，翻身上馬。她招了招手，示意何念慈上馬，誰知小姑娘腿肚子哆嗦，臉色發白道：「姊姊，我心慌得厲害，我不去了。」

清殊眸光微凝。「哪裡不舒服？」

「這還用說，就是臨陣脫逃唄。」晏樂純笑道：「曲清殊，不如妳也逃吧，只要像哈巴狗似的朝我搖兩下尾巴，我就准許妳現在下場，反正妳找不到同伴了。」

她是打定主意讓清姝找不到第二個同伴。

清姝環視一周，被她看到的女子紛紛後退。人群裡，項連青眸光微動，卻被晏徽霖拉住。「我就想看她被逼到絕路，會怎麼做。是真的服軟呢，還是硬扛到底。」

項連青側目，冷道：「殿下口味還真是特別。」變態。

晏徽霖混不吝地一笑。「過獎。」

此刻眾人的想法都與晏樂純差不多，曲家女注定找不到另一個同伴，即便找到，也不可能贏過那個武婢。

在無數道或擔憂、或同情、或嘲弄的目光下，清姝緩緩勾唇，輕笑道：「沒有同伴又如何，那我一個人去。」

晏樂純挑眉，旋即笑道：「好啊，那妳輸定了。」

她已經迫不及待地想要看見這個女人落敗的模樣。就在她志得意滿之時，不遠處傳來一道慵懶的女聲。

「小丫頭，不知道我是否有幸做妳的搭檔啊？」

眾人愕然回頭，只見一個宮裝女子邊卸釵環，邊紮緊護腕，又順手將髮髻拆散紮成馬尾。「啊，早知道有這一齣，就不穿勞什子的禮服了。」

鴉雀無聲裡，有人認出來，那是淮安王府赫赫有名的郡主，晏樂綾。

有聰明人意識到，局勢似乎、好像、可能發生了微妙的變化……

在看到晏樂綾的一瞬間，晏樂純的臉色難看到極點，她的嘴張開又閉上，到底是不敢口出狂言。只狠狠瞪了一眼曲清殊，然後看向武婢。「愣著做啥？過來！」

高大的武婢沈默寡言，像一座灰撲撲的雕像，她似乎愣了一瞬。而就是停頓的一瞬間，晏樂純不耐煩地甩了她一鞭子。「怎麼？看到舊主走不動路了？想清楚，妳現在是誰的狗！」

武婢生受一鞭，像感受不到疼痛，麻木的神情一如往常。

晏樂純不解氣，又甩來一鞭，可第二鞭，卻被一支小小的髮簪凌空斬斷！

「誰?!」她怒目而視。

「我。」晏樂綾坐在馬上，面無表情地看著晏樂純。「再有下次，我就折了妳的手腕，不信就試試。」

晏樂純像是想起了曾經被她壓制的恐懼，縱然氣得發抖也不敢再有動作。無論她如今多麼跋扈，她永遠也不會忘記，被晏樂綾奪走光芒的那些年。活在這位元皇姊的陰影下，真夠難熬。

晏樂純心中怨氣翻騰，她餘光瞥見武婢，心裡的戾氣突兀地冒頭，只聽她冷笑一聲，恨恨地盯著晏樂綾道：「皇姊別搞錯了，醜奴現在是我的人，要打要罵也是我作主，與妳何干？」

晏樂綾眼底眸光漸冷，倏然之間，她一把箝制住晏樂純的下巴，直直將人扯了過來。

「妳做啥？皇祖母都看著呢，妳想對我動手？」晏樂純不斷掙扎，下頷都被捏紅，被迫仰著頭，屈辱地望向晏樂綾。

「我只要用三分力就能捏碎妳的下頷骨，不想像條狗似的流口水，妳最好管住嘴。」她淡淡道：「聽好了，她叫索布德，不叫醜奴。再讓我聽見一回，妳等著。」

晏樂純被狠狠一甩，踉蹌地往後倒，她回頭狠瞪武婢。「索布德？呵，韃靼賤奴也配有名字？」

話音剛落，武婢被猛地推開，猝不及防間，她被一隻手扶住。回頭時，先映入眼簾的是一襲緋紅宮裝的衣襬，上面繡著繁複的雲紋，透著無上尊貴。

「索布德，起來。」

索布德，這個名字離她好遙遠，遠得像上輩子的記憶。

在宮裡的年年歲歲，她聽得最多的是醜奴二字。她緩緩抬頭，自額角到臉頰中央那條長而觸目的傷疤，赫然顯露在陽光下。那是戰爭留下的痕跡，也是她成為奴隸最初的源頭。

「郡主、殿下。」她動了動乾裂的唇角，發出不標準的音節。

也許是陽光太耀眼，她不敢直視豔陽，行了一禮，便轉身離去。

晏樂綾半晌才收回目光，重新上馬。「走吧，小丫頭。」

旁觀許久的清殊趕緊跟上，兩人一前一後趕到起點，趁著空檔，她忍不住問道：「樂綾姊姊不僅是為了我才參賽，對嗎？」

即將開賽的樂聲響起，號角聲響徹圍場。

「妳很機靈。」嘈雜聲裡，晏樂綾輕笑。「我從前救了一個人，卻沒有救到底，反而讓她陷入了更難的困境，這一次，我想徹底助她脫離苦海。」

「索布德？」

「是。」她點頭，目光悠遠，像是回想起某段記憶。「是索布德，也是明珠。」

韃靼語，索布德，譯為明珠。

第七十一章

沈悶的鼓聲傳來，監察官已就位。

清殊集中注意力，俯身貼合馬背，全神貫注。

與之相反的是晏樂綾，她瞧著清殊這麼認真的模樣，勾唇笑道：「小丫頭，放鬆。」

鼓聲雷動，樂聲鏗鏘。一切都透著緊張的氛圍。

清殊反覆深呼吸。「方才的淡定都是裝的，其實我手心都冒汗了。要是妳都出馬幫我，我還是輸了，豈不丟人？」

「妳倒坦率。」晏樂綾笑出聲，她嫻熟地勒緊韁繩，在鑼鼓聲落地的那一刻，目光頓時銳利。

清殊條件反射地驅馬往前直衝，兩匹馬恰到好處地齊頭並進。

「聽好了！從現在起，忘記所有技巧！」

呼呼作響的風聲裡，清殊聽見晏樂綾的聲音。

「那我要怎麼和妳配合？」清殊大聲喊道。

晏樂綾緋紅的宮裙飛揚，像一道銳利的箭羽劃破賽場。

她似乎已經和座下的馬兒合而為一，穿過前方重重障礙時，她的每一次勒馬，每一次調整方向，都像早已演練過無數次。

如果說清姝的騎術尚且帶著幾分稚氣，那麼晏樂綾已然臻至化境，闖入人群時如入無人之地。呼嘯而過的風裹挾著她的話語，傳至清姝耳畔——「草原的蒼鷹不會回頭，妳射出去的每一箭，都不須猶豫。」

清姝吃力地奮起直追，卻在這句話落地後，迅速被甩在身後。「哎！真的不用配合嗎？」

風裡傳來她的大笑聲。「不用！只管隨心所欲，縱馬馳騁！」說罷，她座下的馬兒速度提升到極致，在一個轉彎時，飛快超越了晏樂純。

晏樂純目眥盡裂，喝道：「快追啊！」

靶子面向半場中央，誰先經過就意味著誰可以搶占先機，射出第一箭。

幾乎是同一時間，另一匹駿馬迎頭趕上，晏樂綾轉頭，嫣然一笑。「索布德，再次竭盡全力，和我比試一場！」

呼嘯的風吹開索布德額前的碎髮，她的眼底綻放出別樣的光彩。

「遵、命，殿下。」她一字一頓，聲音卻毅然而堅韌。

來自草原的蒼鷹短暫地獲得自由，她不再壓抑四肢百骸裡蘊藏的能量，猶如離弦之箭射向靶心。

晏樂綾一騎當先，駿馬掠過武器架，順手撈起長弓——彎弓、搭箭、瞄準、鬆手，一氣呵成，箭矢疾馳，破開長空，正中靶心。同一時間，另一枝箭矢再次搭上弓弦，重複射出，快如閃電，令人目不暇接。而她做完這一切，仍然穩坐馬背，遙遙領先。

眾人都為她精湛的騎射之術而折服，無數雙眼睛裡透著讚嘆與欣賞。

「不愧是我大武朝最出眾的郡主殿下！」誇讚聲此起彼伏，觀眾群不時爆發陣陣喝采。

晏樂純遠遠落在後面，急道：「醜……索布德，妳快上啊！」

回歸天空的蒼鷹目光銳利，絲毫不理會後面的叫嚷聲。她緊盯著前方的緋紅身影，像是未雨綢繆的獵手，等候對方露出破綻，然後伺機反撲。

終於，在急轉彎時，資質平平的馬初露疲態，雖然很快就被主人調整回來，但還是被嗜血的獵人盯住。

眾人幾乎沒有看清始末，只隱約瞧見那不起眼的灰色身影，飛身而上，急速掠過武器架，下一刻，三枝箭矢齊齊射出，沒等到達終點，又有三枝箭矢飛速掠過。短短一瞬間，她竟射出六枝箭矢，更駭人的是，全部正中靶心。

她或許是極度自信，幾乎不曾回頭看箭靶，目光始終落在前方，在晏樂綾的箭矢射出的同時，她再次追趕。場中央，一個是烈焰般的紅，一個陰沈沈的灰；兩種顏色妳追我趕，互相交錯，奪走眾人的心神。

在她們纏鬥時，清殊始終保持著警醒，她精確計算出彼此的差距，現在是索布德領先。晏樂綾在勢均力敵的情況下，沒有餘力在數量上追趕，如果要彌補差距，只能是清殊來。

好在她練過移動靶，不至於一竅不通，甚至還能保持一定的準度。思及此，清殊毫不猶豫地彎弓搭箭，連射三箭。她沒有時間看結果，又飛速射出三次，直到令官報出正中靶心三枝，她才安下心來，繼續縱馬追趕。

「小丫頭，做得不錯！」晏樂綾在纏鬥中，竟然還有心情笑。

清殊到底比不上她，追趕得吃力，連呼帶喘。「那……那是！」

「哈，還有力氣答話，說明妳不累。」晏樂綾眸光一閃，突然加速。「快來！追上我！帶妳去前面玩！」

清殊來不及呼吸，下意識策馬緊追，馬兒簡直跑出了風一般的速度。在晏樂綾的引導下，這不像比賽，反倒像遊戲，清殊突然領悟了她說的話——隨心所欲，縱馬馳騁。

很快，前方的監察官擺出最後一圈的權杖。

決勝之機，就在此刻！

灰羽蒼鷹緊追攀咬，在晏樂綾即將射出箭矢時，攔腰截斷。

她積蓄的力量只為了這一刻的爆發，又是三枝齊射，正中靶心。與此同時，她飛身迴旋，逼退晏樂綾的攻勢，強行拉開了一個身位。

「這才是妳嘛，索布德！」晏樂綾臉上的悠閒終於消失，她迅速回擊，躲開迴旋一腳。「草原第一女戰士，就該如此。」

二人的纏鬥看起來膽戰心驚，高速疾馳的兩匹馬離得極近，每一次過招都凶險萬分，只要露出一點破綻，落下馬背，就是非死即傷的結果。

晏樂純終於追趕上清殊，冷笑道：「瞧好了吧，馬上功夫，沒人是那韃靼人的對手，即便是晏樂綾。」

清殊冷冷回視，勾唇道：「是嗎？」

說罷，她頭也不回地追趕上前。

後面傳來晏樂純的嘲笑。「妳儘管去，去了就是送命！」

索布德已經領先兩靶，時間所剩無幾，晏樂綾根本不可能脫身，所以她才如此得意。所有人都不敢加入戰局，哪怕只是從她們身邊走過。她們的過招太凶險，已經超出了她們的認知範圍，幾乎可以算是專業戰場上的搏殺。

晏樂綾已經好幾次快要掉下馬背，險之又險才回穩身形，索布德也差點被凌厲的馬鞭掃中，留下致命的傷。

緋紅的宮裝在側身躲開掌風時，被撕裂一角，就是這麼細微的一根飄帶，在風中飄舞時被索布德盯住。下一刻，她欺身而上，狠辣的拳風襲來，可電光石火間，一枝羽箭破空而出，直擊索布德。

她敏銳回頭，徒手抓住箭矢，低頭一看才發現箭矢被拔了箭頭。幾乎同一時間，她心一沈。糟糕，上當了！

果然，白衣少女飛馳而來，大喝道：「樂綾姊！接著！」

掉落的長弓回到晏樂綾的手裡，她毫不猶豫射出兩箭，追平比分。

後續趕來的晏樂純氣急敗壞。「沒用的廢物，繼續射啊！」

索布德放棄纏鬥，再次拎起弓箭，可是視線卻被突兀地擋住。

「小丫頭，她交給我了，妳自己的事，就自己看著辦！」晏樂綾突然騰空而起，橫擋在索布德面前，一副要和她纏鬥到底的架勢。

她紅衣飛揚，青絲獵獵，以極其驚險的姿勢半蹲在馬背上。不知是索布德的掌風太強，還是上天突然眷顧此刻的賽場，她的髮帶突然斷裂，滿頭青絲披散，隨風飛舞，那是野性與英勇集於一身的美，驚心動魄。

眾人譁然，目不轉睛地盯著這一幕。不僅是場上的觀眾，甚至連清殊都看呆了。她第一次知道，原來騎射技藝精湛至此，是這樣令人嚮往。

不知從哪裡生出一股熱血，清殊的靈魂似乎也被帶動著燃燒，在晏樂綾為她爭取的時間裡，她屏氣凝神，搭弓、拉弦——

就在這時，晏樂純突然撞向一位選手，將她推向清殊，清殊猛然收手，差點被回彈的弓弦弄出內傷。

此時，晏樂綾與索布德難分伯仲，在草原蒼鷹的攻勢下，晏樂綾甚至有了頹勢。照這樣下去，在中靶平局的基礎上，晏樂綾如果不拿第一，那麼她們就會輸。

時間一分一秒的過去，清殊的額角冷汗密布，眼神卻逐漸鋒利。

晏樂綾已經用盡全力拖住索布德了，剩下的，只能靠她。短短的一瞬間，彷彿被無限拉長。慷慨激昂的樂聲、呼嘯的風聲、馬蹄踩踏聲，在這一刻統統變得寂靜。

圍場裡，有人意興闌珊，似乎已經預料到結局。就是此刻，白衣少女凌空一躍，單手撐著馬背，如掌上飛燕般直起身，抬高視野，拉開弓箭——

觀眾席裡，清懿的心幾乎落了半拍。「椒椒！」

同一時刻，晏徽容大驚。「這丫頭不要命了！」

她幾乎是全無防備地半站在馬背上，只靠著纏繞在身上的繩索固定身形。雖然馬匹速度減慢，但還是叫人心驚肉跳。

場中央的少女重現了精彩一幕，潔白的花再次盛開，奪走所有人的心神。

此時，利箭彷彿裹挾著少女昂揚的鬥志，越過阻擋她的人頭，直直射進靶心。

「噹！」銅鑼聲響，大局已定。

官道上，一隊騎兵疾馳而過，途經之處煙塵滾滾。

城門樓裡正在打瞌睡的士兵被動靜驚醒，尚未認清來者何人，便聽有人疾聲大呼道：「鎮北軍，雁門鐵騎。速開城門！」

雁門鐵騎?!

如平地驚雷炸響耳畔，士兵霎時清醒，連跌帶爬地舉起千里鏡，瞇著一隻眼瞧。

鏡中視野在晃動後終於聚焦在領頭之人的臉上——少年將軍單手抱著頭盔，一身銀白鎧甲在日光下折射出耀眼的光芒。他五官俊美得邪氣，眼底的冰冷和不耐煩似乎透過鏡頭穿到這邊，叫士兵不禁打了個哆嗦。

還真是雁門騎?!這位冷面閻羅可不就是雁門騎的頭頭，那位赫赫有名的淮安王世子嗎？數月前他們才奉旨出京，怎的就回來了？還這麼突然，沒聽到信兒啊……士兵撓撓頭，弄不清這是鬧哪一齣。

沒等他再猶豫，先前叫門的令官又喝道：「通關文書在此！速速開城門，殿下有要緊事，你耽擱得起嗎？」

待到查驗過真偽，士兵不敢再多話，趕忙開城門，目送著騎兵飛馳入城。

好事的小兵偷偷搶過千里鏡追著他們的背影瞧，好奇道：「哎，阿牛哥，你可曉得是出什麼事了？上次瞧見緊急通關文書，還是孫將軍小妾跟人跑了。這回總不可能是冷面閻羅殿下後院著火吧，沒聽說他娶妻啊。」

先前的士兵恢復了懶散模樣，一邊剔牙，一邊嚇唬新兵蛋子。「你管人家哪裡著火，少胡咧咧，傳進人家耳朵裡，咱們就先屁股著火。去去去，輪到你執勤了。」

新兵蛋子頓時意興闌珊，惆悵道：「唉，憑什麼四喜他們就能去圍場護衛，我也想去。聽說今天有貴女們的騎射比賽，我連貴女的衣角都沒見過。」

阿牛翻白眼，猛拍他一巴掌。「人家四喜巴結上了金吾衛，你有個啥？也就配見見東門口的二丫。」

「二丫怎麼了，她可是東街第一個抛頭露面做生意的女娃，可好看了，比起織錦堂賣衣裳的掌櫃們也差不了多少。」蛋子的注意力頓時轉移，滔滔不絕。「我爹說這樣的女子不賢慧，不能娶，我瞧著卻很好，我娘也喜歡。阿牛哥，你見識廣，你說，二丫比那些貴女差嗎？我是覺得一點沒差，哪裡都好！」

阿牛灌了一口燒刀子，打了個酒嗝道：「傻蛋，既喜歡人家，哪有跟旁人比的。現在自己做營生的姑娘還少嗎？你爹也是頑固。至於貴女麼，我也見過，比起……」

他醉醺醺，不小心說了不該說的，見蛋子好奇的眼神，他眼神一掃，斥道：「滾，我說與你聽做啥！」

蛋子趕忙賠笑臉，兩人又扯了片刻，末了他又嘆道：「唉，到底還是心裡不爽利，下回我也去巴結人家，好歹讓我見識見識騎射比賽啊，你說冷面閻羅心急火燎的樣子，怕不是也急著看比賽？」

「得了吧，以為貴人都跟你似的沒出息？」

同一時刻，他們心心念念的騎射比賽已經暫時結束了第二個回合。

甫一下馬，晏樂純便直衝上前，拎起鞭子就要往索布德身上甩。「好妳個吃裡扒外的東西！遇見舊主就放水！」

索布德沈默地受了兩鞭，垂著頭不吭聲。

「她沒有放水。」晏樂綾的聲音由遠及近，在看到索布德滲血的傷痕時，她眼底漸漸冰冷。「誕生於草原的人，絕不會欺騙對手，更不會欺騙自己。

「倒是妳，晏樂純。」她緩緩上前，周身帶著風雨欲來的氣勢。「如果沒有長腦子，我不介意幫妳回憶。」

晏樂純臉色一變，下意識想跑，可是沒來得及轉身，就連胳膊帶人被一把扯了過去。下一刻，她感受到手腕傳來的劇痛。

「如又再犯，我會折了妳的手腕。」她面無表情地複述，神色冰冷，箝制著晏樂純的手猛地用力。

「啊——」晏樂純痛到尖叫，恐懼讓她發瘋地掙扎呼救。「晏樂綾妳敢！皇祖母救我！來人啊！救我！」

晏樂綾瞇著眼，欣賞完她被折磨的神情，正想給她個痛快，突然來了一個小太監傳話。

「還請郡主殿下收手，皇后娘娘有請諸位姑娘。」

晏樂純得救，瘋了似的跑遠。

旁觀的清殊頗為可惜地嘆了口氣，正好和晏樂綾對上視線。

「怎麼？這麼想看我治她？」晏樂綾挑眉。

清殊吐了吐舌頭，小聲道：「沒錯，最好喀嚓一聲給她折了。」

她做了個凶狠劈砍的表情，成功把晏樂綾逗笑。

二人不緊不慢地走在後頭，跟著太監往高臺去。按照規則，比賽到這裡已經結束了，即便是面見尊者，無非就是受些封賞，所以她們倆並不著急。

第七十二章

清姝跟著眾侍讀一同在臺下行禮，晏樂綾單獨上去面見皇后娘娘。沒一會兒，便見她回來，神色有點難看。

清姝心裡有不好的預感，皺眉問道：「郡主姊姊，可是又出么蛾子了？」

晏樂綾回以無奈的神情，擺擺手道：「誰知晏樂純添油加醋地說了什麼，我上去就聽見皇祖母吩咐加賽一場。說是要男女混賽，旨在彼此切磋，互通有無。」

「怎麼個混賽法？」清姝疑惑。

晏樂綾翻了個白眼，毫不避諱地道：「就是妳們在宮裡挑個男子作為搭檔，一同參賽。要我說，狗屁的互通有無，不過是晏樂純擔心贏不過妳們，特地挑了個厲害角色找回面子。」

「她找了誰？」

正說著，一個身高九尺有餘，壯實得像小山似的絡腮鬍男子迎面走來。

兩人同時沈默。接著，晏樂綾抬了抬下巴，嘆道：「喏，瞧見沒，去年的武狀元，拳頭沙包大，胳膊有妳大腿粗。」

這廂，清殊已經索利地找到晏徽容，開門見山道：「快，世子爺，收拾收拾，幫姊姊們一把。」

晏徽容抖抖袖子，撣了撣並不存在的灰塵，和她拉開一段距離，睨著她道：「有事世子爺，無事晏徽容，妳還真會見風使舵啊！幫妳也行，這個數。」他在袖子裡比劃。

清殊臉色一沈，猛地拍開他的手。「怎麼不去搶？行，你不幫也成，我馬上去嚷嚷，保准全京城都知道你弱不禁風，膽小怕事。」

清殊掉頭就走，正巧裴萱卓迎面走來，她眼珠一轉，心裡算盤打得啪啪響，立刻就想到了損招。「裴姊姊，我正找妳呢！我有話跟妳說……」

裴萱卓眉頭微蹙。「我也有話和妳說呢，妳已經連贏兩場，這一場便是輸了也沒什麼，總歸在座的心裡有數，知道妳的本事，妳不必拿自己的安危去賭。」

她的話說得真切，顯然是琢磨透了才來勸阻，不想讓清殊犯險。

清殊心中一暖，笑道：「好姊姊，誰說我要逞英雄了？這回贏不贏的我倒不在意，只是總不能連上場都不上吧。我正要和妳說呢，我本想找晏徽容……」

她話說一半，就被身後的乾咳聲打斷。

「咳咳，殊兒妳叫我做啥？方才沒聽清，是要我和妳一起比賽是吧？早說，我哪有不助妳的道理。」

一回頭，只見晏徽容方才討錢的市儈嘴臉已經消失不見，端的是風度翩翩，摺扇搖得啪啪響。

清殊翻了個白眼，冷笑。「請你出馬還真難，要幾個數啊？」

「嘖，妳慣愛胡說八道。」晏徽容假笑，悄悄地遞了一個警告的眼神，「啪」一聲打開摺扇，擋住裴萱卓的視線，迅速道：「各退一步，我幫妳，妳閉嘴，別在人家面前打我的面子。」說完他啪地收回扇子，又換成一副笑臉，神色溫和道：「待我換件衣裳，去去就來。」

清殊憋著笑，好歹忍住不揭穿老友的底細。

片刻工夫，晏徽容已經換上一身玄黑的騎裝，富貴公子頓時添了幾分英武之氣，引得圍場裡不少女子眼睛一亮，不時有流轉的眼波掃過，間或小聲議論。投到他身上的目光包括裴萱卓，她像是才注意到這個名聲在外的世子，目光淡淡地掃過，與看一件精美的器物沒甚區別。

晏徽容自小在花叢裡打滾，對女子的眼神再明白不過，他恰到好處地抬眸，與她對視，彬彬有禮頷首。「裴姑娘。」

裴萱卓並沒有料到他會突然打招呼，愣了一瞬，旋即同樣頷首回禮。「世子殿下。」

鶯鶯燕燕裡，裴萱卓穿著最樸素的衣裳，卻像花團錦簇的圖畫中清澈的留白，無端地叫人挪不開視線。

一時間，晏徽容將精心準備好的腹稿都忘了乾淨，還是裴萱卓開口道：「殿下，你的護腕鬆了。」

「哦。」晏徽容慢了半拍才回過神，垂著頭紮緊護腕。「多謝姑娘提點。」

在姑娘跟前一向遊刃有餘的永平王世子，頭一次露出楞頭青的神態。

裴萱卓並不是消息閉塞之人，她從前也聽過晏徽容的大名。姑娘們扎堆的地方，議論最多的就是隔壁院的名人。晏徽容的名字，出現得最多。

有時是聽說他偶遇哪位傷心的姑娘，三言兩語把人哄得破涕而笑；有時是他別出心裁作了一首好詩，引得人們爭相傳頌……連最厭煩男子的好友展素昭，提起這位世子殿下，也難得沒有惡評。

風言風語耳邊過，雖沒真正接觸，裴萱卓卻隱約曉得，他是個極會討姑娘歡心的人。而這樣的人，往往最油嘴滑舌，最令她討厭。但此刻，想像中油嘴滑舌的人，正露出笨拙的一面。

裴萱卓淡淡地看了他一眼，沈默片刻才道：「那位武狀元臂力驚人，殿下勝算不大，如若對上，不必硬扛，只管巧避鋒芒。」

晏徽容有些意外，挑眉笑道：「裴姑娘還懂得功夫？」

「幼時在鄉野長大，跟著長輩學了些皮毛強身健體，如今雖不通，眼力倒還在。」

晏徽容眼底閃過一絲讚賞，他師從大內最頂尖的武師，自然知道此局勝算不大，只是沒想到裴萱卓也看出了關鍵，還願意提點自己。思及此，他唇邊的笑壓都壓不住。「多謝裴姑娘指點，我既然願意出馬，自當竭盡全力，不論輸贏。」

裴萱卓垂眸，躊躇了一會兒，才緩緩道：「殿下也不必氣餒，你年紀還小，再過幾年，並不見得是他贏。」

話音剛落，晏徽容的笑僵在臉上。「年紀小……」

「噗。」默默聽了好一會兒的清殊噴笑出聲，換來晏徽容一記狠瞪，她趕忙拱手作討饒狀，用口形道：「抱歉，沒忍住。」

直到上了馬，晏徽容還是沈著臉。

清殊戳了戳他，小聲道：「至於嗎？裴姊姊說的是事實啊，你在她面前難道不是個弟弟嗎？」

晏徽容眼刀射過來，冷道：「小三歲怎麼了？與她同齡的耿三郎之流也沒見強過我去，之前哪次武試我沒把他們打趴下？」

「連人家年紀你都打聽清楚了。」清殊小聲嘟囔，不敢火上澆油。別看好友平日裡一副嬉皮笑臉，沒個正形的模樣，認真起來，也頗有他們老晏家的風範。「你把他們打趴下，裴姊姊又沒看到。」

晏徽容握緊韁繩，狠狠盯著隔壁的武狀元。「那這次就贏給她看。」少年突兀地調轉馬頭，飛奔至裴萱卓面前，揚起唇角道：「裴姑娘，信不信，我會贏給妳看。」

第一次，最溫和的世子殿下燃起了好勝心。

裴萱卓挑眉，有些訝異。她眼底倒映著少年神采飛揚的身影，短暫的愣怔後，她點頭。

「嗯，那就努力去贏吧。」

晏徽容笑容越發耀眼，他直視著她道：「好，妳等我。」

清姝眼見搭檔的熊熊鬥志已經超過了自己，一時分不清比賽的主角是誰了。

銅鑼響，戰鼓起，晏徽容率先衝了出去。

玄衣少年一改往日的儒雅之氣，策馬揚鞭時說不出的瀟灑俐落。

「我拖住他，妳去射靶！」他快速吩咐，旋即打馬飛奔，高聲喝道：「董國良，是爺兒們就別為難姑娘，咱倆過招！」

董國良就是武狀元，他自小臂力驚人，力能扛鼎，於武力上有絕對的自信。

「世子爺，在下倘若使出全力，掰折了你的胳膊怎麼辦？」疾風中，他語帶嘲諷，全然不將晏徽容放在眼裡。

「是嗎？你不妨試試看？」少年沈著臉，玄衣下的每一塊肌肉都繃緊，在飛馳的駿馬終於與之平齊時，他陡然發動攻擊，飛身一記迴旋踢，直擊其面門。

董國良臉色一變，來不及避開，生生抬手擋住這一腳，緊急勒住的馬兒仰天嘶鳴，煙塵滾滾之下，董國良大喝一聲，積蓄的力量轟然爆發，虎虎拳風狠狠揮向晏徽容。

電光石火間，晏徽容敏銳避開這一拳，直直退後幾個身位。很快，對手的招式接踵而至，一拳接著一掌，絲毫不給人喘息的機會。

眾人的心都揪緊，尤其是高臺上的永平王妃盧文君，她心驚肉跳地看著那凌厲的拳風擦著晏徽容的臉過去，只消他停頓一瞬，落在身上的拳頭幾乎能將骨頭打斷。

「董狀元蠻力驚人啊。」在對手駭人至極的殺招下，晏徽容竟然還笑出聲，嘲弄道：「可惜……只有蠻力罷了。」

董國良額頭青筋畢現，被這句話激得血氣上湧，連眼睛都紅了，他一字一頓。「那不妨領教在下的蠻力。」

遭挑釁的猛虎再沒有絲毫顧忌，在接二連三的出擊時，終於逮住了對方變慢的一瞬間，倏然撲咬，看不清是如何動作的，那道利爪狠狠鉗制住晏徽容，下一刻，暴雨般的拳頭砸向了他。

「啊！」盧文君跌坐在榻上，急急道：「來人！讓他住手！叫容兒下場！下場！」

「文君，我晏家男兒不是窩囊廢，沒有中途下場的道理。」皇后不動如山。「他年紀小，卻也是個有血性的，妳讓他下場，就是不給他臉面。」

盧文君再心疼也知道分寸，不敢多言。

與此同時，盛堯的臉色也難看得緊，她幾乎不敢盯著眼前這一幕，二人已經棄馬下場，真刀真槍地對戰起來。

一貫清貴的公子哥兒此刻狼狽不堪，被那一拳又一拳砸得直不起身，周身塵土飛揚，有刺眼的鮮紅混在泥土裡，觸目驚心。

「世子爺，你金尊玉貴，何必要和我較真？你知道，這只是郡主的玩鬧，你讓一步又如何？」董國良笑看著被打倒在地的晏徽容，平淡的語氣裡夾雜著不易察覺的輕視。

這些貴主們個個都自以為是，就像那個晏徽霖，叫哈巴狗們讓了幾招，便以為自己當真是天下第一。

他董國良平生最恨討好權貴，今天他就要讓這些人知道，假臉面就假揣著，別想讓他陪著演戲，是騾子就別混進馬群裡！

以為少年再也起不來，他冷笑一聲，轉頭上馬。

在錯身的瞬間，卻見玄衣少年搖搖晃晃地站起身。他拍了拍衣上的灰塵，啐出一口血沫，抬眸時，眼底還帶著笑，只是笑容裡藏著森森戾氣。

「讓一步？董狀元，你也不過如此啊……」他挑釁地勾了勾手，彎起嘴角，露出乖張的笑。「來，打倒我。」

因是玄衣，即便血跡滲出，也看不出傷勢，只是清殊看到了他藏在袖子裡發顫的手，心裡一沈，知道他胳膊斷了。

看出好友不對勁的還有盛堯，她咬牙切齒道：「他還想挨揍？求死心切嗎？」

座下，裴萱卓目光凝重，袖子裡的手指攥緊。「他在找制勝的時機。」

盛堯皺眉，驚道：「他一直在挨打，那個大塊頭像頭牛似的壯實，怎麼贏？」

「是啊，他怎麼贏？」裴萱卓喃喃自語，她似乎代入了場上的少年，站在他的角度思考。半晌，她眼底閃過一絲光芒，瞬間又暗淡。

她知道了答案。一力降十會，正面對上董國良，滿武朝能贏過他的人屈指可數，除非兵行險招。

對方的挑釁再次點燃董國良的怒火，他坐在馬上，睥睨著少年。「殿下，你會後悔這句話。」

同一時刻，清殊已經領先晏樂純三箭。疾馳間，她一心二用，回頭望向晏徽容。

「躲開！」她喝道，旋即抬手，拉弓，箭羽瞬間飛射而出，箭矢「咻」地扎進董國良的坐騎身上，馬兒撒開四蹄，仰頭嘶鳴，瘋了似的將人甩下馬背。

就是這一刻，晏徽容默契地欺身而上，少年的拳頭狠狠砸向對手，像是經過了最嚴密的計算，他沒有浪費絲毫的力氣，只為將他打得失去戰鬥力。

董國良被打出火氣，發狠反撲，卻被抓住時機的少年壓制。

「別再糾纏了，快來幫我！」晏樂純急壞了，靠她自己的騎射，根本贏不過清殊，她只能靠董國良。

清殊心情同樣沈重，她知道晏徽容付出了多少力氣才拖住對方，更知道少年已經是強弩之末。

比賽還有一炷香的時間，再拖下去，就不知怎麼樣了。她突然勒住韁繩，馬兒被強行調轉方向，與終點背道而馳。

「晏徽容！」

少年倏然抬眸，冷喝道：「回去！不許過來！」

「滾你的，以為我要放棄嗎？」清殊打馬而來，大聲怒喝。「都比到這個分上，你搭上半條命，我還能讓你輸嗎？接著！」

一桿長槍被清殊拖著扔到地上，砸出噹啷一聲響。

「太重了，你將就用！」清殊累得直喘氣，送完武器頭也不回地又騎走。

塑膠友誼還有幾分價值，比起赤手空拳，有武器後自然添了幾分勝算。

晏徽容拿起長槍，劈開董國良襲來的掌風。

少年師承大內武學第一人，一套紅纓槍法使得出神入化。圍場眾人從未見過晏徽容動武，紛紛被他行雲流水的招式鎮住。

盛堯驚道：「他說他從前在太學無敵手，我還當是吹牛呢，沒想到是真的，深藏不露啊！」

裴萱卓的眸光裡倒映著少年的身影，他無疑是令人驚豔的。像是初升的旭日竭盡所能地展示出光輝，期待這樣耀眼的一刻可以讓人看到。

她不是遲鈍的人，甚至於對人心的揣摩敏銳到可怕。同樣，她幾乎不會被尋常人擁有的繁雜思緒困擾，比如，她從不考慮自作多情的可能。在少年大放光彩的時刻，他不經意地將目光投向觀眾席。

人群裡，誰也不知他看的是誰。裴萱卓卻在短暫的一刻意識到，他看的是自己。少年的心思太澄澈，在遇到心上人的時候，怎麼也掩飾不了眼中的神采，更何況是他這樣的天之驕子、皇室貴胄呢？

場中優勢漸漸向晏徽容這一頭傾斜，眾人歡呼聲不斷。

熱鬧中，裴萱卓毫無聲息地退到了陰影下。驕陽投射的光芒停駐在她腳下，只需要往前一步，她就能沐浴其中。

微風捲起素色的裙襬，少女垂眸。她看著明暗分割的那條線，眼底平靜如水。

倏然，她莫名想起幼時叔父裴蘊教她的那句詩——世上好物不堅牢，彩雲易散琉璃脆。自那時起，她便不愛看似花團錦簇的東西，人也好，物也罷。太熱烈，就容易失去。與其深陷其中，不如不開始。

思及此，她頭也不回地離開，融入屋簷下的陰影，將驕陽留在身後。

賽場上，紅纓槍驀地一頓，露出漏洞，讓一直被壓著打的董國良找到可乘之機，猛然反攻。

晏徽容的臉色在一剎那間暗沈，他緊鎖著眉頭，步步後退，吃力地應對著進攻。

終於，在蠻橫到可怕的力道打壓下，長槍脫手。

「晏徽容！」清姝皺眉，搭著弓弦的手猶豫不決。她狠狠閉上眼，再抬眸，喝道：「你要命還是要贏?!」

被打得難以直起身的少年捂著額頭，有鮮血滑過，襯得那雙星目越發狠戾。

他看著比自己強大數倍的敵人像一座不可逾越的高山矗立在眼前，重新勾起一抹笑，一字一頓道：「要、贏。」

他已經很難高聲說話了，清姝卻不必聽見，只消看到他的眼神，便知他的決心。

「好。」少女俐落回頭，不再看他，重新抬起長弓，瞄準靶心。「那我，一定贏！」

「曲清殊，大話說得太早了！」

倏然一枝長箭飛來，清殊堪堪側身躲過，第二枝緊接著射來，扎進馬兒的腹部。

頓時，馬兒嘶鳴不止，清殊差點被甩出去。

這麼耽擱一會兒的工夫，晏樂純立刻追上。

第七十三章

眼見著清殊被纏住，晏樂純獲得優勢，晏徽容發狠拖住想要離開的董國良。

董國良已經上馬，卻發現受了重傷的少年居然也迎頭趕上。少年玄色衣裳已被血色浸透，唇邊還有一抹血沒來得及擦乾淨，他帶著破釜沈舟的氣勢攔在對手面前，生生讓董國良駭住半晌。

「世子！如果你還要命，就別再攔我！」董國良隱隱發覺局勢已經脫離掌控，戲弄乃至於重傷權貴是在賽場武鬥允許範圍內的，可是，他絕不敢真的要對方的命，但是現在的局面卻是少年豁出命要贏。

偏偏他的本事還不小，即便重傷至此，董國良也沒有把握可以輕易脫身。

少年重新扛起紅纓槍，另一隻手慢條斯理地掏出一條手帕，緩緩擦淨臉上的鮮血，像是一隻彬彬有禮的狼崽。

「我說了，爺兒們別摻和姑娘的事。」

說罷，凌厲的槍影如猛虎般襲去。

董國良額頭青筋突出，呼吸急促，拳頭咯吱作響。「那就別怪我下手沒輕重了。」

短短瞬息間，兩人已經過了數十招，招招致命，招招令人膽戰心驚。清殊駕著傷馬與晏樂純纏鬥，無法脫身。

眾人從未想過騎射比賽能有如此驚心動魄的場面，連高臺上的皇后眉頭都忍不住蹙起。在董國良抓住時機，狠命揮拳砸在少年胸口時，盧文君心膽俱裂。「啊！我兒！」

晏徽容搖晃地直起身，頑固地橫著長槍，寸步不讓。饒是皇后再冷靜，這會兒也坐不住了，任誰都看得出來，這小子是拿命在玩，誰能想到平日裡最溫和的小世子，這次卻如此倔強？

「董狀元……」晏徽容傷口血流如注，他緩緩望向觀眾席，執著地搜尋一遍又一遍，卻始終沒有找到那個人。

他定定看了一會兒，復又扯開嘴角，笑道：「再、來。」

「世子爺鐵了心想死在我手裡，那我就成全你。」董國良被他這副模樣激得眼眶通紅，他攥緊拳頭，猛捶胸口，暴喝一聲。「受死！」

少年勉力舉起長槍格擋，卻是徒勞。他已然失去太多的氣力，只憑著一腔孤勇和熱血，強撐到現在。迎著對手猛烈的拳風，他咬緊牙關，頭一次失去了一貫的冷靜。這一瞬間，他只想得起答應少女的那句話——裴姑娘，妳信不信，我會贏給妳看。即便妳不看，我也……絕不認輸！

「啊！」高臺之上，盧文君不再顧全禮數，推開眾人衝了下去。

皇后終於拍案而起，疾言厲色。「來人！停止比賽！」

孤注一擲時，晏徽容吐出一口血，內傷嚴重，長槍再次落地。他耳邊能聽見親人的驚呼，快要昏厥的當口，他已經做好接下那一拳的準備。

呼呼拳風凌厲而至，在直擊目標的一瞬，突兀地停住了。

掉在地上的長槍被一隻手輕易地拾起，像是擺弄著玩意兒，來人隨手一揮，橫擋在晏徽容身前。

董國良使出全力的一招被擋住，他緩緩抬眸，視線觸及眼前之人，目光逐漸凝固。「世子——」

此世子，非彼世子。來人坐在馬背上，自上而下地睥睨著他，眼神叫人不寒而慄。

「你習武的年數，幾乎比我弟弟的年紀還大。堂堂武狀元居然答應參與姑娘們的比賽，董國良，你夠可以的。」他似笑非笑，手裡的長槍被他隨手扔遠。

「郡主有令，不得不從。」董國良梗著脖子，硬聲反駁。

「是不得不從，還是有利可圖，你心裡清楚。」他神色漸冷。

晏徽容死裡逃生，咳出一口血，虛弱道：「哥……」

「閉嘴，我沒有這麼窩囊的弟弟。」晏徽雲頭也不回，擺手喚來人。「把這個窩囊廢抬下去。」

晏徽容在擔架上掙扎，辯解道：「我那是有骨氣！」

晏徽雲冷哼，淡淡道：「打不贏還硬扛，是愚蠢。」

雖是這麼說，好在他扛到了這個時刻，等來了救兵。

面對晏徽雲，董國良眼底的輕視消失無蹤。滿武朝能正面與他對決的人屈指可數，眼前的人，就是屈指可數的其中之一。

還沒來得及換下盔甲的少年將軍動了動手腕，活動筋骨，一副輕鬆架勢，只見他隨意勾勾手道：「公平起見，我赤手空拳，讓你十招。」

這幾乎是將董國良先前瞧不起晏徽容的話如數奉還，其中辛辣嘲諷不言而喻。

「好！既如此，在下就不客氣了！」董國良面色脹紅，旋即氣沈丹田，集中了全身的力量，專注於對戰。

隨著一聲暴喝，帶著足以砸穿地面的力量的拳頭快速襲來。俊美的少年將軍紋絲不動，眼底的傲慢昭然若揭。

接下來的時間裡，眾人觀賞了一場碾壓的局——董國良碾壓晏徽容時的招式，一個不落地重現，只是這回挨打的人換了。少年將軍的拳風比之對手的狠辣，那是有過之而無不及，那拳拳到肉的悶響，可以想見當事人承受的痛楚。

待到最後一記窩心腳落地，董國良全身沒有一塊好皮，口中狂吐鮮血，魁梧的漢子癱倒在地，動彈不得。

「殿下這些年……大有進益。」董國良閉著眼喘息，胸膛起伏不止。

晏徽雲凝視著他，緩緩道：「可惜你這些年汲汲於名利，止步不前，不配當我的對手了。」

「呵。」他發出嘶啞的慘笑，啐了一口血沫，啞聲道：「我平生最恨討好權貴，偏偏做了自己最討厭的事。」

他噁心那些諂媚奸佞，也噁心晏徽霖這種被捧得不知斤兩的權貴。結果，為了搭上這個權貴的路子，做了替人辦事的奸佞，兩個全占了。重新見到那個曾與自己比拚過的少年，他才恍然，原來已離初心那麼遠。

「殿下，告訴您弟弟……」董國良緩緩笑道：「他很強，有您當年的影子。」

也是一隻為了勝利不要命的初生狼崽。

「有我強就不至於被你壓制得這麼慘。」晏徽雲毫不留情地嘲諷。「行了，下去養傷，保住命比什麼都重要。」

董國良咳了兩聲，笑道：「殿下當年不也是這樣狂妄嗎？現如今倒惜命了不少。」

「命只有一條，不是用來好勇鬥狠的。」晏徽雲拋下輕描淡寫的一句話，旋即翻身上馬，追趕著前面的身影。他當然要惜命，因為他有更重要的事要做。

正前方，清殊被傷馬拖累，寸步難行，被晏樂純死死糾纏住。

兩個人纏鬥著幾乎無法分開心神注意後邊的情形，自然就不知道形勢已經逆轉。

「只剩一靶的差距，妳讓我贏一回怎麼了?!」晏樂純也被膠著的局勢激得發狂，她恨恨道：「曲清殊妳都贏了兩局了，就一點餘地和臉面都不給我嗎？」

聽到這麼離譜的話，清殊簡直匪夷所思，她艱難地穩住馬兒行走的方向，疑惑道：「難不成妳覺得這樣贏了就是有臉面？妳帶著索布德和董狀元參賽，旁人都不會覺得妳是靠自己取勝的。」

晏樂純不管這些，嚷嚷道：「妳少說廢話！我今天必須贏！」

計時香快要燃盡，清殊估算著時辰，不再理會晏樂純發瘋，徑直拉弓、搭箭、瞄準——即將鬆手的那一刻，身下的馬兒又遭一箭，這回是射中馬腿，一聲嘶鳴，清殊倏然失去重心，從馬背上滾落。

來不及思考，清殊緊閉著眼睛準備迎接疼痛，轉瞬間，卻被人一把拎住，扔回馬背。只不過，不是方才的受傷的馬，而是另一匹熟悉的英武駿馬——逐風。

清殊腦袋空白，怔怔摸了摸逐風的鬃毛，好半晌才回神。身後的人氣息再熟悉不過，他銀白的鎧甲冰冷而堅硬，硌得她有點疼，卻又無端地叫人安心。

「怎麼？愣著幹麼？」他輕笑，遞過弓箭。「數月不見，曲清殊，讓我見識見識妳的本事。」

清殊被「數月」兩個字激起一股無名火，她冷哼一聲，抬手奪過弓箭，在逐風疾馳的時刻，再次拉弓、搭箭、瞄準，像是對準某人欠揍的臉，旋即俐落鬆手。

「啪」的一聲，箭矢直中靶心。

身後傳來晏樂純的無能狂怒吶喊。「啊！曲清殊！」

這一箭，已然追平。

只是香只差一點就要燃盡，想要贏，必須在通過終點之前再中一靶。

逐風高速飛馳，清殊幾次舉起弓想要對準靶心，卻怎麼都瞄不準。她從沒有試過在這麼快的速度下射箭，更無法保持準度。時間一分一秒過去，清殊知道身後之人輕而易舉就能做到，可她偏偏不想開口求助。

「拿過來，我幫妳。」終於，晏徽雲忍不住先開口。

清殊仍然保持著瞄準的姿勢，扭過身子拉開弓弦。

「不，那樣我和晏樂純有何分別？不靠自己贏，沒意思！」

少女的聲音執拗且充滿著傲氣。

身後的少年將軍似乎嘆了口氣，眼底的不耐煩化作了無可奈何。倏然間，一隻手搭上她持弓的手腕，另一隻手替她穩住了手。

清姝發覺晃動的視野彷彿沈靜了下來，熟悉的杜衡香氣縈繞鼻尖，他貼在她的耳邊道：「看好了，只教妳一次。」

怦怦、怦怦——分不清是誰的心跳，更分不清是誰的心思不夠磊落。

逐風飛馳如閃電，恍然間，清姝好像回到許多年前，她第一次與他共乘一騎。

曠野的風迎面吹來，山間的鳥語花香還歷歷在目。此刻，少年的胸膛比之從前更加堅實，當初的小姑娘已經出落成亭亭少女。

眾目睽睽之下，他們堂而皇之地借著比賽之名，再次共乘一騎。誰也不會對今日的逾越之舉有何異議，可只有清姝自己知道，那失衡的心跳，每一拍，都昭示著悸動的心思。

他手上的薄繭輕輕擦過她緊握成拳的手，耳邊是他沈靜的聲音。「拉滿弓弦。」

清姝依言而行。

「瞄準。」他淡淡道：「盯著那個晃動的靶心，想像那是我的頭。」

一語道破少女的心思，清姝沒有來得及臉紅，就聽他俐落道：「鬆手！」

利箭劃破長空，直直衝向靶心。

清姝看不清箭矢的方向，就被陡然加速的逐風帶著奔向終點——

香盡，銅鑼聲響起。「噹——」

逐風俐落地闖過終點，如牠主人一般不可一世，驕傲地打了個響鼻，又馱著兩人奔向場中心。

呼嘯的風撲面而來，清殊探過身，定睛看了一眼靶心，眼睛一亮。「中了！」

三局結束，眾人仍沈浸其中，沒有緩過神。

高臺上，皇后仔細詢問御醫，得知晏徽容沒有大礙，這才安下心，召見清殊等人。

遮陽的紗幕後，一直不曾露面的聖人突然擺了擺手，身旁的太監極有眼色，徑直走到晏徽雲面前說：「世子殿下，聖人有請。」

晏徽雲早有預料，抬了抬下巴。「帶路。」

另一頭，清殊等侍讀正在皇后跟前接受賞賜，她略抬眸，不動聲色地朝那頭望去。

少年像後腦杓長了眼睛，隨意揮了揮手。

清殊心下一定，收回目光。

皇后似是將這一幕盡收眼底，突然道：「曲家四姑娘今日連贏三局，成績斐然，想要什麼賞賜？」

清殊規矩叩首。「回娘娘，小女僥倖奪魁，卻不敢居功，全仰仗郡主與世子的助力，故而小女願意將賞賜讓給樂綾郡主。郡主的心願，亦是我的心願。」

晏樂綾眸光微動，她望向晏樂純身後，垂首站在陰影裡的索布德，推辭的話突然就說不出口——內庭女官不得輕易出宮，她確實需要這個機會。

皇后的目光轉向晏樂綾，和藹道：「既如此，綾兒想要什麼賞賜？」

晏樂綾並不扭捏，順著話頭道：「回皇祖母，兒臣想要一個人。」

「何人？」皇后挑眉。

她坦坦蕩蕩道：「內庭馴馬司武婢，索布德。」

此話一出，積怨已久的晏樂純登時怒道：「不行！皇祖母，索布德是我的人！一個武婢而已，姊姊要誰不是要，為何偏要我的？」

晏樂綾冷冷瞥了她一眼，笑道：「她的名字尚在罪奴冊裡，領的是馴馬司的餉，妳一句話，就成妳的人了？我自幼與她相識，論起來，是否也能說是我的人？」

「妳！」

眼看兩人要吵起來，皇后喝道：「夠了！堂堂郡主，為了一個罪奴吵將起來，成何體統？

「樂純今日雖不曾贏得比賽，卻也有苦勞，賞玉如意一對。樂綾按理雖得賞，只是妳身為姊姊，卻沒有團結姊妹的氣量，妳所求的賞賜就免了，換蜀錦百疋。」

「謝皇祖母恩賞。」晏樂純的臉都快拉到地上了。

「謝皇祖母恩賞。」晏樂綾臉上雖然沒有笑意，卻到底沈得住氣。

皇后沈吟片刻又道：「曲家孩子，妳起來，讓本宮看一看妳。」

清殊聞聲站起來，老實地走上前。

皇后端詳片刻，笑道：「是個好孩子，妳雖說將賞賜送給樂綾，只是妳今日表現得如此亮眼，本宮不賞妳實在說不過去。說吧，妳想要什麼？」

清殊心念一動，立刻明白皇后的意思，垂首道：「謝娘娘厚愛，既如此，我就厚著臉皮討一討。想來想去，兩位郡主都爭搶索布德，為避免紛爭，不如請娘娘將索布德賜與小女，小女日後必當精心鑽研騎射，讓京城貴女們都以強身健體為愛好。」

皇后意外地瞥了她一眼，眸光夾雜著淡淡的笑意。「嗯，這倒是個好主意。說來，本宮特地開辦此次騎射賽，也是想讓我武朝女兒們莫要以文弱為美，只管大膽地馳騁疆場。妳有此心，極好。

「傳本宮懿旨，此後每年都在民間舉辦女子騎射比賽，拔頭籌者，可由本宮親自封賞。」皇后又對下首的一位女官招手道：「錦瑟，妳在女學裡也可按照此例施行。」

年約四十來歲，面容嚴肅的女官趙錦瑟恭敬行禮。「謹遵皇后娘娘懿旨。」

一瞧見趙女官的背影，清殊頭皮發麻，緊張感撲面而來。雖然原先在女學時並不常看見這位「校長」，只是她自帶不苟言笑的氣場，甭管多嬌縱的大小姐，見到她就沒有不害怕的。

原以為校長認不出她這個「轉學生」，誰知當裙襬走過身前時，清殊聽見有人道：「今日表現得不錯。」再抬頭，說話之人已然遠去。

晏樂綾也悄悄給她豎起大拇指，用口形道：「幹得漂亮！」

晏樂純氣得臉色鐵青，狠狠推了索布德一把，甩袖走人。

清殊趕忙扶住索布德，卻換她行了一個大禮。

「多謝、姑娘。」她用生疏的口音道謝，又感激地看向晏樂綾。「多謝、郡主殿下。」

晏樂綾神色複雜地看著她，輕聲道：「是我不夠周到，早在當年，我就該把妳帶出宮，也免遭這些年的罪。不過，如今也算有了好結果，妳跟著曲家小丫頭，也是好的。」

清殊彎眼笑道：「姊姊放一百個心，索布德跟著我，必定吃不了苦，我也能跟著她學點本事。」

第七十四章

這廂，清殊受了獎賞，那頭的晏徽雲甫一走到皇上跟前，就被劈頭蓋臉砸了一只茶盞。

「你膽子是越來越大了，要不是見你今日風采，朕還不知你進京了！」簾後，崇明帝咳嗽兩聲，怒道：「雁門關情勢如何？私自回京，你父親可知曉？」

晏徽雲神色自若地將接住的茶盞放在桌上，說：「雁門關往外三百里，北燕已經被壓制得不能前進半步，我才領著二十輕騎回來的。這次是有私事要處理，明日便回，陛下不必操心。」

清楚他不說大話的脾性，崇明帝怒氣微收，緩聲道：「既然如此，你也不必回得太急，多留兩日也無妨，你母親和祖母都惦記你。」

「謝陛下，不能久留。我偷了爹的通關印，尚未歸還，估計爹現在已經發現了。」晏徽雲說完，立刻提腳往外走，背後的人反應片刻，又一只茶盞砸來。

「豎子頑劣！」

晏徽雲側身躲過。

鑾駕回宮，浩浩蕩蕩的長隊綿延在官道上。

清殊等侍讀更換常服後，也坐上馬車，跟著隊伍前行。

時逢傍晚，途經遼闊的曠野，天邊一輪落日如烈焰融化在遙遠的地平線。剎那間，橙黃的光芒鋪天蓋地，將周遭籠罩其中。遠山外飛來一群大雁，極有靈性地圍繞在隊伍上空翩躚而舞，儼然祥瑞之兆，眾人駐足觀賞，不住驚嘆。

連聖人都撩開了簾子，說道：「逢此奇觀，可遇不可求。來人，速命文華館以此景入畫。」

皇后笑道：「陛下仁德，感召上天，是以降下神跡。」

隨侍的臣子齊聲讚頌。「陛下仁德。」

崇明帝神色淡淡，隨意擺手，示意平身。「神跡也罷，巧合也好，人生短短幾十載，眼前之景不知何時能再見，著人復刻於紙上，留住記憶的分毫也是好的。」

晏徽霖眸光微動，笑道：「皇祖父道心通透，春秋萬載。近日孫兒尋得一位技藝精湛的畫師，極擅描摹西洋畫，不如就命他作此畫？」

「西洋畫……」崇明帝眺望遠方的殘陽，不知想到什麼，沈默了許久。

皇后順著他的視線望去，那裡霞光漫天，像極了那個孩子聲名鵲起的傍晚。

「陛下，五年了……」皇后輕聲道。

敏銳的朝臣立刻低垂著頭，不敢揣摩崇明帝的神情。晏徽霖臉色微沈，沒有答話。而這位老邁的帝王只是看著窗外，再轉頭時，他眼底的寂寥已然消失。

「就按你說的，叫那個畫師作畫吧。」略過話題，崇明帝突然問道：「雲哥兒呢？他不願乘車，外頭怎麼也不見他人影？」

話裡的主角此刻正騎著馬，遠遠地走在一輛馬車後面。

車隊奉命駐紮半個時辰，供畫師作畫，其餘人可以由侍從陪著自由行動。無須進宮的臣子與家眷已經離開隊伍，各回各家，留下來的就是皇家貴胄與清殊等小嘍囉。

小姑娘們都是沒怎麼出過遠門的千金，見此美景，紛紛攜手下車去看。她們換下了騎裝，個個打扮得嬌俏可人，不遠處的侍從們不經意抬頭，只覺奼紫嫣紅開遍，美不勝收，頓時紅了臉，不敢再看。

清殊沒有跟著去，她賽了三場，實在精疲力盡，只想在車裡睡大覺。

夕陽卻忒不聽話，透過車窗的縫隙往她眼皮照，晃得她越發煩躁。

忽聞一聲輕笑，自窗邊傳來。高大的人影適時擋住光線，清殊卻陡然睜開眼，再也睡不著。

「笑什麼笑。」她輕輕哼了一聲。「站在姑娘家的馬車前，像什麼樣子？」

窗外人說：「站妳車邊，又不站旁人的。」

說著，他突然遞來一個包袱，清殊猝不及防接住，打開一看，裡頭是許多乾果子，她嚐了一口，疑惑道：「葡萄乾？」

他有些意外。「北燕特產，蒲萄，妳吃過？」

想起古代的叫法不同，清殊趕緊搪塞過去。「嗯，紅菱姊姊帶給我們嚐過。你怎麼突然給我這個？」

隔著車壁，她聽見那人冷哼一聲，說道：「是誰傳話說要吃北燕的東西？那裡的牛羊肉都腥羶得很，妳那精細的脾胃，怕是沒嚐一口就要怪我。想來想去，只有蒲萄最適宜。」

清殊立刻明白是汐薇傳的話，心裡一時又惱又慌。

「好了我知道了，你東西帶到，沒事的話就走，我要睡覺。」她冷著臉趕人，「砰」一聲關起車窗。

「等等。」一隻手強硬地掰開窗戶縫隙。「我有話說。」

「囉嗦。」清殊煩躁地閉眼。「不聽。」

臭男人，說來說去永遠找不到重點，越聽越惱火，不如不聽。

「曲清殊，就聽一句話。」他似乎很不耐煩，又不敢太用力，怕傷到她壓著窗戶的手，只好僵持著。

少年換下了盔甲，穿著一身銀白色的長袍，與無瑕的風景融為一體。原該是一派風流，引得眾女追捧的郎君，此刻卻略顯狼狽，站在少女的窗前進退不得。

「好，就一句。」清殊突然打開窗戶，探出頭。

少女的面容就這樣猝不及防地映入眼簾。她的長髮像是剛剛洗過，沒有完全乾透，髮尾透著微濕的水氣，也沒有精心裝飾，只是隨意地綰在腦後，用一支簡約的白玉簪固定住。她的面龐不施粉黛，在霞光映照下，卻顯得氣色嫣然。

短短瞬間的對視，晏徽雲幾不可察地怔住。

耽擱這會兒，清殊臉色一沈，抬手就要闔窗。「不說話？啞巴了？」

「慢著。」一隻手迅速攔住，他閉了閉眼，悄悄深吸一口氣，剛要開口，卻聽見姑娘們嘰嘰喳喳的聲音由遠及近。

眼看眾女快要回來，要說的話頓時啞了，哽在喉頭。

清殊耐心耗盡。「鬆手。」

見他不動，她就掰他的手指頭。

「你要說就快說，彆彆扭扭，算什麼男人？」她使出吃奶的力氣一根一根地掰開他的手指，嘴裡碎碎唸。越想越憤憤，她差點上嘴咬他解恨！

「說句真心話就那麼難嗎？不辭而別兩次，兩次了！再有第三次，我永遠不想見到你！」她氣得臉色通紅，抬眸瞪他的瞬間，眼底的惱怒讓整張臉越發生動亮眼，簡直讓人移不開視線。

「曲清殊。」少年背著光，定定看著她，喉頭動了動。

「叫我幹麼？我讓你想好了回答我，不是要和你不清不楚地糾纏，而是要坦坦蕩蕩說清楚，喜歡就是喜歡，不喜歡就是不喜歡，除此之外，沒有別的答案。」

她呼吸急促，卻不閃不避地和他對視，彼此眼底都有對方的身影。少年深刻的五官近距離地呈現在眼前，他眼眸中好像藏著幽深的情緒，令她在某個時刻，深陷其中。

她趕緊晃了晃腦袋，使勁掰開最後一根手指，抬手就要關窗。

就在這瞬間，一隻手猛地拉過她的脖子——下一刻，少年清洌的氣息離得極近，她甚至能感受到鼻尖噴吐的溫熱。

柔軟的唇瓣相觸，像蜻蜓點水。彼此呼吸交纏，短短數息，卻如掉入時空縫隙般漫長。她突然聽不見風聲鳥語和外界的嘈雜聲響，一切陷入靜止，怦怦、怦怦，只餘耳邊交織的心跳。突如其來的吻，擾亂了少女所有的思緒，直到他抬起頭，都不曾緩過神來。

「曲清殊，就一句。」他直視著少女，額頭抵著額頭，目光滾燙。

直到灼熱氣息噴吐耳畔，她聽見他說：「我喜歡妳。」

聲音像在腦海裡迴旋，少女呆呆地問：「你說什麼？」

他凝視著她澄澈的眼眸，忽然珍重地親了親她的眼睛。

輕笑一聲，他重複道：「我喜歡妳。」

窗外霞光漫天，大雁結伴而飛，天地間最美的景色在這一刻都淪為配角。

「登徒子！」

少女終於回神，忿忿捶了他一拳，細看卻能發覺她連耳根都紅透了。

紛亂的腳步聲越來越近，伴隨著姑娘們的說笑。

晏徽雲若無其事地接著她的拳頭，待到對方心急地縮手，他卻還是緊抓著不放。

「嘖，快放手，她們要回來了。」清殊又急又惱，偏偏只能壓著嗓子說話。

少年的目光慢悠悠地將她掃視一遍。「回宮後，老地方，不許躲我。」

清殊翻了個白眼，敷衍著點頭，一副「拜託別這麼黏人好嗎」的神情。

車窗關閉，將灑落的霞光隔絕在外。

車廂裡，清殊一秒變臉，瘋狂蹬腿，無聲尖叫。

啊啊啊啊啊，本美女的初吻啊！啊啊啊啊啊，怎麼突然沒了啊？

蹬完腿，她又托著腮發呆，開始回憶剛才的感覺，可是回憶半天，什麼也沒想起來。

清殊憤憤捶了一拳車壁，反應過來，疼得齜牙咧嘴。

都怪這一切發生得太突然，被狗男人掌握了主動權。等下一次，我要你好看！

「等等，什麼下一次！豈不是便宜他了？」清殊突然回神，神情嚴肅。「好險，差點被自己的腦子帶進溝裡了。

「嘖，不對，算起來，我也占了他便宜。」她摸了摸嘴唇，臉色又從嚴肅轉為苦惱。仔細回憶一番，好像感覺還挺好的……嘴唇很軟，要是再親一次……等等！住腦！

「打住，深呼吸，曲清殊，妳現在需要平心靜氣，來，背一遍九九乘法表。」她如臨大敵，平心靜氣好一會兒才重新睜眼，目光沈沈道：「呵，這才哪跟哪啊，妳作為二十一世紀新女性，怎麼能被男色所迷？從現在起，應該是妳掌握主動權，狠狠調戲他，狠狠撥亂他的心弦，讓他朝思暮想、為情所困！」

一旦堅定目標，清殊立刻付諸行動。

汐薇第三次進屋道：「姑娘，還沒選好衣裳嗎？我瞧著那件粉白色的極好，襯您膚色。」

清殊胡亂將衣服塞回櫃子，神色如常道：「哦是嗎？我也沒有特意挑衣裳啊，隨手一拿罷了，那就聽妳的，穿粉吧。」

汐薇捂嘴偷笑，依言替她換上粉裙。往鏡中瞧，只見少女面龐紅潤，眸若星子，嬌俏得像陽春三月盛開的桃花。

「姑娘這樣的好顏色，誰能不喜歡呢？」

清殊立刻肅容，擺擺手道：「沒辦法，天生麗質難自棄。我可沒有費心為誰打扮啊，妳別亂說。」

汐薇忍笑道：「好好好，姑娘快去吧，那位從傍晚等到現在，天色都擦黑了，再不去真要惱了。」

清殊哼哼道：「才多久，這就惱了？那就讓他惱去。」

出門時，暮色四合，晚風微涼。少女抱著胖橘貓，腳步輕快地沿著宮牆走。

到了目的地，四下張望卻不見人影，清殊不悅地噘嘴，摸著貓咪道：「胖寶，他才等半個時辰呢，就生氣了嗎？」

胖橘懶懶睜眼。「喵。」本喵不知道，問就是白問。

原地躊躇片刻，清殊翻了白眼。「好，那我也不等了，咱們走。」

甫一抬腿，突然有人從後面捂住她的眼睛，陷入黑暗之際，她靠在一個懷抱裡，耳邊響起熟悉的聲音，似乎還帶著不爽的輕哼。「人小，脾氣忒大，讓我等半個時辰，自己連一刻都不帶留的。」

清殊任由他捂著眼睛，坦然道：「你等半個時辰就不耐煩了？要是讓你等兩年，皇宮不就要被你掀翻。」

果然，此話一出，晏徽雲難得沈默，半晌才嘆道：「說吧，要怎樣妳才不翻舊帳？」

「就要翻！」清姝推開他的手，把貓往他懷裡一塞，甩手往前走。「你不是說喜歡我嗎？那好，我這個人就是愛翻舊帳，而且本來就是你的錯。既然喜歡我，那麼我們就把所有事情好好說清楚，我不喜歡拖泥帶水。」

「嗯，從哪裡說起？」晏徽雲抱著貓跟在身後。

清姝被問得一懵，她自己腦袋亂烘烘的，千頭萬緒在心口，只好一股腦兒地道：「你為何喜歡我？喜歡我什麼？說喜歡之前可有想明白我是個怎樣的人？」

胖橘同樣將目光投向少年。「喵？」

晏徽雲並沒有沈默很久，反而疑惑地看向她，說：「妳問得倒稀罕，喜歡就是喜歡，還有原因不成？」

清姝想也不想地答道：「當然有，或是人品，或是性情，總有由頭。」

晏徽雲反問道：「那妳呢？妳為何喜歡我？」

「我……」清姝瞠目結舌，結巴了半天發現主動權又沒了，趕緊故作鎮定，糊弄道：「問你你就說，又來反問我，我我我就是……看你那什麼……長得還行唄。」

「長得還行」四個字說得囫圇吞棗，清姝主打的就是一個蒙混過關。

晏徽雲挑眉，深深地看了她一眼，也不知聽沒聽清。

「輪到你了，你說。」

晏徽雲單手抱著橘貓，慢悠悠地跟在少女身後。晚風吹過宮牆，風裡飄散著初夏的氣息，蟬鳴聲裡，他淡淡地道：「講不清楚。」

以為他又在敷衍，清殊止步，憤憤回頭。「晏、徽、雲！」

晏徽雲瞧著少女的怒容，唇角微勾。他心底又升起一陣衝動，想要捂住她的眼睛，感受睫毛在手心裡眨動的微癢。

「行，我只說一次，這種肉麻的話別想我再說第二遍。」他手指動了動，終究只是輕輕捏了捏少女的下巴。「因為世上只有一個妳，所以我也只會中意妳，這是我在去雁門關的路上想明白的。」

他自幼時起，於親緣上便可見淡薄，這也許是天性使然，並非後天導致。

「宏真寺的大住持曾為我批命，說我一生孑然，姻緣凋零。我母親為此擔驚受怕，總以為是父親殺孽太重，報應在我身上，所以不許我步父親的後塵。」

「這大師收了錢怎麼連句吉祥話都不會說？」清殊咕噥，她覺得那句「一生孑然」格外刺耳，一時也明白了幾分王妃的心情。

晏徽雲輕笑，點頭道：「是，我不信那禿驢。原就不信，遇見妳之後，更不必信了。」

清殊使勁壓著翹起的唇角。「我作用這麼大？」

「是。」晏徽雲也笑。「去雁門關的路上，我琢磨妳說的話，想來想去竟是被妳帶岔了道。妳說要我想清楚是否真心喜歡妳，是否接受真實的妳，可是站在我面前的曲清姝，不就是最真實的曲清姝嗎？」

他凝視著她的眼睛。「敢問世上可還有第二個女子，會如妳這般直言不諱，探問男人心思的？」

時下女子多為含蓄內斂，甚至連男子也少有將情愛之事宣之於口的，如她這般光明正大問明白的，世所罕見。可偏偏這個奇女子，就站在他的面前，正睜著大眼睛，等著他回答最簡單不過的問題。

他的心驀然柔軟。「既遇到妳，那句姻緣凋零的批語不攻自破，所以妳也不必再問我為何喜歡妳了。」

清姝呆呆地沈默，消化了好一陣子，才問道：「跟我在一起以後，是只能有我一個人的，你記得這一條嗎？」

晏徽雲古怪地看她一眼。「不然呢？」

清姝心下一定，忽然想起什麼，問道：「對了，我有個問題想問你，你以前……有過通房丫鬟嗎？」

她忐忑地盯著他，結果又換來對方無語的眼神。「曲清姝，妳上回鬧我，就是因為這個吧？」

清姝惱羞成怒。「你就說有沒有吧！」

晏徽雲翻了個白眼。「沒有。」

清姝頓時神清氣爽，抱回橘貓轉了個圈圈，一邊走、一邊道：「那我以後能不能住自己家？」

晏徽雲皺眉。「不是不行，但是不能太久。」

清姝突然一頓，趕緊道：「不對不對，我想得太遠了，還沒到那個時候呢，以後的事情還說不準。」

談戀愛多好啊！

誰料晏徽雲腳步一頓，意味不明地道：「怎麼沒到時候？」

清姝疑惑回頭。「我還未成年，誰這麼早成婚啊？」

晏徽雲緩緩挑眉。「妳不會以為我就是回來跟妳打聲招呼的吧？」

清姝猶豫一會兒，試探道：「你什麼意思？」

「提親的意思。」晏徽雲坦蕩地看著她，目光直接地像要她當場做出答覆。「免得夜長夢多，明日我就讓家中長輩上曲府提親，三書六禮一環不少，聘禮單子隨妳添，如何？」

第七十五章

清殊愣在原地不知所措，事情發展得超出預料，節奏快得飛起，怎麼今天剛表明心意，明天就訂親？曖昧呢？拉扯呢？戀愛呢？吵架呢？分分合合呢？直接省略一腳踏入婚姻殿堂嗎？

腦中彈幕翻飛，清殊忿忿道：「不如何！我不願意！」

晏徽雲瞥了她一眼，好整以暇地環著手臂。「又怎麼了？」

「我年紀還小呢，這才到哪兒啊？書還沒讀完就要嫁人不成？別說我自己不願意，我姊姊肯定第一個要削你！」

晏徽雲挑眉。「這只是訂親罷了，妳從前做什麼，現在照舊做便是，又不妨礙。」

「可是……可是……」清殊支吾兩句，偏生想不到好的理由反駁，只好咕噥道：「我還不想成親。」

晏徽雲眉頭微皺，眼底的神情轉為探究，語氣漸涼。「曲清殊，妳又鬧妖呢？不是妳自己要我想清楚再給妳答覆？現在我答覆了，妳又不肯了？妳膽子肥了敢耍我玩？」

悠然的晚風突然凝滯，彷彿被少年的氣勢震懾，連橘貓都縮了縮胖腦袋，只敢露出一隻眼睛瞧他。

清殊也被嚇得抖了抖，呆愣片刻，她瞪大眼睛，委屈道：「你凶什麼凶！說話這麼大聲幹麼？」

橘貓適時搭上肉爪子，控訴地望著少年。「喵……」

晏徽雲搞不清楚自己怎麼突然站在道德窪地，看著一人一貓的委屈神情，他簡直像個罪人。

沒辦法，少年舌尖頂了頂牙關，反覆深呼吸壓著火氣，聲音低了八度。「我沒凶妳，我只是搞不明白妳的心思而已。」

「你有！」

晏徽雲差點又開始暴躁，還好克制住了。「……我沒有。」

清殊瞪著他，不語。

僵持半晌，晏徽雲輕翻一個白眼。「好，我有，我不該凶妳。」

清殊驕傲仰頭。「哼。你的脾氣真是太壞了，幸虧是我，否則誰能受得了你？我話沒說完，你就急。」

少女抱著貓往前走，沿途星月灑下點點光輝，為她披上一層輕盈的霧紗。「你們這裡的規矩，喜歡誰，便以媒聘為約，互許終身為許諾，我的規矩卻不是。

「於我而言，彼此心心相印，相知相伴，遠比所謂形式更重要。假以時日，我們都認定了對方就是攜手一生的人，自然水到渠成結為夫妻。」她的聲音柔和又輕快，轉身看向他時的目光澄澈而專注。

「晏徽雲，喜歡不是目的，是過程。從前我們是以友人的身分相識，但從今天起，我想以戀人的身分重新熟悉你，希望你也是。」

在她清澈目光的注視下，晏徽雲的心臟跳動得很快。

他很難描述此刻的心境。也許是突然發覺，自己遠不如她的坦率。夫妻、戀人、喜歡、心心相印、相知相伴，這些熱烈的詞語很流暢地從她嘴裡說出來。如果表達愛的能力是一種天賦，那麼她一定是舉世無雙的天才，而他就是另一個極端，即便心中萬蝶振翅，說出口也不過簡潔俐落的一個字。

「好。」

晏徽雲盯著少女清亮的眼睛，喉頭動了動，不合時宜地想起白日那蜻蜓點水的吻。他眸光暗了暗，立刻扭頭吹著冷風，澆滅胸膛裡的灼熱。

清姝似乎沒察覺他的異樣，自顧自地抱著橘貓往前走道：「今夜的星空真美，可惜沒有適宜觀賞的地方。」

晏徽雲沈默片刻，忽然道：「走，帶妳去摘星臺。」

摘星臺距離令霞宮不遠，因未到宮禁時刻，一路上倒是暢通無阻。

清殊為避嫌，決定和晏徽雲分開走，他臭著臉走在前面，她抱著貓遠遠跟在後面。路過的宮女都瞧不出他倆是一路的。

待到達目的地，清殊的手都痠了，小跑著上前把貓塞到他懷裡。「牠太重了，給你抱吧。」

晏徽雲還在因為被迫分開走的事情不高興，雖然接過貓，面色卻冰冷。「不是避嫌嗎？妳又湊過來做啥？」

清殊自知理虧，趕緊握著小拳頭替他捶捶背。「消消氣嘛，宮裡人多口雜，不好傳出亂七八糟的。我們家鄉有一句名言，秀恩愛，死得快。咱們八字還沒一撇，誰知道日後有什麼變數呢。」

她胡亂安慰著，不小心就戳中了雷區。

「變數？」晏徽雲側眸看她，沈著臉道：「妳想有什麼變數？」

清殊立刻捂嘴，把頭搖得撥浪鼓似的。「沒有，沒有變數，我瞎說的。」

糟糕，差點把真心話說出來。

現代人戀愛嘛，誰知道將來怎麼樣呢？今天山盟海誓，說不定明天哪個就變心了，千萬不能戀愛腦，謹記謹記！

晏徽雲深深看了她一眼，冷哼道：「不是瞎說也無妨，妳要有變數，來一個、我砍一個，來兩個、我砍一雙，我看誰敢當妳的變數。」

清殊腦子一麻，趕緊又捶他兩拳。「嚇唬誰呢！」

她色厲內荏，捶完人，又心虛地扯過他的袖子，揪了揪，另一隻手指著夜空道：「哎，晏徽雲，你看，今晚的月色是不是很美？」

他們一齊站在摘星臺的最高處，俯瞰著偌大皇城。平日氣勢恢宏的殿宇，此刻濃縮成了渺小的一隅。

晏徽雲順著她的視線望去，只見皎白的月牙散發著溫潤的光，照得亭臺樓閣如夢似幻。月色究竟美不美，他並沒有答案，只是見她如此歡欣雀躍，又覺得這樣的月夜，應該是美的。

少女的側臉沐浴在月色之下，她望著月亮，他卻悄然轉頭望著她，眼底生出極淡的笑意。

「嗯，很美。」

清殊越發得意，下意識挽住他的胳膊，歪著頭看他，問：「雁門關的月亮美嗎？比之家裡的，哪處更勝一籌？」

晏徽雲一窒。「……在雁門關誰有工夫看月亮，都是同一片天空，大抵是相同的。」

清殊卻不滿意，挑眉道：「怎麼會一樣呢？你有機會去那麼遠的地方，居然不珍惜，我們姑娘家想去還無法去呢。」

「妳想出去玩有何難？我留一隊護衛給妳，出城只管帶上。他們都是我親手帶出來的人，有他們在，妳去哪裡都安全。」晏徽雲真的順著她的話想了想。「不過，雁門關還不行，那裡不安全。妳若想看月亮，我替妳看，再寄信告訴妳，權當妳親自看了。」

清殊哭笑不得，輕拍了他一掌。「呸，哪有替人看風景的？你把我揣兜裡帶去還差不多。」

話音剛落，晏徽雲突然看向她，好像在思考著什麼。

清殊被他盯得不自在，咕噥道：「好吧，我知道我很美，你喜歡看也正常，但是看太久我是要收費的。」

晏徽雲緩緩翻了個白眼，面無表情，又陷入沈默。

清殊以為話題已經結束，冷不防卻又聽身旁的人道：「收多少？」

清殊簡直不敢相信自己的耳朵，短暫愣怔後，噴笑出聲。她笑了好一會兒才直起腰，眼睛裡還帶著濕潤的霧氣，顯然是笑出了眼淚。

再抬頭，就見晏徽雲目光沈沈地看著自己，於是只好捂著嘴，憋笑道：「你我關係匪淺，暫且不收你錢。」

她。

「哼。」晏徽雲冷笑一聲，突然把貓往她懷裡塞，然後一步一步逐漸靠近，目光逼視著

清殊趕忙後退，沒走兩步就被堵在牆角。「幹麼幹麼?!」

橘貓也受到驚嚇，後頸毛都炸開。「喵喵?!」

一人一貓瞪視之下，他緩緩從懷裡往外掏東西，片刻後，清殊懷裡被塞了一包銀子、兩塊玉珮，甚至還有一柄短刃。

然後，少年道：「現在全身上下的東西都歸妳，夠我看一個時辰嗎？」

清殊掂了掂分量，笑呵呵仰頭。「看，儘管看，給你看兩個時辰。」

少女揚著頭，笑意盎然，眉眼彎彎。

晏徽雲眸光微動，忽然湊得更近，近到彼此能感受到噴吐的氣息。

清殊被他圈在牆角，頂著他的目光，她的笑意緩緩收斂，從耳根開始泛紅。慌亂之時，她眼珠子一轉，趕緊舉起橘貓擋在中間，隔絕他的視線。

橘貓一下子貼到少年臉上，驚得喵喵叫。

「曲清殊，」他輕而易舉地抱開橘貓，眼神似笑非笑。「再親一次是什麼價錢？」

轟的一下，清殊感覺自己的臉頰快要燃燒起來，她反覆深呼吸，努力鎮定下來。

曲清殊，想想妳的目標，不要自亂陣腳！妳要占據主動權，要讓他為妳輾轉反側而不是

妳為他神魂顛倒啊！

短暫地做完心理建設，她終於鼓足勇氣，提高聲音道：「來……來吧！」

似乎被她的豪邁之氣震懾，晏徽雲愣住，輕笑一聲。下一刻，柔軟唇瓣輕輕貼上她的嘴唇，停頓兩秒，一觸即分。

熟悉的觸電般的感覺傳至全身，又是蜻蜓點水的一個吻。

一切都很唯美，只是——就這？

清殊緩緩睜開眼，一眨不眨地盯著晏徽雲，突然道：「我有個問題想問你……」

晏徽雲疑惑挑眉。

「你是不是不會？」

短暫的沈默後，清殊突然感覺少年的目光越發暗沈，連帶喉頭的滾動都充滿著危險的氣息。

求生慾讓清殊靈光一閃。她踮起腳，猛地扯過他的衣領，勾著他的脖子道：「你不會，我教你。」

唇瓣相貼的剎那，少女沒有退縮不前，她小心翼翼地探出舌尖，極輕地觸碰他。她的手臂環在他的脖子上，就在這一瞬間，她分明能感覺到對方僵直了片刻。

明明是清風掃過水面的觸感，卻又像浪花拍岸一般來勢洶洶，叫他心旌搖曳。漸漸的，她膽子越發大了起來，舌尖慢慢滑過牙關，似乎在引誘著對方的追逐，一次、兩次若有若無地舌尖相觸，若即若離，終於讓他不耐煩。

少女仰著頭迎接著他的親吻，因為身高的差異，她勾著脖子的手越發吃力，幾次三番地滑了下來。他突然一彎腰，將她抱到窗臺上坐著，兩人視角對調，換成了她在上。

清殊來不及驚呼，又被接踵而至的熱烈堵住了唇。

「妳教得很好。」喘息的間隙，他貼著她的唇角說。

清殊臉頰緋紅，眼眸水光瀲灩，拽著他的衣領。「你……你……」

還沒說完話，他已經沒耐心等，再次攻城掠地，勾著她的舌頭吮吸糾纏。

他學得太快，已經無師自通，甚至青出於藍而勝於藍。

清冽的杜衡香氣縈繞在鼻尖，曖昧的水聲、間或喘息聲，讓彼此的呼吸交纏，滾燙一片。

不知過了多久，等他鬆開手，清殊的嘴唇都破了一塊。

「嘶，你屬狗嗎？」她不悅地推他，卻沒推動。

晏徽雲的目光盯在那處嫣紅，看了好一會兒，突然湊近舔了一口，舔完還不肯甘休，輕輕蹭了蹭她的唇角，一路試探著探入她的牙關。

「不！」這下終於意識到不對勁，清殊把他往外推，咕噥道：「不來了，再親就無法見人了。」

「嗯。」最後親了親她的眼睛，晏徽雲平息著胸膛的滾燙，緩緩呼出一口氣。旋即，他凝視著她道：「曲清殊，我也想問妳，妳是跟誰學的？」

清殊懵住，支支吾吾半天才道：「我……我看別人學的……」

電視劇裡的親親就不是親親嗎？真是的！

「別人？」晏徽雲危險地瞇起眼。「哪個別人連這種事情都給妳看？」

因為是臨時回來，晏徽雲很快就要走。

離別之時，清殊揪著衣角，嘟嘟囔囔。

「要是往後都如此，這親成與不成都一樣嘛。」

聞言，晏徽雲輕哼一聲，回頭道：「不是正合妳的心思？我不在時妳就往家去，時時刻刻和妳姊姊一起，豈不順心？換旁人妳行嗎？」

想想是有幾分道理，清殊沒話反駁，可心裡又有些不爽利，便揚著下巴道：「慎言，再次提醒，咱們還在『戀愛期』，說不定我哪天就趁你不在，找到更好的呢。」

「妳再說一遍。」晏徽雲緩緩挑眉，語氣平淡。

清殊立刻捂嘴，眉眼彎彎，軟聲道：「錯了，是我要慎言。」

小丫頭總是像隻小貓似的，時不時就要撓你一爪子。明知道她心裡不是這麼回事，偏生還會被她氣到。

晏徽雲眸光暗了暗，捏著她的下巴端詳片刻，突然湊近輕咬一口她嫣紅的唇瓣。「小懲大誡。」

「啊！」清殊吃痛，立刻捶他。「你王八蛋。」

他輕鬆接住拳頭，放在掌心捏了捏。「在家老實點，攞不平的麻煩不必強出頭，只管等我回來。

「還有，那狗屁倒灶的戀愛期不能沒完沒了，最多兩年。」晏徽雲直視著她，手掌微微收緊，將她的拳頭包裹其中。「我已向聖人稟明，待兩年後邊關安穩，我便回京，從此不再去北地。」

未盡之意，半梗在喉頭，半宣之於眼底。

清殊迎著他的目光，耳垂泛紅，囁嚅道：「兩年啊……」

「妳嫌太長還是太短？」他抬眸。

清殊低頭不答，自顧自地踱步往前。

良久，才聽得她小聲說：「又不是沒等過兩年。」

知道她開始翻舊帳，晏徽雲閉了閉眼，極隱晦地嘆了口氣，然後遞上早已準備好的匣子。「上次不收的，這回總要收吧？」

清殊接過瞧，只見是熟悉的頂級粉南珠。

「明兒還有兩箱東西送到宮裡，汐薇會打點妥當，妳不必擔心被人瞧見。」他又說：「箱子裡的妳打賞下人也好，帶回家也罷，隨妳安置。」

見他隨便出手就是頂級南珠這等寶貝，想也知道箱子裡的便宜不到哪兒去。

清殊懵了半晌，笑道：「單就你大方？我也有東西給你。」

說罷，她從懷裡掏出一張圖紙，遞給他。「喏，原是兩年前就要給你的，你沒福氣，只能現在收，拿去找工匠照樣式打出來。」

晏徽雲展開圖紙，上面是一個花紋繁複的劍鞘圖案。

清殊不見他回答，問道：「不喜歡？」

「喜歡。」他唇角輕揚，看著她道。

再如何計較每分每秒，離別的時刻總要到來。

泰華殿擺了踐行宴，他不能久留。

少女在原地目送，揮了揮手。「到了北燕，要時時寄信回來，不許再像從前那樣，聽到沒？」

晏徽雲突然回頭，上前兩步抱住她，埋首在她脖頸處，聲音有些低沈。「好，替妳看雁門關的月亮。」

溫熱的氣息噴吐在耳邊，清殊揉了揉眼睛，推開他。「走吧，再晚就耽擱了。」

她沒再跟隨著他的腳步，只是遠遠地看著他的身影消失在拐角。

——未完，待續，請看文創風1279《攀龍不如當高枝》4（完）

8/5(8:30)~8/23(23:59)

2024狗屋 暑假書展

I ♡ Sharing

盛夏嘉年華

獨家開跑，逸趣無限不喊卡

75折熱情上市

文創風 1280-1282 菱昭《**姑娘這回要使壞**》全三冊

文創風 1283-1285 途圖《**禾處覓飯香**》全三冊

文創風 1286-1287 莫顏《**娘子出任務**》全二冊

暢銷好書再追一波

- **75折**。 文創風1229-1279
- **7 折**。 文創風1183-1228
- **6 折**。 文創風1087-1182

小狗章專區

- **100元**。 文創風977-1086
- **50 元**。 文創風870-976
- **39 元**。 文創風001-869、
  花蝶/采花/橘子說全系列
  （典心、樓雨晴除外）
- **5 元**。 PUPPY/小情書全系列

菱昭 著

朝朝暮暮，
相知相伴

8/6 出版

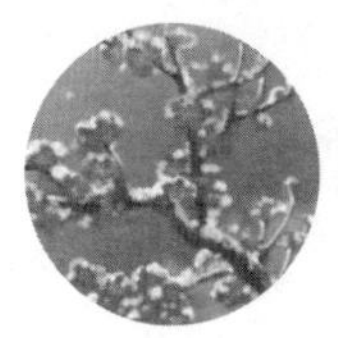

不可能吧？老天爺良心發現了，居然這麼眷顧她嗎？
她重生已經很不可思議了，沒想到連未婚夫也重生了！
原來上輩子他也沒能善終，跟她死在了同一天，
這下可好，有人能一起商量，她不用孤軍奮戰了，
何況她還得知了一個驚世秘密，這回他們的活路更大了吧？

文創風 1280-1282《姑娘這回要使壞》全三冊

身為姑蘇首富唯一的女兒，青梅竹馬的未婚夫裴行昭更是江南首富獨子，
沈雲商本以為自己應該享受榮華富貴，一輩子無憂無慮到老的，
萬萬沒想到，她紅顏薄命，只活到二十歲就香消玉殞，且是被人毒死的！
只因他們招惹來了二皇子那表面仁善、內心狠毒的煞星，
對方以權勢及彼此的家族性命相逼，硬生生威脅他們小倆口退婚，
小竹馬被迫娶了二皇子的親妹妹，成了人人稱羨的駙馬爺，
而她則嫁給了二皇子的摯友，讓京城許多女子心碎嫉妒，
兩樁婚姻，四個被拆散的人都不幸福，唯一開心的只有荷包滿滿的二皇子，
可她至死都沒能明白，二皇子死死拿捏住她，究竟是想從她這裡得到什麼？
她猜是出嫁前母親鄭重傳承給她的半月玉珮，難道……那玉珮有何秘密？
無論如何，幸運重生的她決定了，這回她要盡情使壞，為自己搏一條活路！
這一次不管二皇子怎麼威脅逼迫、使盡下三濫的手段，她都堅決不退婚，
裴行昭生是她的人，死是她的鬼，誰想要他，就得從她的屍體上踏過去，
何況她吃慣了獨食，誰想從她手裡搶，她就是死也要咬下對方一塊肉！
當然，她心裡清楚，胳膊擰不過大腿，所以得找個能讓二皇子忌憚的人！

途圖 著

揮灑自如敘情高手

8/13 出版

吃下她親手做的料理，就會洩露內心的秘密……
老天爺就是這麼不公平，不僅讓她重活一世，還成了超能力者，
她可得好好發揮這個優點，撫慰人心、收穫幸福人生！

文創風 1283-1285《禾處覓飯香》全三冊

江南，蘇心禾穿越而來，成為當地一位名廚的寶貝獨生女；
京城，李承允自北疆隨大軍歸家，繼續當他的平南侯府世子。
看似八竿子打不著的兩人，卻因一樁娃娃親走到了一起。
前世身為小有名氣的美食部落客，蘇心禾的廚藝不在話下，
加上生得貌若天仙，怎麼看都是被人疼寵的命，
誰知從侯府的下人到城裡的路人全說她家挾恩逼娶，
活像她玷污了他們心中的帥氣大明星——李承允似的。
罷了，在她看來，這表面圓滿、實則破碎不堪的平南侯府，
比她這個在單親家庭長大的小姑娘更需要救贖，
就讓她揮動料理魔法棒，滋潤每個人乾枯的心靈……

同場加映 ●●●●●●●●●●●●●●●● 7冊折扣後再減200元

文創風 1220-1223《小虎妻智求多福》全四冊

穿成大靖朝將門千金，寧晚晴卻發現原主去世的案情不單純，
為了讓東宮成為家人的靠山，她決定嫁給草包太子趙霄恆，
孰料備嫁時又起風波，前世身為律師的她連上山燒香都能遇到案件，
她當場戳穿神棍騙局，再搬出太子的名號，將犯人送官嚴辦！
這些大快人心的事全傳到趙霄恆耳裡，他挑著眉問她一句——
「還沒入東宮就學會拉狐墊背，以後豈不是要日日為妳善後？」
趙霄恆不呆耶！她幫百姓主持公道，他替她撐腰豈不是剛剛好～～

莫顏 著

穿到古代衝事業，
女子也能闖出一片天

8/20
出版

虞巧巧最看不慣欺男霸女的惡人，
尤其這些惡人錢還很多，只要一掏出銀子，有罪都能變無罪，
她的刺客生意專門教訓這種人，懲奸除惡順便賺銀子，一舉兩得！

文創風 1286-1287《娘子出任務》全二冊

虞巧巧身為特勤小組的探員，敢拚敢衝，是國家重點栽培的人才，
她彷彿可以看見前途一片美好，卻因為一次穿越，全部化為泡影！
如果穿成個官府捕快，至少離她的本職沒有太遠，她可以在古代繼續衝事業，
可她穿成了平凡人家的姑娘，每天刺繡做女工，不憋死才怪！
好唄！既來之則安之，那自己「創業」總行了吧？
她靠著俐落的身手和大剌剌的性格，網羅了一票手下，
創立「刺客公司」，專接懲凶罰惡的案子，
管他是紈袴子弟還是市井流氓，只要對方夠壞，你付的銀子夠多，她就接！
於是她有了兩個身分，平時是乖巧的姑娘虞巧巧，
私底下則是刺客公司的頭頭「黑爺」，不論好人壞人聽到這威名都嚇得發抖，
唯有一人例外——笑面虎于飛，他是衙門捕快中的佼佼者，
破了不少大案，也建了不少奇功，
這男人似乎把「黑爺」列為頭號追捕對象，讓她的每個任務都變得棘手起來……

同場加映

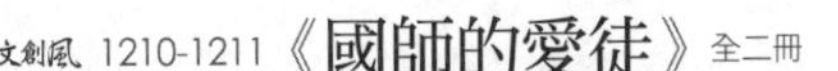

文創風 1210-1211《國師的愛徒》全二冊

司徒青染身分高貴，乃大靖的國師，受世人膜拜景仰。
他氣度如仙，威儀冷傲，連皇帝也要敬他三分。
他法力高強，妖魔避他如神，唯獨一個女妖例外……
桃曉燕出身商戶，家裡富得流油，
從現代帶來的經商天分，讓她輕易贏得下一任家主位置！
街頭巷尾無不知曉她能幹，可這樣的她，卻被勞什子國師當成了妖？！

2024 暑假書展

姊妹淘Chill一夏

狗屋端出回饋好禮，邀妳共度今夏饗宴

第一波 書迷分享會

活動期間內，請至 狗屋天地 回覆貼文，
回答完整者可參加抽獎。

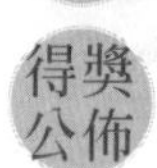

9/6(五)於 狗屋天地 公佈得獎名單

5 名《娘子出任務》全二冊

第二波 購書享禮遇

活動期間內，只要在官網購書並成功付款，系統會發e-mail給您，並附上抽獎專用之流水編號，買一本就送一組，買十本就能抽十次，不須拆單，買越多中獎機率越大。

9/11(三)於狗屋官網公佈得獎名單

10名 紅利金 200元

3 名 文創風 1288-1290《今朝有錢今朝賺》全三冊

暑假書展 購書注意事項：

(1)請於訂購後**三日內**完成付款，最後訂購於2024/8/25前完成付款才算有效訂單喔！
(2)購書滿千元(含)以上免郵資。未滿千元部分：
郵資65元(2本以下郵資50元)／超商取貨70元(限7本以內)／宅配100元。
(3)特賣書籍因出書時間較久，雖經擦拭、整理，仍有褪色或整飾痕跡，故難免不如新書亮麗。
除缺頁、倒裝外無法換書，因實在無書可換，但一定會優先提供書況較良好的書給大家。
若有個人原因需要換書，需自付來回郵資。
(4)各書籍庫存不一，若遇缺書情形可選擇換書或退款。
(5)歡迎海外讀者參與(郵資另計)，請上網訂購或是mail至love小姐信箱
(love@doghouse.com.tw)詢問相關訊息。

狗屋有權修改優惠活動的實施權益及辦法。

2024年5月出版

文創風 1258～1260

我們一家不炮灰

穿成農村小丫頭，親爹受傷瘸腿，娘親越過越糊塗，
她只得自立自強為自家這一房打算，趁早分家免得被其他人拖累！
只是怎麼一切跟計畫的不一樣，各房還搶著照顧他們這一家?!

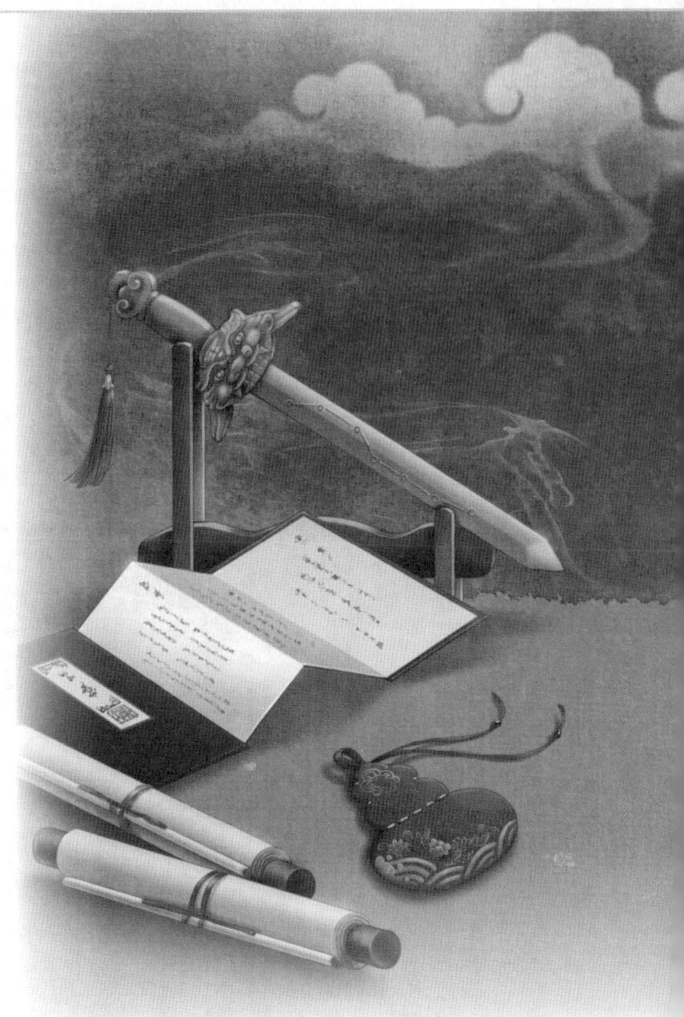

手足齊心協力發家致富，
全家分工合作造生機／白梨

明明是好好在睡覺，穿越這種事為什麼就輪到自己身上了？
穿成一個農村的六歲小丫頭就算了，偏偏親爹打獵傷了雙腿，
娘親懷著身孕又是個不濟事的，家裡還有一個任性無腦的極品奶奶；
最要命的是，她知道再過幾年，這一家子在故事裡就是炮灰配角，
再怎麼努力怕也是沒用，王晴嵐鬱悶得只想找死穿回去！
為了求生，她打算趁著爹爹受傷的情況，順勢提出分家，
但是……這個原本的極品奶奶怎麼不極品了?!
而且其他各房怎麼還搶著要照顧他們三房?!

為流浪貓狗加油 和貓寶貝 狗寶貝

廝守終生(一定要終生喔！)的幸福機會

對人來說，貓寶貝狗寶貝只是生活的一部分，但妳（你）對牠們來說，卻是生活的全部，領養前請一定要考慮清楚——

▲ 美好的黑帥兄弟——小景和小新

性　　別：男生

品　　種：米克斯

年　　紀：5個月

個　　性：小景親人親貓；小新親貓，對人稍微害羞

健康狀況：已施打兩劑預防針，
貓愛滋、貓白血、毛冠狀病毒檢測皆陰性

目前住所：新北市永和區

本期資料來源：Ezojze ZackEs HuangWu個人臉書 https://www.facebook.com/ezojze.huangwu.94

第357期推薦寵物情人

『小景和小新』的故事：

一如往常在TNR（誘捕、絕育、放回原地）抓紮母貓的時候，發現有兩隻小幼崽躲在廟的柱子後面，怯生生看著我們。牠們肚子餓得發慌，卻不敢出來吃東西，看起來瘦巴巴、楚楚可憐，這就是我們與小景、小新的初相遇。

剛開始，貓的本能讓牠們害怕人類，但是在家裡成貓的帶動之下，牠們和人類的互動有極大的進步。小景（賓士哥哥）長相老成，個性溫和穩定，時常自在地在屋子裡走來走去觀察所有事物，對其他成貓尊重、不挑釁；小新（黑貓弟弟）則是吃貨，個性好惡鮮明，不喜歡的東西會表達抗議，之前看到人會飛速遁走，但最近已經開始給摸了。

兩兄弟每天努力學習社會化，尤其去過三、四次送養會之後，對人類的信任度大幅增加。您想要一次收服兩隻萌寶嗎？上臉書私訊或加Line ID：enzoesther，叩叩Esther先幫您鑑定家中的防護措施，讓美好緣分永駐您家！

認養資格：

1. 認養人須以硬網格、高抗拉力網或粗尼龍繩網做防護。
   各式紗窗皆無法阻擋貓咪爪子抓破，即便綠色塑膠園藝網在日曬之下會脆化，也不是理想的防護材料。
2. 須同意簽認養寵物切結書。
3. 須同意送養人日後之追蹤家訪，對待小景和小新不離不棄。

來信請說明：

a. 個人基本資料：姓名、性別、年齡、家庭狀況、職業與經濟來源等。
b. 想認養小景和小新的理由。
c. 過去養寵物的經驗，及簡介一下您的飼養環境。
d. 若未來有結婚、懷孕、出國或搬家等計劃，將如何安置小景和小新？

風 文創
1278

攀龍不如當高枝 3

國家圖書館出版品預行編目資料

攀龍不如當高枝 / 小粽著. --
初版. -- 臺北市 : 狗屋出版社有限公司, 2024.07
冊 ; 公分. --（文創風 ; 1276-1279）
ISBN 978-986-509-541-3（第3冊 : 平裝）. --

857.7　　113007935

著作者	小粽
編輯	林俐君
校對	沈毓萍
發行所	狗屋出版社有限公司
地址	台北市104中山區龍江路71巷15號1樓
電話	02-2776-5889～0
發行字號	局版台業字845號
法律顧問	蕭雄淋律師
總經銷	知遠文化事業有限公司
電話	02-2664-8800
初版	2024年7月
國際書碼	ISBN-13　978-986-509-541-3

本著作物由北京晉江原創網絡科技有限公司授權出版

定價290元

狗屋劃撥帳號：19001626

網址：love.doghouse.com.tw　E-mail：love@doghouse.com.tw